ORIENTAL FANTASY STORY
건드리고고 신무협 장편소설

101회차 패황 제1권

초판 1쇄 인쇄일 | 2025년 03월 19일
초판 1쇄 발행일 | 2025년 03월 26일

지은이 | 건드리고고
발행인 | 조승진

편집기획팀 | 이기일, 김정환
출판제작팀 | 이상민

펴낸곳 | 데이즈엔터(주)
주소 | (07551) 서울, 강서구 양천로 570, NH서울축산농협 NH서울타워 19층(등촌동)
전화 | 02-2013-5665(代) | **FAX** 032-3479-9872
등록번호 | 제 2023-000050호
홈페이지 | www.daysenter.com
E-mail | alldays1@daysenter.net

ⓒ 2025, 건드리고고

이 책은 데이즈엔터(주)가 작가와의 계약에 따라 발행한 것이므로
본사의 서면 동의 없이는 어떠한 방법으로도 이용할 수 없습니다.

ISBN 979-11-427-0381-2
ISBN 979-11-427-0380-5 (세트)

※잘못된 책은 본사나 구입처에서 교환하여 드립니다.
※저자와의 합의하에 인지를 붙이지 않습니다.

영상노트

1

101회차 패황

건드리고고 신무협 장편소설
ORIENTAL FANTASY STORY

※ 본 작품은 픽션입니다.
본 작품에 등장하는 인물, 단체, 지명, 국명, 사건 등은 실존과는 일절 관계가 없습니다.

101회차 패황

제1장 회귀	009
제2장 습관	019
제3장 상행	060
제4장 업보	096
제5장 미끼	139
제6장 상봉	168
제7장 역풍	200
제8장 교육	263

제1장
회귀

잠에서 깬 사내는 침상에 걸터앉았다.

선이 부드러운데도 이목구비가 또렷한 외모였다. 뭇 여인들의 시선을 사로잡기에 충분했다.

대조적으로 깊게 가라앉은 눈빛과 사위를 장악하는 위압감이 이질감을 주었다. 나이에 걸맞지 않게 세월을 뛰어넘은 깊이와 연륜이 풍겼다.

"이번에도 늦었군."

고저의 편차가 사라진 건조한 어투. 감정이 일체 배제되고 정제되어 인간적이지가 않았다. 바람 한 점 없는 평온한 호수를 연상케 한다.

자고 일어난 것에 불과했다. 어쩌면 동요하는 모습이 더 이상하게 보일 수도 있다.

하지만 사내의 내막을 안다면 평온할 사람은 많지 않을

것이다.

실제는 400년을 거슬러서 돌아왔다.

회귀.

인과율의 법칙을 벗어난 불가해(不可解).

패황(覇皇) 구천우.

천하패도를 이룬 고금천하무적자.

무(武)의 극의에 도달하여 강호에 족적을 남긴 무인은 종종 등장했으나 누구도 무림을 일통하여 군림하진 못했다. 패황만이 강호의 역사를 관천하여 무적자라 불릴 자격이 있었다.

패황은 무인으로서 모든 것을 이루었다.

역사에 지워지지 않을 찬란한 영광을 새겼다며 만족할 수도 있다.

그러나 인간은 후회와 번민에서 자유롭지 못한 불완전체다. 절대자도 다르지 않다. 후회를 지우고, 새롭게 시작할 기회를 얻었다면 마땅히 환호해야 했다.

하나, 1회차가 아닌 100회차가 된다면 어떻겠는가?

회차를 거듭할수록 회귀는 기회가 아니라 무저갱의 지옥으로 바뀐다. 모든 걸 이루었다고 한들 한 줌의 연기처럼 사라져 버린다면 그 무한의 허무함을 과연 버텨 낼 수 있을까?

하물며 구천우는 회차마다 400년의 삶을 살았다. 평범한 인간이라면 무너지고 망가졌어야 했다.

끝없는 회귀는 축복이 아니라 저주가 될 수도 있었다.

그럼에도 구천우는 어제와 다르지 않은 평온함을 유지했다. 시대를 제패한 절대자라곤 해도 실로 범상치 않은 특별함이었다. 차라리 놓아 버리거나, 타락했다면 동정심이라도 생길 텐데.

"이번엔 5년을 더 줄이겠다."

구천우는 윤회의 업보에도 이전 회차를 복기하고 있었다. 흔들리지 않는 부동심이었다.

패황은 악을 멸하는 것에 일생을 바쳤다.

멸악이야말로 구천우를 지탱하는 불변의 신념이었다. 악은 작은 불씨에도 염라지옥을 만든다. 한시라도 빨리 멸악을 이루어야 태평천하를 이룰 수 있었다.

[줄이긴 또 뭘 줄여!!]

……?

갑작스럽게 전달된 의문의 전언에 구천우는 미간을 찌푸렸다. 전음이나 심어라고 하기엔 심상에 활자로 새기듯 문장으로 각인되었다.

과거로 돌아오면서 내외력이 사라진 상태지만, 영혼은 100회차를 거듭하며 금강석처럼 단련되었다.

'놀랍군.'

사술과 환술로 악명이 높았던 악인들도 패황의 정신을 흔들진 못했다. 이토록 간단히 심상을 뚫고 들어오다니.

호전적인 투기가 발산되어 상대를 찾으려고 했다.

[찾긴 뭘 찾아? 찾는다고 찾아질 것 같으냐?]
마치 네 의도를 알고 있다는 듯 훈계조였다.
구천우로선 생경한 경험이었다.
감각의 범위 밖이라고 하기엔 영혼에 직접 연결이 된 것 같았다. 이런 식으로 상대를 특정하지 못한 적이 있었나 싶다.
인정하지 않을 수 없었다.
'접근한 이유는?'
[서론은 싫다 이거냐. 하긴 정체를 물어보지도 않는 걸 보면 누가 패황 아니랄까 봐 확실히 너답다.]
흠!
구천우는 각인의 정체를 짐작했다.
과거로 돌아온 이상, 패황을 아는 존재는 없다. 그렇다면 자신을 회귀하도록 한 전능자거나 같은 회귀자일 터. 정신방벽이 극에 이른 패황무도(覇皇武道)를 간단히 뚫고 들어왔다면 전자일 가능성에 무게를 두었다.
다만, 100회차 동안 침묵했던 존재가 왜 지금에서야 대화를 시도했는지가 걸렸다.
'방향이 틀렸나?'
[맞으면 회귀를 계속했겠냐? 너 왜 자꾸 틀린 방향으로 시간을 줄이는 건데? 틀렸으면 다른 방향으로 가거나, 다른 시도라도 하는 게 인지상정이잖아! 너 꼴통이야?]
'그런 말은 금시초문이군.'

[어떤 미친놈이 네 앞에서 꼴통이라고 하겠냐, 그런 놈들 전부 대가리가 깨졌을 텐데!!]

'악을 멸했을 뿐이다.'

[아주 그냥 너만 정의롭지!!]

구천우의 심상에 각인시키는 자, 정체를 밝히지 않은 무명은 속이 터졌다.

100회차 동안 구천우는 매번 같은 짓을 반복했다. 그것도 점점 더 빠르고, 정확하게 멸악패도의 길을 걸었다.

그렇기에 구천우는 무명의 폭언을 납득할 수 없었다.

멸악(滅惡), 말 그대로 악을 멸하는 행위였다. 정의로운 일일 텐데, 어찌하여 이리 발광하는 것인지.

혹, 마선이나 악마라도 되는가?

[네놈한테 쓸려 나간 인간들이 한둘이면 내가 말을 안 해! 어떻게 매번 더 많이 죽이냐고?]

'죄를 지었으면 죽음은 당연한 귀결이다.'

[권선징악? 좋지. 하지만 사정을 조금은 봐줄 순 있잖아. 왜 다 죽이는 건데?]

'효율적이더군.'

이 미친놈이, 진짜 정상이 아니다.

인간의 생사를 효율로 따지는 것부터가 상식적이지 않았다. 대체 어디서부터 잘못되었는지 모르니 더 미치겠다.

멸악에 환장한 인간이 된 계기를 되돌리기 위해서 가족이 무사한 시기로 보냈었다. 그러면 조금이라도 인간성을 회복해서 달라지지 않을까 했더니 더더욱 미쳐서 날뛰었다.

처음에는 100년이 걸린 패도가 회차를 거듭할수록 빨라지더니 100회차가 되자 15년으로 줄였다. 그런데도 이놈은 돌아오자마자 시간을 더 줄이려고 했다.

인간적으로 이건 너무한 거 아니냐고.

이번엔 진짜로 5년 내외로 끝날 수도 있었다.

그뿐이면 말을 안 한다.

문제는 이놈의 수명에 있었다. 회차마다 400년은 기본으로 산다. 보통은 관짝에서 백골로 나왔어도 이상하지 않았다. 무림의 평균수명이 40년이 넘지 않는 걸 상기하면 그 10배에 달하는 세월을 살았다.

설상가상으로 이놈의 무공이 불사의 영역에 들어서고 있었다. 시간만 주어진다면 능히 불사신이 되고도 남을 놈이다.

인간의 향상심은 변하기 마련이다. 작심삼일이란 말이 괜히 나오지 않았다.

그런데 이놈은 변하기는커녕 날이 갈수록 의욕적으로 변했다.

의욕인지, 고집인지 이제는 모르겠지만.

'이번엔 더 잘할 수 있다.'

[누가 더 잘하래!! 그만해, 이 미친놈아!!]

100년 동안 면벽 수련을 하고 말지, 이런 벽창호를 회귀시키는 바람에 무명의 삶은 고달팠다. 차라리 늙어 뒈졌으면 세계의 운명이 원래대로 돌아오기라도 하지, 이 새끼는 죽지도 않는다.

'하늘의 뜻을 대신했을 뿐이거늘.'

[큭! 네가 하늘의 뜻을 알아? 하늘이 언제 그딴 짓을 하라고 시켰어? 그냥 네가 하고 싶은 거잖아.]

'일리가 있군. 맞는 말이다. 하면 진작 말을 해 줬어야 하지 않았나.'

[……?]

무명은 말문이 막혔다.

인정하는 순간 100회차의 실패가 전부 자신의 책임이 되어 버리기 때문이다.

울화가 치밀어 올랐지만, 논리적으로 모순을 찾기는 불가능했다.

그러니 더더욱 억장이 무너진다.

한편으로 독박을 쓸 수 있다는 위기감이 몰려왔다.

이놈을 책임지기로 한 이상, 어떻게든 다른 방향으로 이끌어야 했다. 게다가 이번이 마지막 기회인 데다가, 이놈 자체가 이제는 인과가 되어 버렸다.

썩을!!

이 자식은 죽지도 않는 데다, 세상의 악을 끊겠다며 등선도 하지 않는다. 그대로 올려 보내도 문제였다. 저딴 인성으로 우화등선한다면 등선계가 패망하는 수가 있었다.

다들 이딴 놈을 만들었다며 얼마나 손가락질하는지 하루

하루가 피 말리는 지옥이었다. 이러다 진짜로 지옥으로 떨어질 수도 있었다.

[사람은 실수할 수밖에 없는 불완전한 존재야, 후회와 번민을 통해 참회하여 새롭게 태어날 수도 있는 거라고. 한데, 네놈은 그러한 인간의 번뇌를 패도로 전부 다 쓸어버렸어.]

'그랬나?'

[이 새끼가!! 아하~! 그래, 너도 당한 게 있으니 불합리한 세상을 바꾸고 싶었겠지. 그래도 정도란 게 있는 거야. 넌 진짜 도가 지나쳤어!]

'대신 천하는 평온을 이루었다.'

구천우가 자신이 이룬 치적을 거론하자 무명은 치미는 화를 간신히 억눌러야 했다. 내막을 모른다면 맞는 말처럼 들릴 수도 있었다. 하물며 천하는 평온해 보이기까지 했었다.

그러나 멸악패도의 길은 시산혈해를 통해서 이루어졌다.

'평화는 힘과 피로만 만들어진다. 용서와 화합은 이상론에 불과하다.'

이 명확한 신념만 봐도 그렇다.

악인이 피를 얼마나 흘리든, 선량한 이들을 지키면 그만일지도 모른다.

내가 아니면 누가 하겠는가.

나밖에 없다.

세간에선 이를 '독선(獨善)'이라고 한다.

[그 말이 맞는다고 치자. 그러면 죄를 지은 자들만 처벌하

면 되잖아. 왜 아직 하지도 않은 자들까지 전부 죽이냐고!!]

'내버려 둔다 한들 어차피 죄를 짓게 되더군. 그럴 바엔 미연에 처리하는 편이 시간을 줄일 수 있지.'

회차를 거듭할수록 빨라진 이유다. 400년을 이용하여 미래에 악을 행한 자들을 발본색원해 버린 것이다. 살려 둬 봤자 악이 될 자들은 사전에 처리하는 편이 효율적이란 논리였다. 이는 100회차의 경험이 크게 작용했다.

[대를 위한 소의 희생도 정도가 있는 법이다. 너는 참회를 통해 새로 태어날 기회마저 박탈했어. 그것이 설령 모두를 위한 행위라고 해도, 네게 그럴 자격은 없다.]

'이해하기 힘들군.'

구천우는 4만 년을 오롯이 멸악패도를 위해 걸었다. 이제와 그 방향이 잘못되었다고 하니, 혼란스러울 수밖에 없다.

다른 이가 말했다면 씨알도 안 먹히겠으나, 상대는 패도를 걷도록 한 자였다.

'악을 외면하라는 것인가?'

[누가 또 그러래! 최소한 네 주변이라도 돌아보고, 반성할 기회라도 주라고.]

'악은 악일 뿐.'

[어련하시겠냐. 자고로 수신제가 치국평천하라고 했어. 부모와 동생들의 꿈이 뭔지는 아느냐?]

'……?'

[그런 놈이 천하를 논해!!]

'시간 낭비는 사양하지.'

[일단, 집부터 건사해. 이번이 마지막이야.]

제발! 그 빌어먹을 멸악패도 좀 고쳤으면 하는 바람이다. 만약 이번에도 이놈이 방향을 바꾸지 않으면 세상이 어찌 될지 아무도 장담하지 못한다.

그래서 차라리 가족부터 돌보라고 제약을 두었다. 멸악패도를 걸을 바엔 밖으로 나가지 않는 편이 세상을 이롭게 하는 일일지도 모르겠다.

'쉽군.'

천하를 지배했던 철혈의 군주가 한낱 가족을 돌보지 못할까? 패황을 무시하는 제약이었다.

쉽다니?

이놈은 모른다. 아무것도.

골이 지끈거린다. 경고이자, 부탁인데, 어째 코가 꿰인 느낌이다.

정체된 세계를 되돌리려다, 비틀린 인과가 중첩되면서 파격이 일어나 균열이 생겼다.

그래도 100번이나 무림을 지배했던 놈인데, 못하진 않겠……지?

난 모르겠다.

이때는.

100회의 회귀로 생겨난 균열과 업보가 어떤 식으로 작용할지 무명조차도 예상하지 못했다.

제2장
습관

-너 아니어도 세상은 망하지 않아.

구천우로선 목표가 사라져 버린 회귀가 되었다.

10회차 이후부터 큰 줄기를 정해 놓고, 속도전으로 갔었다. 최단 최속으로 멸악패도를 이루기 위해 주변은 신경 쓰지 않았다.

"세상이 망할 리가 있나."

무명의 조언은 어폐가 있었다. 세상은 누가 어쩐다고 하여도 망하진 않는다. 그저 악이 팽배한 불합리함을 바꾸기 위해서 노력할 뿐이었다.

100회차의 노고를 위로해도 부족한 판국에 방향이 잘못되었다고 꾸짖다니, 후일의 만남을 다짐했다.

그러기 위해선 무명의 제약과 요구 조건을 따를 필요가 있었다.

의도를 정확히 모르는 데다, 무명의 능력을 알지 못한다.

무엇보다 무명은 자신을 회귀시킨 자였다.

"생각을 읽지는 못하는군."

일단 대화를 통해서 무명의 전능이 어디까지 통하는지를 살폈다. 심상을 꿰뚫고 들어오는 기이한 능력은 대단하나, 이는 100회차를 통해 완성된 부동심이 통한다는 의미였다.

다행이긴 했다.

상대가 설령 전능자라 할지라도 생각을 읽히는 건 불쾌한 일이다.

물론, 생각을 간파한다고 해서 마냥 당하진 않는다. 내외력과 영력이 패황의 전성기에 도달한다면 자연스럽게 지금보다 완벽한 방벽을 구축할 수 있다.

그렇다면.

우우웅!

현재로선 정기신(精氣神)에서 신(神)만 온전했다. 불완전한 정기신의 균형을 이루기란 간단하지 않았다.

하지만 100회차를 통해 단련된 영력이 완전무극에 도달했다.

불완전한 정과 기가 신에 이끌려 온전한 형태로 자연스럽게 완성이 되어 간다. 심공을 수련하지 않아도 순리대로 패황의 그릇을 찾아갈 수 있었다.

다만, 속도전을 위해서 독문내공심법 패황공(覇皇功)을 운용했었다.

패황공의 모태는 천주파천신공(天主破天神功)으로 과거 오무제의 일인이었던 파천무제의 독문신공이다.

구천우는 천주파천신공이 극성에 도달한 순간 자신만의 신공을 완성하는 데 주력했었다. 악을 멸하고 얻은 신공, 마공, 사공을 조화경에 얻은 무극만상결(無極萬象結)로 통합하여 바탕으로 삼았다.

기반을 다진 후에도 완성으로 가는 작업은 수월치 않았다. 수백 년의 적공을 도공의 심정으로 만들고, 부수고를 반복해야 했다.

그리하여 남은 패황공이야말로 구천우가 100회차를 통해 완성한 총화이자 정수였다.

"돌아오자마자 뛰쳐나갔지."

회귀할 때마다 구천우는 일언반구도 없이 가문을 나갔었고, 수년 후에나 돌아왔었다.

이번에는 굳이 그럴 필요가 없었다. 멸악패도가 아닌 수신제가를 먼저 이루어야 하기 때문이다.

"귀찮군."

제아무리 구천우라고 해도, 계속된 회귀를 원하진 않았다. 공들여 쌓은 성이 모래성처럼 허물어지기를 바라진 않는다. 하물며 애초에 방향이 그릇되었다면 수정할 필요가 있다. 세간에선 패황이 독선적이라고 하나, 그릇된 편견이었다.

"나만큼 깨어 있는 사람도 드물지."

구천우는 진심으로 그리 생각하고 있었다.

물론, 패황을 아는 이들은 절대로 동의하지 않을 망언이었다. 열려 있다고 했을 뿐, 패황과 마주하려면 최소한이 절대경에 도달해야 했다. 그런 절대고수조차 숨조차 마음대로 쉬지 못할 위압감을 뿜어냈다.

"충언을 바랐거늘."

당연히 충언을 고변할 위인은 나오지 않았다. 본인은 굳건한 신념이라고 여길 테지만, 실상은 수명 단절의 지름길이었다.

그도 그럴 것이 패황의 눈 밖에 난 자들은 악으로 규정해 멸문지옥행이었다. 기둥뿌리조차 남기지 않고 연관된 전부를 발본색원했으니, 입이나 뻥끗할 수 있었을까?

더욱이 패황은 답을 정해 놓고 있었다.

패황의 수하들이 가장 많이 한 말을 보면 알 수 있는 대목이었다.

-참으로 지당하신 말씀이십니다.

패황은 그런 줄 알았다.

만상을 꿰뚫어 보는 멸악천리안(滅惡千里眼)의 소유자이면서 정작 자신에 대해서는 아무것도 몰랐다. 아니, 알려고도 하지 않았으니, 모순의 정점이면서도 누구도 감히 지적하지 못했다.

신기한 점은, 수하들 누구도 탐관오리처럼 탐욕을 부리지 않았다. 걸리면 뒈진다는 제한이 작용하긴 했어도, 수하들은 청렴결백했다.

쓰읍, 우우웅!

호흡을 통해 들어온 기운이 기경팔맥과 십이경락을 돌아서 단전으로 가는 동안 기맥, 혈맥, 근육을 끊임없이 자극한다. 순환이 이어질수록 기는 더욱 세밀해지고, 정순해졌다.

가만히 앉아 있지만 내외력이 동시에 성장하고 발전하고 있었다.

실로 놀라운 기사, 보고도 믿어지지 않은 광경이었다. 설령 안다고 해도 믿지 않을 것이다.

오기조원, 삼화취정, 노화순청, 반박귀진의 경지를 넘어선 패황무극경(覇皇無極境)으로 절대경을 초월하지 않고서 닿기도 요원한 전인미답의 경지였다.

그렇다고 해도, 처음부터 완성체에 도달하진 못한다. 지금은 토대를 쌓는 시기였다. 앞당기려면 영약이 필요하나, 가족을 건사하기엔 부족함이 없다.

패황공이 1성에 도달했다. 앞선 회차보다 느리긴 해도, 범인으로선 축기만 해도 놀라운 속도였다.

음.

기감에 인기척이 잡혔다.

스륵!

가부좌를 풀었다.

순환으로 돌려놓았기에 좌공에 연연하지 않아도 되었다.

어떤 자세에서도 정순한 내외력을 끊임없이 쌓을 수 있었다.

이전 회차였다면 방해라 여겼을 테지만, 차라리 잘됐는지도 모른다.

확실히 앞만 보고 내달리기만 했다. 그 와중에 빈틈이 생겼을 수도 있었다. 이번에야말로 차근차근 담장을 쌓듯 단계를 밟을 기회로 여겼다.

'당장은 따라 주도록 하겠다.'

패황은 언제나 군림하는 자였다. 어떤 회차에서도 아래에서 위를 올려다보지 않았다. 불쾌하긴 했으나, 호승심이 드는 것도 사실이었다.

드륵!

문이 열리며 인기척을 낸 이가 들어왔다. 조금은 경망스러워 보이나, 훤칠한 외양이었다.

멈칫!

여태 자고 있겠거니 하고, 이불이나 개려고 했었다. 사내는 물끄러미 바라보는 구천우와 시선이 마주치자, 항거할 수 없는 미증유의 존재감에 얼어붙었다.

흠.

움찔!

구천우의 고민이 깊어질수록 쥐 죽은 듯 정적이 흘렀다.

장주님의 명으로 도련님을 모시러 왔던 종복은 의도치 않게 망부석이 되었다. 평소라면 장난치지 말라며 너스레를 떨었을 텐데, 입이 천근만근이었다.

대체 무슨 고민을 하시기에 저러시는지, 종복은 도통 모르겠다고요.

"개복이구나."

"……?"

말문이 막혔다.

여태 어울리지 않게 무게를 잡고 있어서 대단한 고민거리라도 있는 줄 알았다. 차라리 이성에 대한 고민이라면 이해라도 하지. 이름 석 자도 아니고 두 자를 떠올리지 못해서 여태 고민하고 있었단 말인가!

게다가 틀렸다고요!!

종복도 서러운 태생이거늘, 그럴수록 이름은 중요했다.

"가! 복! 입니다요."

"그래, 개복아. 어쩐 일이더냐?"

듣지를 않는구나.

이건 평소 같네.

깃털보다 가벼웠던 도련님이었다. 황제라도 되는 양 잔뜩 무게를 잡기에 중대한 문제에 봉착한 줄 알았다.

천하의 고민을 혼자 짊어진 표정이더니.

그럼 그렇지.

가복이는 치솟는 심화에 목덜미를 잡을 뻔했지만, 종복으로서의 본분을 수성했다.

이런 종복이 어디 있다고.

복 받은 주인이시다.

한편으로 어린 주인이 자신을 놀린다는 생각을 지우지 못했다. 그간 알고 지낸 도련님이라면 충분히 그리하고도 남았다.

이런 쪽으론 방심 못 할 위인이기도 하고.

늦장을 부려 방으로 부르러 오는 것까지 전부 계획적이었던 게 틀림없다.

물론, 틀린 소리다.

계획은커녕 구천우는 진심으로 기억하지 못했다.

누차 말하지만, 공력 증진과 무공 향상을 위해서 깨자마자 가출했었다. 이전 회차까지 기간을 고려한다면 수만 년이 걸려서야 개복이와 대화란 걸 하게 된 것이다.

기억이란 시간이 흐를수록 주관이 섞여 추억이 되고 부정확하다. 하물며 수만 년 전을 기억하기란 어불성설이었다.

무(武)에 관해서는 천부적인 재능을 지녔지만, 기억력은 다른 차원의 문제였다. 4만 년이면 노망이 들어도 이상하지 않았다. 하물며 하찮은 것들을 일일이 기억할 만큼 패황은 주변머리가 있지 않았다.

'그런 계집이 있기는 있지.'

절대 기억을 지니고 태어난 여인으로 한 번 본 문장은 죽어서도 잊어버리지 않는다. 가히 걸어 다니는 보고이자 저장소라고 불려도 손색이 없는 패황성의 군사. 옆에 있을 땐 몰랐는데, 없으니 벌써부터 불편해진다.

그 반대에 선 놈도 제법이기는 했다. 그놈 때문에 꽤 고생했던 회차가 있었다.

'그다음부터는 효율을 택했지.'

멸악패도에 방해되는 장애물은 시작부터 죽였다. 당시에는 죄가 없다고 했지만, 멸악패도를 위한 천명이었다. 속도가 빨라졌으니 제거는 정당했다.

그런 점에서 볼 때 개복이와의 대화는 색다른 감흥을 주었다. 애초에 없던 것인지, 잊은 것인지는 중요하지 않았다. 없으면 만들면 되고, 잊었으면 복구하면 그만이었다.

시작이 나쁘진 않았다.

씨익.

오싹!

구천우의 무미건조한 미소에 가복이는 왠지 모를 오한을 느꼈다. 오늘따라 분위기를 종잡을 수가 없었다. 사람을 들었다 놨다 왜 이러는지 이유를 도통 모르겠다.

그러나 사나이 가복, 언제까지 도련님한테 휘둘릴 순 없다. 다른 사람도 아니고 도련님한테 신분이 아니라 주둥이로 밀리다니 인정하지 못하겠다.

"장주님께서 급히 부르셨습니다."

에헴, 제 뒤에는 장주님이 계십니다.

이제 어쩔 거얌.

"기다려라."

"여유를 부리시겠다? 장주님이 눈만 살짝 흘겨도 오줌을 지리셨던 분답지 않네요! 부정해 봤자, 도련님의 빨래는 제가 수거합니다."

"믿기 힘들군."

"아까부터 뒷방 노인네처럼 말씀하시는데, 제가 도련님보다 족히 다섯 살이나 더 많습…… 어?"

하의가 따뜻하게 달구어져 아늑했다.

기분 탓인가?

아니네.

가복은 말문이 막혔다. 평생의 놀림감이었다. 두고두고 회자할 위험한 사태였다.

가복은 달구어진 하의만큼이나 얼굴도 뜨겁게 불타올랐다. 이 위기를 벗어나야 하는데, 지린내가 스멀스멀 퍼진다.

어제 고기를 몰래 많이 먹어서 그러나.

"부실하군."

"……하나도 안 부실하거든욧! 제가 얼마나 인기가 많은데!! 뭇 절대 미녀들이 저 보려고 매일 불야성을 이룬다니까요!!!"

"사실이라면 비위가 좋군."

"실수일 뿐이에요!!"

구천우로선 색다른 경험의 연속이었다.

시답지 않은 대우였다. 오늘처럼 대화를 길게 해 본 적도 드문 데다 항시 간단명료했었다.

"괜찮다."

"전혀 안 괜찮거든요."

후후후.

악당처럼 웃지도 마세요.

개복의 실금은 필연적이었다. 의도하진 않았어도 패황공이 1성에 도달하면서 패황기가 방 안에 맴돌고 있었다. 그런 가운데 자신과 대면했으니, 영향을 받는 것이 당연했다. 범인이 아니라 무인이었다고 해도 상황은 크게 다르지 않았다.

물론, 패황공이 3성에 이르지 않은 건 개복이로선 천만다행이었다. 그랬다면 실금으로 끝나지 않았다.

"실수는 누구나 하는 법, 호들갑 떨 필요 없다."

"소문내시면 절대 용서하지 않을 겁니다!"

"호오? 제법 사내대장부답군."

"당연하죠!! 사나이 가복, 다른 건 다 참아도 쪽팔린 건 못 참습니다!!"

그런 의미의 칭찬은 아니었다.

호랑이 간을 삶아 먹지 않고서야 패황의 면전에서 저따위로 지껄일 수 있는 이가 있었겠는가.

구천우로선 개복이 볼수록 신선했다.

'근골도 나쁘진 않고.'

방을 후다닥 뛰쳐나간 가복은 반각도 안 되어서 평복으

로 갈아입고 돌아오는 신속함을 보였다. 그러면서 마치 자신은 아무 일도 일어나지 않았다는 표정은 압권이었다. 연기력도 수준급이라, 모르고 봤다면 정말로 그런 줄 알았을 것이다.

한편으로 바쁘다면서도 장주의 명령보다 자기 체면을 소중히 챙기는 걸 보면 평범한 종복은 아닌 듯했다.

"시간이 많이 지체되었습니다. 어서 서두르세요. 이러다 불호령이 떨어지면 전부 도련님 탓입니다."

그러면서 시간을 지체한 연유를 자기 상전에게 전가하는 뻔뻔함까지 갖추었다.

'이런 녀석이었나?'

단면에 불과하나, 구천우는 과거에 개복이를 어찌 대했는지를 알 수 있었다. 아무리 편한 사이라고 해도 신분의 벽은 두터웠다.

주인이라면 본을 보이기 위해서라도 경을 쳐야 마땅하나, 선을 넘지 않는다면 단죄하지 않는다. 패황은 멸악의 구도자일 뿐, 패악과는 거리가 멀었다.

"너는 운이 좋구나."

"도련님이야말로 운이 좋으신 거죠. 저같이 잘생기고, 현명한 종복이 세상천지 어디 있다고요."

"하나, 그 능력을 발휘하기엔 신분의 벽을 넘긴 어렵지."

"……지금 신분으로 갑질하시려는 거예요?"

"현실을 얘기하는 거다."

뻔뻔함으로 따지면 패황도 두말하면 입 아픈 족속이다. 1회차를 제외한다면 창피함을 느껴 본 적이 없다고 봐야 했다. 그것도 초반일 뿐, 패황이 된 이후로는 패도를 거침없이 휘둘렀다.

'어쩌, 더 나가면 뒈질 것 같은 기분이네.'

가복이도 선을 넘진 않았다.

그것이 눈치든, 본능이든 오래 살 능력이었다.

게다가 딱히 틀린 말을 하지도 않았다. 아무리 능력이 뛰어나도 신분의 벽을 넘기는 현실적으로 어렵다.

그나마 있다면 무인이 되는 것이지만, 상승의 무공을 익히기란 소설처럼 호락호락하지 않았다. 종복에게 가문이나 문파의 비기를 가르쳐 줄 만큼 현실은 무릉도원이 아니다.

"헤헤, 제가 언제 또 그랬다고요. 저는 제 본분에 아주 만족합니다."

"평생 종복으로 살겠다고?"

"한번 종복은 영원한 종복입니다요!"

"알겠다."

황제도 자기가 하기 싫으면 그만이라고 했다. 어쩌면 현재에 만족하는 편이 덜 불행할 수도 있었다. 그릇된 대의로 헛꿈을 꾼다면 100회를 반복하게 된다. 그나마 가복의 수명은 50세 내외였다. 100번을 회귀해도 고작 5천 살에 불과했다.

"장주님이 날 부른 이유가 뭐지?"

"정말 몰라서 묻는 거예요?"

"앞으로는 두 번 묻게 하지 마라."

구천우는 자초지종을 되물었다.

가복은 황당함을 감추지 못했다. 한 달 전부터 장주님과 총관님에게 상행에 나가겠다고 떼를 썼으면서 이젠 아무것도 모른다는 표정을 짓고 있다니. 자신도 연기력이 상당하지만, 도련님도 만만치 않았다.

'하긴 겁이 나기도 하겠지.'

가복은 도련님의 평소 행실을 근거로 판단했다.

나이는 찼고, 슬슬 가문의 일을 맡아야 하는 때다. 한데도 도련님은 일하기보다는 놀기를 더 좋아했다.

딱히 이상하진 않았다. 그 나이 때에 일을 하고 싶은 경우는 흔하지 않으니까. 굳이 자신이 하지 않아도, 둘째, 셋째 도련님도 있고.

상행은 보통 경력이 쌓인 후에 보낸다. 그만큼 상행은 쉬운 일이 아닌 데다, 간혹 위험할 수도 있었다.

어쩌면 대뜸 상행을 나가겠다고 한 건 승부수일지도 모르겠다.

'안 나가면 나야 좋지.'

도련님 가는 길에 종복은 실처럼 따라가기 마련.

'저는 괜찮으니, 갔다 오세요.'란 개수작은 통하지 않는다. 행여나 먼 길이라도 나서게 되면 상행 동안 도련님의 수발을 홀로 도맡아서 해야 한다. 장원에선 도와줄 사람도 있고, 나 아니어도 도련님은 안전했다.

'아휴, 끔찍해!!'

지금처럼 가내의 업무를 차근차근 배웠으면 한다. 장주님도 도련님의 개수작을 알고 있으니, 상행을 허락할 리 만무하다.

"가서 잘못했다고 석고대죄하세요. 그럼 적당히 내근직으로 돌릴 겁니다."

"충고더냐?"

"충고라니요, 천부당만부당하십니다. 전부 도련님을 위한 충언입니다."

"네가 귀찮은 건 아니고?"

"그럴 리가요, 전 도련님이 설령 지옥으로 간다고 해도 따라갈 겁니다."

"충절은 잊지 않으마."

"아무렴요. 개도 아니고 잊으시면 안 되지요."

대강의 내용을 파악한 구천우는 침상에서 일어났다.

패황이었을 때라면 감히 자신을 오라 가라 부르는 짓 따윈 하지도 못하겠으나, 현재를 외면할 만큼 외골수적이지는 않았다.

'나도 꽤 융통성이 있지.'

시작이 나쁘지 않았다. 이만하면 자식의 의무를 다하고 있었다. 기뻐하고 있을 아버지를 위해서 적극적으로 효심을 발휘해 보기로 했다.

가는 동안에도 가복의 주둥이는 쉬지 않았다.

"어릴 때는 외근에 대한 환상과 낭만이 크겠지만, 현실이 어디 그렇습니까? 집 나가면 개고생이란 말은 불변의 진립니다."

"그러냐."

"옛 어른들께서 비싼 고봉밥 먹고 헛소리나 지껄이진 않았을 거 아닙니까."

"평소에도 어른 말씀을 귀담아듣는 모양이구나."

"이런 말 쇤네의 입으로 하긴 쑥스럽지만, 부모님만 있었으면 천하제일 효자가 되었을 겁니다."

가복이는 어렸을 적 구천우의 집 앞에 버려졌다. 애초에 효자가 될 수 없으니, 맘대로 지껄이고 있었다.

그래도 현실에 낙심하지 않는 걸 보면 천성적으로 낙천적이긴 했다. 물론, 내색하지 않으려고 밝은 척 행동하는 것일 수도 있다.

"훌륭하군."

구천우는 수긍해 주었다.

사실 가복이의 내심 따윈 애초에 안중에도 없었다. 사사로운 감정에 얽매이지 않고 멸악패도를 걸었던 구천우로선 사람들의 마음을 알지도 못할뿐더러, 알려고 하지도 않았다. 그렇게 4만 년을 올곧게 보냈으니 어쩌면 당연했다.

더욱이 천애고아긴 해도 가복이는 주인 복은 있었다. 지금만 봐도 처맞을 짓을 수도 없이 저지르고 있었다. 구천우가 일일이 따지고 드는 성격이었으면 곱게 끝나지 않았다. 이 시대에 종복의 객기는 물볼기의 지름길이었다.

"그쪽 아니거든요."

"그렇군."

"이번엔 길치입니까?"

"안내해라."

"예, 그리합지요."

4만 년이 지나고 나니, 내 집도 어색해졌다.

정갈하고 고풍스러운 집무실.

귀공품이 많지는 않았다. 탁자를 중심으로 구도에 맞게 도자기와 족자가 균형적으로 배치되어 보기가 좋으며 마음을 평온하게 했다.

의자에 앉아 있는 중년인은 책자를 넘기며 신중히 살피고 있었다. 방 안의 풍경과 어울리면서도 묘하게 이질적이긴 했다.

저벅, 저벅!

밖에서 소리가 들렸다.

중년인은 더욱 정갈한 행위로 엄숙한 분위기를 자아냈다.

드륵!

문을 열고 구천우가 들어왔다.

"부르셨다고 들었습니다."

"마쳐야 할 일이 있으니 잠시 기다리거라."

집무실의 중년인은 구천우의 아버지로 구가장의 장주이자 적금상단의 상단주다. 석가장의 가품(假品)처럼 들리나, 구가장은 이름 그대로 구씨 가문의 장원을 뜻했다.

적금상단은 가족 같은 상단으로 사천성 십대상단에 속하는 어엿한 중견 상단이었다. 그렇다고 오해는 금물이다. 천하를 두고 경쟁하는 대상단이라고 하기엔 십대상단의 말석을 겨우 차지했다.

그런 것치곤 가주의 모양새는 천하제일상단에 버금갔다.

가복의 말대로 피는 못 속였다.

그렇게 반 시진이 흘렀다.

숨 막히는 고요함이었다. 익숙하지 않다면 답답함과 초조함에 함몰될 수 있었다. 비교하자면 고수가 하수를 길들이는 수법 중 하나였다.

후륵!

구가장주 구서진은 용정차 같은 녹차를 음미하며 재고관리표를 보다가 미간을 찌푸렸다.

'이놈이 뭘 잘못 먹었나?'

해가 중천에 뜨고도 잠잠하기에 종복에게 아들을 불러오라고 했다. 예상보다 늦게 오는 바람에 분위기가 잠시 흐트러질 뻔한 걸 간신히 바로잡았다.

장남이면서 18세가 되도록 철이 들지 않아 어떻게든 상단에 관여하도록 했더니. 이놈의 자식이 대뜸 상행을 나서겠다고 한 것이다.

가문의 장남으로서 상단의 주요 행사인 상행을 경험해 봐야 한다는 명분을 내세웠다.

분명 일하기 싫어 개수작을 부리는 게 분명했다.

'이게 다 당신 때문이란 말이오!!'

아내가 장남이라고 싸고도는 바람에 저 나이가 되도록 일은커녕 게으른 한량이 되지 않았는가!

그렇다고 아내한테 따지는 건 하책이었다. 대(大)구가장의 장주로서 아들의 개수작에 놀아날 수는 없는 노릇이다.

'그래도 그렇지, 이놈이 왜 이렇게 얌전하지.'

화를 낼 기미라도 보이면 벌벌 떨며 아내한테 쪼르르! 달려갔던 녀석이 무게를 한껏 잡고 있었다.

대체 어디서 그런 못된 버릇을 배워 왔는지 원, 쯧쯧쯧!

콩 심은 밭에 콩이 났단 사실은 전혀 고려하지 않은 구가장주였다. 구천우가 당신 아들이라고 하지 않아도, 아들로 인정할 수밖에 없는 판으로 찍은 외양이었다.

구서진은 아들이 반각 이내에 두 손 두 발 들고 항복 선언을 하리라 자신했었다. 아들의 근성은 고작 그 정도밖에 되지 않았다.

아내가 장원에 없는 때에 일사천리로 끝내려고 했거늘.

웬걸.

눈치챘나?

놀기 좋아하긴 해도, 분위기도 파악 못 할 만큼 멍청한

아들은 아니다. 자기 살길은 만들어 놓고서 노는 영악한 녀석이다. 그나마 건전한 편이라서 여태 말을 하지 않았을 뿐이었다.

흠!

아비를 수 싸움으로 이겨 먹으려고?!

천 년도 이르다, 이놈아.

사천의 험한 상계에서 살아남아 십대상단에 든 이 아비를 따르려면 멀었다. 실제로도 구가장 역대 최고의 상재를 타고났다 자신한다. 조상께서 말아먹은 재산을 회복해 현재의 성세를 이루었다는 자부심이 있었다.

"다 큰 녀석이 이때까지 할 일 없이 잠이나 퍼 자고 있어! 네놈은 대구가장의 장남이라는 자각은 있는 게냐?"

"대구가장이라고 하기엔 저 먼 해동 일족, 중원에선 오랑캐로 분류된 족속으로 알고 있습니다."

"……네가 그걸 어떻…… 아니지. 어디서 헛소리를!! 우린 천하의 중심이며, 유서 깊은 중원의 명문 귀족이다, 이놈아!"

"역모에 직접 가담한 것도 아니고 옆에 있다가 불똥이 튀는 바람에 중원으로 야반도주했다고 알고 있습니다. 사실은 성도 구씨가 아닌 백씨로, 원래는 백가장이 되어야 하지 않습니까."

……?

이놈이 어떻게?

신분 세탁을 알고 있지?

장원의 주인이 되어야만 전해지는 가문의 비사였다. 게다가 정확한 내막은 알려 주지 않았다.

누구야?

설마?

이 입 싼 망할 놈의 영감탱이가!!

이 사실을 아내가 알면 절대로 안 된다. 아내는 자신을 중원인인 줄 알고 만났다. 해동 일족에 대한 자부심과 별개로 중원의 새외에 대한 시선은 여전했다. 조상에 대한 자부심 때문에 굳이 약점을 떠벌리는 짓은 상인으로서 금기였다.

어쨌든 넘겨짚었다고 하기엔 너무나 정확했다. 자신조차 역모의 정확한 내막을 모르거늘, 이놈이 언제부터 이리 철두철미해졌지? 약점을 찌르는 재주는 쓸 만했다.

"네 할아버지가 말을 한 게냐?"

"아닙니다."

"그런데 어떻게?"

"조사하면 다 나옵니다."

어쩐지 무게를 잡더니, 이놈의 외가가 알지 못하도록 사전에 입막음해야 했다.

"제법이구나."

"감사합니다."

구천우는 멸악패도의 길을 걸으면서 수많은 적을 상대했

다. 적들은 구천우의 약점을 조사했고, 그때 과거의 행적이 까발려졌다.

조상 대대로 숨겨 왔던 비사였지만, 적들로선 그만큼 절박했다. 구천우를 무력만으로 상대하기에는 불가능하다는 절망에서 기인한 계책이었다. 오랑캐가 천하를 지배하도록 내버려 둘 리 없는 중화사상을 이용한 것이다.

'이 녀석이 기고만장이 하늘을 찌르는구나.'

아들한테 한 방 먹었다는 사실에 구서진은 자존심이 상했다. 환갑 전에는 자리와 재산을 물려줄 마음이 없었다. 벽에 똥칠할 때까지 가장으로서 자존심을 지킬 것이다.

아들 따위가 아비의 자존심을 건드린다면 가만둘 순 없다.

가장의 최고 존엄을 위한 대의였다.

'네가 아무리 날고뛰어 봤자 내가 낳은 자식이다, 이놈아!'

어딜 감히.

생긴 것과 다르게 굉장히 꼬여 있었다. 이래서 얼굴만 보고 사람을 단정해선 안 된다.

"네가 그리 간절히 부탁하니, 특별히 상행을 허락하마."
"예."
"그래, 잘 다녀…… 방금 예라고 했느냐?"
"그렇습니다."
"아니, 왜?"

"제가 자초한 일입니다. 하물며 장주님께서 어렵게 내린 결정이지 않습니까. 자식이라면 마땅히 따라야 한다고 배웠습니다."

"맞는 말인데……."

아내한테 처맞을 말이었다.

예상치 못한 사태였다. 아들이 아무리 생각이 없어도 상행의 어려움을 모르진 않으리라 봤다. 당연히 거절할 테고, 적당한 선에서 타협안을 내놓으려고 했더니. 웬걸, 이놈이 호랑이 간을 삶아 먹었는지 겁을 상실해 버렸다.

'아니지.'

호오? 여기서 한 번을 더 꼬아?

내 자식답게 제법 머리를 굴릴 줄 알았다. 호랑이는 호랑이를 낳는다고, 이제는 기호지세였다. 여기서 밀리면 자식 놈에게 계속 끌려다녀야 한다는 걸 모르지 않았다. 아비와 아들의 관계에도 상도의가 있는 법이다.

"이번 상행은 다른 성으로 넘어가야 하는 일정이다. 산적 중에서도 녹림이라도 만난다면 꽤 위험할 수도 있지."

"그렇군요."

겁을 줄 요량이겠지만, 패황에게 산적 따위가 눈에 찰 리 만무했다. 녹림칠십이채의 총채주이자 녹림왕에게 있어 패황은 결코 만나고 싶지 않은 최악의 천적이었다.

"그러다 죽을 수도 있어!!"

"제가 상행을 가지 않기를 바라십니까?"

"……그럴 리가."

이놈이 이쯤 되면 숙일 줄도 알아야지!

그렇다고 가지 말라고 할 수도 없는 노릇이었다. 총관과 대행수에게 큰소리 땡땡 쳐 놨는데, 체면을 구길 수는 없지 않겠는가.

가장 큰 문제는 아내였다.

남들 눈엔 현모양처럼 보이나, 한번 삐지면 내일이 없도록 사람을 달달 볶는다. 당해 보지 않은 사람은 그 피 말리는 갈굼을 모른다.

게다가 힘 싸움에서도 아내는 강하다. 가녀린 외양에 알려지지 않았을 뿐, 아내는 무인이었다. 대단한 고수 축에는 들지 않아도 상인으로선 감당하기 벅차다.

'이제 와 네 의지를 시험해 봤다고 하면 꼴이 우습겠지.'

명색이 대구가장의 장주가 자식 때문에 허언을 입에 담을 순 없었다. 결국, 이대로 밀고 나가야 했다.

'별문젠 없겠…지?'

상행이 위험하다고 했지만, 매번 그렇다면 누가 상단을 꾸리겠는가. 적정선을 지키면서 위험한 상행은 가지 않으면 되었다.

호위 인원을 보강한다면 위험은 발생하지 않을 것이다. 그러나 처음 해 보는 야영과 노숙은 다른 문제였다.

'이놈도 고생을 좀 해 봐야 정신을 차릴 테고.'

온실 속의 화초로만 자라선 장차 대구가장을 이끌어 가

지 못한다. 설령 둘째와 셋째가 있어도 장남으로서 본인의 가치를 증명할 필요가 있었다.

"10일가량 남았으니, 상행에 방해가 되지 않도록 단단히 채비하거라."

"알겠습니다."

허어, 대답은 잘하는구나.

예상과는 다른 전개에 구서진은 입맛이 썼다.

상인으로서 손해만 볼 수는 없으니 아들의 썩어 빠진 근성이라도 뜯어고칠 겸, 되도록 도움을 주지 말라고 해야겠다.

물론, 적당히 해야 한다. 잘못해서 아내의 귀에라도 들어가는 날엔 최소 보름은 시달려야 한다.

'아, 그렇지.'

망할 18세면, 아들도 장가를 가야 할 나이긴 했다. 예전과 비교하면 늦은 나이일 수도 있었다. 나 때엔 열네 살에도 장가가서 아들딸 낳고 행복했었다고 들었다.

'이건 고민 좀 해 봐야겠군.'

아들의 수작에 놀아난 게 마음에 들진 않지만, 뼈대 있는 가문으로서 근본 없는 며느리를 들일 수도 없는 노릇이다. 대구가장에 걸맞은 족보 있는 현명한 며느리여야만 했다.

"너도 이젠 바쁠 테니, 그만 가 봐라."

"예."

이놈이 언제까지 분위기를 잡을 거야?

누굴 닮아서 이러는지 원, 쯧쯧쯧!

구서진은 고풍스럽게 책자를 넘겼다. 마지막까지 장주로서의 고뇌를 잊지 않는다.

'도련님, 사내라면 항시 굽힐 줄도 알아야 하는 법입니다.'

편할수록 더 편하게 살자.

가복의 소신이었다.

일찍이 고생할수록 팔다리 관절이 무사한 경우는 흔치 않았다. 하인 중에서도 뺀질거렸던 분들은 건강하게 오래 사셨다. 그에 반해 주인을 위해 충심을 다했던 분들은 말년이 좋지 않았다.

자존심?

인생 전반으로 따지고 보면 별거 없다. 절개를 위해서 목숨을 걸었던 사람들 태반이 후회로 점철되었다.

가복은 걱정하진 않았다.

도련님은 자존심 때문에 고생을 사서 할 만큼 고지식하지 않다. 그 유연한 융통성으로 인해 매일 놀고, 먹고, 자는 여유로운 일상을 영유해 왔다. 솔직히 다른 사람은 안 부러워도 도련님은 부럽다.

그나저나 생각보다는 오래 걸린다.

밀고 당기기에도 적정선이 있었다. 지나치게 밀고, 당기면 의도치 않은 방향으로 흐르기도 한다. 천망회회 소이불

실을 기억해야 했다.

"종복 주제에 한가롭구나."

아이, 깜짝이야!!

별안간 등 뒤에서 들린 목소리에 가복은 꼴사납게 두 팔을 휘저으며 오두방정을 떨었다.

"오셨으면 인기척이라도 내실 것이지, 귀신인 줄 알았잖아요!"

"백주대낮에 활보하는 귀신도 있더냐."

"원래 밤 귀신보다 낮 귀신이 훨씬 무섭다고 했습니다. 여하튼 아무렇지 않으신 걸 보면 협상은 잘되신 모양입니다."

"그렇지."

가복은 시간이 지연되어 혹여나 했었다.

이런 거 보면 도련님도 밀고 당기는 상인의 기질을 타고 났다. 잘 키운 도련님 하나, 열 도련님 부럽지 않다더니. 자고로 밖으로 싸돌아 봤자 인생의 쓴맛을 경험할 뿐. 따뜻한 방구석에 처박혀 있을수록 종복의 하루는 평온하다.

"내근직이라고 해서 만만히 보시면 안 됩니다. 장주님이 눈에 불을 켜고 주시할 테니 열심히 하는 시늉이라도 보여야 합니다."

"내근은 다음에 하게 됐다."

"내근까지 빼시다니!! 협상을 어떻게 하셨기에 이리 좋은 결과를 얻으신 겁니까?"

"상행을 준비하도록."

"……?"

구천우는 걸음을 돌렸다.

예상을 상회하다 못해 엇나가 버린 현실에 가복은 망부석처럼 굳어 버렸다. 자신이 잘못 들었나, 귀를 의심해야 했다.

이럴 수는 없는 일이 아닌가!

이 망할 도련님이!!

종복의 안락한 장원 생활은 어쩌라고!!!

잘못 들은 거다, 분명히!!

"도련님, 제가 최근에 무리해서 그런지 귀가 잠시 들리지 않았습니다. 내근으로 정정해서 다시 말씀해 주시겠습니까?"

"주제를 망각하는군."

윽!

구천우의 건조한 시선에 닿은 개복은 건드리기만 해도 죽는 생선처럼 바짝 얼어 버렸다. 친구처럼 편한 관계라도, 주인의 말을 제대로 듣지 않는 종복은 문제가 있었다.

쓰윽!

부르르르!

1성의 패황공에 불과하나, 구천우의 영력은 인간의 영역을 아득히 초월했다. 자연스럽게 주변을 장악하는 위압이 발산된다. 경지에 이른 무인이라도 종잇장처럼 찢어발길

흉포함이었다.

일개 종복이 버텨 내기란 불가능했다.

물론, 구천우는 종복이라도 함부로 죽이진 않았다. 멸악패도의 길은 악의 멸절이지 횡포가 아니기 때문이다.

패황기를 갈무리했다.

'내가 왜?'

도련님의 눈빛에 쫄아서 얼어붙은 가복은 믿기 힘들었다. 근래에 신경을 많이 써서 헛것이라도 보이나.

간신히 정신을 수복한 가복은 현실적인 문제를 꺼냈다. 머리로 아는 것과 실제는 엄연히 다르다.

"상행이 뭔지나 아시고 그러는 겁니까? 나들이나 여행으로 착각하시는 거면 심히 곤란하다고요. 나중에 돌아오고 싶다고 해도, 상행이 시작되면 되돌릴 수도 없습니다!"

"하의나 갈아입고 오너라."

"말씀을 돌려 봤자…… 어?"

"그리 부실해서야, 상행이 심히 걱정되는구나."

"……이럴 리가 없는데!!"

체면이 중요하지 않다는 신념과는 달리 벌겋게 달아오른 가복은 방으로 전력 질주했다. 전날 불장난을 한 것도 아니고, 하루에 맨정신으로 두 번이나 지렸다.

'진짜 병 걸린 거 아냐?'

미래의 부인을 위해서 순결을 유지했거늘, 써 보지도 못하고 고자가 된다면?

한시라도 빨리 의원을 찾아야 할지도 모르겠다.
'이럴 줄 알았으면 자주 쓸걸!!'
그게 맘대로 되냐.

멸악패도를 유보했지만, 무인의 습관은 버리지 못했다.
구천우는 심기체(心氣體)를 관조하고 있었다. 육신은 패황신(覇皇身)을 완성한 때와 비교하면 하찮았다. 내외력이 원래대로 돌아가려면 순환을 이어 가야 했다.
영혼으로 만물의 기를 끌어오고, 기맥을 타고 들어온 기운으로 체를 자극한다. 순환과 자극을 통해 내외신을 강화하여 토대를 마련해 나갔다.
순환을 통한 축성을 원활히 하기 위해서 일원진을 침대를 중심으로 새겼다.
양을 늘리는 건 북명진이 효과적이긴 하나, 일원진에 비해 흡수되는 기의 순도가 떨어진다. 북명신공이 신공으로 불리면서도 마공으로 대접받는 연유였다.
전회차였다면 북명진을 사용했을 것이다. 북명진이 불순물이 섞이기는 해도 양을 무시할 순 없다. 부작용이 있기는 하나, 패황경에 도달했던 자신이 제어하지 못할 정도는 아니었다.
그런데도 구천우는 일원진을 택했다.
혼탁한 기운이 아닌 극도로 제어된 정순한 기운을 차분히 쌓았다. 이번에는 속도가 아닌 완성도에 심혈을 기울였다.

패황무극경의 극의에서 더는 나아갈 방향을 잃었었다. 전회차의 경지에 만족한다면 모를까, 그 위를 바라본다면 새로운 방향을 찾을 필요가 있었다.

회자를 거듭하게 한 무명.

인간의 한계를 초월하여 신선의 반열에 들었다고 볼 수 있었다. 더욱이 100회차가 될 때까지도 나타나지 않았었다. 단순히 멸악패도를 부정하려는 의도로 보기엔 의문이 남는다.

'아직은 때가 아니다.'

구천우는 이전 회차와 달리 조급함을 버렸다.

최단이 아닌 느긋함을 택하자 보이지 않았던 부분이 조금씩 윤곽을 드러냈다. 당장은 실마리를 찾은 것에 만족하며 굳건한 토대를 쌓아 갔다.

흡기, 순환, 자극, 축성.

혼탁한 만상의 기운이 일원으로 합일되어 순도 높은 내력으로 전환, 전신기맥을 회전하여 단전에 자리를 잡는다.

하단, 중단, 상단으로 단계를 나누었고, 당장은 하단전에 집중했다. 여물지 않은 바탕으로 중단과 상단을 노린다면 문제가 생길 수 있었다.

'이 시기에 내가 상행을 떠났었던가?'

기억이 흐려지다 못해 썩은 고목처럼 부스러져 버린 상태였다. 회차를 거듭할 때마다 정점에 도달하기 위해서 최단의 선택을 했었다. 당연히 집안 사정은 문외한이나 다름이 없었다.

'상관은 없겠지.'

실마리의 시초는 제가(齊家)였다.

그간 멸악패도의 구도자로서 희로애락을 완전히 배제했었다. 사치라고 여겼던 감정들을 되돌아볼 필요성을 느꼈다. 희로애락이 축성을 쌓을 때 새로운 형태로 변하는 과정을 주목했다.

드르륵!

제 방처럼 열어젖히며 접근해 오는 존재가 있었다. 기습이라고 하기엔 기척을 지우기는커녕 발걸음이 지나치게 발랄하다.

다다다다!

장난기가 다분한 생명체는 일언반구도 없이 방을 내달리더니 날아올랐다.

구천우는 얼떨결에 반응했다.

사뿐.

정면으로 내달려서 횡으로 착지하는 솜씨는 놀라웠다. 의도하지 않았는데도, 자연스럽게 품에 안고 말았다. 한두 번 해서는 나오지 않을 습관이었다.

헤헤.

구김살 없는 생명체가 구천우를 올려다본다. 갑작스러운 무례에도 태연한 데다, 천연덕스러운 미소는 황당함을 무장해제 시키는 마력이 있었다.

흐음.

유리알처럼 투명하고 큰 눈에 점점 의혹이 번진다. 마치 자기가 알고 있던 사람이 아니라는 듯 의심스러운 눈초리였다.

"우리 오빠는 턱선이 없었는데, 게다가 날 이리 가벼이 안을 만큼 허리가 튼실하지도 않고. 당신, 누구야?"

"눈치가 빠르구나."

"당연하지, 아무도 내 날카로운 추리를 피해 갈 순 없거든. 암암!!"

"입이 화근이 될 수도 있지."

"오빠, 지금 사랑스러운 동생을 살인멸구하려는 거야?"

천진한 외양과 다르게 영악한 소녀, 막내 여동생 구천예였다. 병법의 전술가처럼 자신의 무기를 잘 알고 효과적으로 이용할 줄 알기에 구가장의 구미호로 불린다.

다만, 구천우의 기억에는 작금의 모습이 없었다.

-대의, 그게 뭐가 그렇게 중요해! 오빠한테 우린 아무것도 아니지! 작은오빠가 그리된 건 전부 오빠 탓이야!

불구대천의 원수를 대하듯 악의에 받쳐 소리를 지르던, 지긋이 나이가 든 여인이 떠올랐다.

돌아올 때마다 천예의 따뜻한 눈빛과 환대는 없었다. 언제나 자신을 원망하며 독기 어린 눈으로 저주를 퍼부었다.

매번 이해되지 않기는 했다. 멸악패도는 세상을 정화하기 위한 숭고한 대의였다. 또한, 가족을 지키기 위한 수단이 되었다.

기억과는 상반되는 여동생의 천진난만함에 구천우는 만감이 교차했다. 이런 모습도 있었나? 폐부를 찌르는 어색한 간지러움이 일었다.

'천예의 말대로 나 때문이었을지도?'

가족을 구했다고 확신했거늘, 그게 아니었을 수도 있다는 작은 불신이 화인처럼 새겨졌다.

천예는 1회차 멸문지화를 기억하지 못한다. 무명이 자신을 회귀시켰을 때는 화를 당하기 전이었다.

가족의 죽음 앞에서 맹세했다. 세상의 악을 모조리 다 멸하겠다고.

그 하나의 대의를 위해서 가족을…… 버렸구나.

따지고 보면 본말전도(本末顚倒)였다.

이제라도 잘해 주어야겠단 마음을 먹었다. 무심했던 이전 회차와 달리 표정에 온기를 담았다.

"죽이진 않으마."

"……오빠! 방금 진짜 살인마 같았어!!"

4만 년 만에 처음으로 노력을 기울였거늘, 돌아온 대답이 살인마라니!

오해는 풀렸다.

사실 풀렸다기보다는 천예의 손바닥 안에서 놀아났다고 봐야 했다.

노년에 접어든 카랑카랑한 할망구와 자기 멋대로 행동하는 말괄량이가 같은 사람인지 의심이 들 정도로 요물이 따로 없었다. 인간이 세월 앞에 얼마나 나약한 존재인지를 깨닫게 해 주었다.

"상행에 나가겠다고 했다며?"

"그래."

"미쳤어! 집에서 따뜻한 밥 먹고, 등 따시게 생활하더니 현실이 만만해! 오빠는 나가는 순간 죽어!"

허!

걱정과 조롱의 경계가 모호하나, 하루살이 취급이 생경하긴 했다. 누구도 패황의 안위를 걱정하지는 않았었다. 그것만큼 소모적이고, 무의미한 일도 없었다.

"내가 미덥지 않은 게냐?"

"당연하지."

"고민도 안 하는구나."

"내가 오빠를 몰라. 지금이라도 아빠한테 가서 잠깐 정신이 나가서 허세 부렸다고 싹싹 빌어."

한 입으로 두말하라니, 4만 년 동안 해 본 적도 없는 구차함이었다. 설상가상으로 무릎을 꿇고, 손금이 없어지도록 빌란다.

그게 다 자신을 걱정해서 하는 소리처럼 느껴져서 어처구니가 없을 지경이다.

"장주님께서 허락한 사안이다."

"아빠도 그래. 오빠가 이러는 게 하루 이틀도 아니고. 엄마가 돌아와서 얼마나 처맞으려고!"

"나를 믿어라."

"호오? 내가 이렇게 나오면 보통은 갈팡질팡했었는데, 한 살 더 먹더니 제법 남자다워졌어."

오빠의 머리 꼭대기에서 놀려고 하지만, 천예는 고작 열세 살에 불과했다. 대체 이 꼬맹이한테 어떻게 행동했는지, 구천우는 한숨이 절로 나왔다.

여동생에게조차 믿음을 주지 못했다면 반성해야 했다. 그리고 이제부터라도 보여 주면 되는 일이다.

조급하진 않았다. 멸악패도를 유보했더니, 시간이 남아돌았다.

그러고 보면 지난 100회차 동안 개인적인 시간을 가졌던 적이 없었다.

구천우는 천예의 견해를 물었다.

"오라비가 어떻게 했으면 좋겠느냐?"

"말투가 참, 시비 걸기 딱 좋잖아. 그런 식으로 하다간 객잔에서 칼부림 난다고."

"그럴 리가."

"사서의 중용에 이르길, 어여쁜 동생의 말을 잘 들으면 자다가도 떡이 생긴다고 했어."

객잔에서 칼부림이 있었던 적이 있었나? 언제나 객잔은 아주 평온했다. 숨소리조차 나지 않을 정도로 조용히 식사했던 기억이 있었다.

와닿지는 않으나.

"새겨들으마."

"이번만 봐주는 거야."

"고맙구나."

"대신, 내 부탁도 들어줘야 해."

"말해 보거라."

"알면서 왜 그래? 내가 몇 번이나 무공 배우고 싶다고 했잖아. 이번에도 허락해 주지 않으면 나 진짜 가출할 거야!"

솜방망이 같은 주먹을 불끈 쥔 천예의 각오는 그저 귀엽기만 했다. 천하제일여협이 되어 강호를 종횡무진하는 본인을 상상하는 모양이다.

후후.

천예가 무엇을 원하는지 몰랐던 천우로선 불감청고소원이었다. 이리 간단한 것을.

"들어주마."

"진짜지? 나중에 말 돌리면 가만 안 둬!!"

"나는 두말하지 않는다."

"뭐래. 세 말, 네 말도 했으면서. 엄마 앞에서도 지금처럼 당당해야 할 거야."

패황은 허언하지 않는다고 했거늘.

과거가 까발려질수록 심한 괴리감을 느꼈다. 멸악패도의 구도자, 패황의 품위가 심각하게 손상되고 있었다.

여동생이 그리 간절히 원한다면 적극적으로 도와줄 요량이다.

물론, 한 번 정하면 되돌릴 순 없다.

그것이 설령 혈육일지라도.

"여협이 될 수 있도록 물심양면으로 지원해 주마."

"허세는 부리지 말고."

구천우는 미간을 찌푸렸다.

과거 여협을 키워 본 경험도 있었다. 생사결이 약간 험하기는 했어도, 후일 강호를 진동시키는 여협이 되었다.

"기대하거라. 후후후."

"방금 굉장히 사악해 보인 거 알아? 마치 동생의 괴로움을 즐기는 변태 같았어."

"너는 반드시 여협이 될 것이다."

"오빠가 적극적으로 나오니까 이상하게 의욕이 떨어지잖아!"

매번 위험하다며 나서서 반대하던 오빠였다.

천예는 귀여운 여동생을 아빠한테 팔아서 일신의 안위를 챙겼는지 의심이 들었다.

"그 정도의 각오였더냐?"

낮게 울리는 오빠의 육성에 천예는 화들짝 놀랐다. 좀 전까지만 해도 반쯤은 장난이었지만, 또다시 장난을 치면 송장을 칠 것 같은 기분이 들었다. 죽이지 않는다는 말이 갑자기 확! 와닿았다.

'내가 오빠한테 쫄다니?'

믿기 힘들었다.

오늘따라 호구에 배알 없는 오빠답지 않았다. 어쩌면 자신의 기를 꺾으려는 오빠의 개수작일지도 모른다.

이 순간 밀리면 주도권을 찾아오기 힘들다는 위화감을 감지했다. 미모, 지성, 강단을 겸비한 천예는 각오를 다졌다.

윽!

여동생의 귀여운 반항심이거늘.

거대한 태산이 밀려와 짓뭉개 버리려는 듯한 압박을 받았다. 이 순간 오빠가 형언할 수 없는 전지전능의 절대자로 보였다.

"왜 그러지?"

"안… 쫄았거든!!"

"실없구나."

다시 보니 원래대로 돌아왔다.

잘못 봤나?

그래, 기분 탓일 거야.

자신을 만만히 보는 오빠라니, 하늘이 무너져도 일어날 리 없는 재앙이었다. 오빠라면 응당 여동생을 위해 모든 걸 아낌없이 주어도 아깝지 않아야 했다. 그것이야말로 진정한 의미의 가족이었다.

"오늘은 상태가 별로인 것 같아. 이만 가 볼게."

"무인이 되고 싶다면 마음을 다잡고 오너라."
"나는 이미 무인이거든."
"그렇다면 다행이구나."

천우는 바람처럼 왔다 사라진 천예의 빈자리를 물끄러미 내려다보았다.

'천하제일여협이라…….'

현모양처를 이상으로 여기는 시대였다. 무인의 길을 택했다면 무가(武家)가 아닌 이상 부모의 뜻을 거스른 행위가 된다.

천예가 무인이 된다면 제가와는 거리가 멀어진다.

그러나 진정으로 원한다면 오빠로서 도와줄 의무가 있었다.

타당한 명분에 숭고한 대의까지 더한다면 부모님도 허락해 주시리라.

'멸악패도의 길을 알려 주마.'

천우의 근본은 누가 뭐래도 협의(俠義)였다. 천하제일여협과는 일맥상통한다.

무명은 분명 네가 아니라도 세상은 망하지 않는다고 했으나, 도탄에 빠진 천하를 마냥 외면할 순 없지 않은가.

그 숭고한 대의를 다른 누구도 아닌 여동생이 해 준다면 나쁘지 않은 선택이었다.

더욱이 4만 년을 해 온 일이었다. 그릇되었다고 한들, 하루아침에 신념이 바뀌진 않는다.

그렇다고 자신이 직접 나선다면 전회차와 다르지 않은 결과가 나올 수 있었다.

'하나로는 부족하려나?'

패황의 잣대로 천예를 판단하진 않았다. 그럼에도 자질이 현저히 부족하다. 멸악패도를 대신하기엔 무리였다.

질로는 안 되고, 양으로 때워야 하려나?

'그건 차차 해결하면 될 테고.'

멸악패도는 천우조차도 전심전력을 다해 이룬 대의다. 다른 곳에 한눈을 팔아서는 달성하기 어렵다.

-내 인생이 이렇게 된 건 다 오빠 때문이야. 그 자식하고 혼인만 하지 않았어도!

혼인이 인륜지대사긴 해도, 잘못하면 인생이 망가지는 지름길이기도 했다. 천예를 만날 때마다 매번 매제에 대한 험담이 있었다. 그러니 이번에는 굳이 혼인하지 않아도 된다.

'너는 여협만 되면 된다.'

비록 멸악패도를 이루기 위해서 혼사를 치르지 않는다고 해도, 400년을 산다면 효를 다했다고 할 수 있었다.

제3장
상행

적금상단의 주력 품목은 제지와 칠기다.

자체 생산을 위해 공방을 두었고, 제조법을 개량해 독특한 문양과 품질을 갖추었다.

다만 최근 들어 사천성 내에선 확장이 한계에 봉착했다. 동종 상단과의 경쟁도 무시할 수 없다. 미래를 위해서라도 유통 경로를 넓혀야 했다.

이를 위해서 3년 전 섬서성 장안에 지부를 세웠다. 판매가 순조롭게 이어지고, 포목점까지 품목을 넓힌다면 사천성 십대상단의 말석이란 꼬리표를 떼어 낼 기회였다.

이번 상행에는 포목점에 들어갈 비단과 직물이 포함되었다. 새 상품을 선보이는 일이라 예전보다 상단이 분주했다. 비단과 직물을 더해 향료까지 품목을 넓힐 예정이다.

내총관은 품목에 대한 수량과 품질을 확인했고, 대행수

가 상행을 지휘하기로 되었다.

"총관님, 오늘도 대공자는 보이지 않는군요."

"놔두게."

"하긴, 없는 편이 낫기는 하지요."

"방해하지 않는 것만 해도 어딘가."

"의도가 나쁘진 않지 않습니까."

"그러니 놔두는 걸세."

장주께서 결정하신 사안인 만큼 자신들이 이러쿵저러쿵 간섭하는 행위는 옳지 않았다. 더욱이 업무 분담이 끝난 상태라 대공자가 나서서 끼어들 업무도 따로 없었다.

통상적으론 선배들이 하는 일을 옆에서 보고 배워야 하나, 대공자의 게으른 성향을 모르지 않았다. 괜히 아는 것도 없이 나서 봤자 업무에 지장만 초래할 터. 그럴 바엔 지금처럼 얌전히 있는 편이 도와주는 것이었다.

물론, 대공자의 나태함이 좋게 보이진 않는다. 사람이란 앉으면 눕고 싶고, 누우면 자고 싶기 마련이다.

그런데 왜 일을 하겠는가. 입에 풀칠이라도 하며 삶을 살아가기 위해서다. 능력이 없다면 부지런하기라도 해야 했다.

그나마 대공자는 나태하기만 하지, 패악은 부리지 않았다. 망나니처럼 주루나 기루를 들락날락하지도 않고, 자기에게 주어진 신분을 이용하긴 해도 선은 분명히 지켰다. 그래서 부러워는 할지언정 미워하진 않았다.

"자네의 역할이 크네."

"괜히 미움이나 사지 않으면 다행이지요."

"언제까지 저리 살게 할 순 없지 않나."

"그렇긴 한데… 아시지 않습니까."

"그래도 해 보는 데까지는 해 봐야지."

장주의 의중을 총관과 대행수도 모르지 않았다. 이번 기회에 그 썩어 빠진 정신을 고쳐 보자는 것이다.

장안까지는 여러 차례의 상행으로 정해진 길이 있지만, 이번에는 야영과 노숙을 끼워 넣을 계획이다.

"그래도 안 되면요?"

"장주께서 마음고생이 심하겠구먼."

총관은 거기까지 생각하진 않았다. 안 되면 어쩌겠나, 성실한 둘째가 있었다. 셋째도 폐장에 바람이 끼어 정신이 사납기는 해도, 셋 중 하나만 성공해도 부모로선 남는 장사였다.

상인이라면 선택과 집중이 필요할 때였다. 내 자식도 건사하기 힘든데, 남의 자식이 전부 성공한다면 배 아픈 일이 아니겠는가.

'이놈의 자식이 어째 대공자와 하는 짓이 똑같은지!'

내총관도 사람인지라, 자식 때문에 골이 지끈거렸다. 장주님처럼 둘째, 셋째라도 있으면 포기라도 하지.

심상치 않자, 대행수는 자리를 뜨기로 했다.

"저는 이만."

"자넨 좋겠구먼."

"아닙니다."

"여긴 밖일세."

이 미친 총관이 어릴 때 하던 고리타분한 짓을 또!!

이거 대꾸하면 한도 끝도 없다.

대행수는 입을 닫고 주변을 매의 눈으로 살폈다. 때마침 행수 한 놈이 실수를 해 줘서 고마웠다.

이놈, 아주 잘 걸렸다.

"이게 어떤 물건인 줄 알고 떨어뜨려!"

"어떤 물건이라니요, 향료……."

"향료는 떨어뜨려도 돼! 자칫 향이 변질되는 대형 사고라도 터지면 네가 책임질 거야?"

"아닙니다."

"여긴 밖이다."

대행수는 내리사랑을 실천했다. 뒤에서 구시렁거리던 총관이 다른 쪽으로 방향을 돌리고 나서야, 인자한 미소를 담았다.

"수고했다."

"……아, 예."

"왜 이래, 우리 사이에 편하게 해."

"……알겠습니다."

행수가 보기엔 두 얼굴의 사나이였다. 소속 상원들도 행여나 눈이 마주칠까, 학을 뗐다.

도련님은 방에 틀어박혀 나오지 않았다.
 상단주의 장남이면 다음 대 상단의 주인이 될 위치였다. 모두의 관심사에 있어야 하지만, 상원들은 신경도 쓰지 않았다.
 이를 방증하듯, 부르지도 않는다.
 이러면 보통은 궁금해서라도 나가 볼 텐데 도련님도 현실을 당연시했다. 상행 물품은 소속된 상인들이 알아서 채비할 업무로 치부해 버렸다.
 도련님의 방만함에 가복은 복장이 터졌다.
 처음부터 예상하고는 있었지만, 상상 이상으로 무신경했다. 자신도 상행에 대한 경험이 일천하기에 주워들은 내용이 전부였다. 그럼에도 어떻게든 도련님의 상행에 흠이 잡히지 않도록 철저히 준비하고 있거늘!
 '이게 내 상행이냐고?'
 누가 보면 자신이 구가장의 장남인 줄 알겠다.
 그러려면 진짜로 물려주시든가.
 안타깝지만 피는 물보다 진하다 못해 걸쭉했다. 아무리 잘해도 남의 자식일 뿐이니 종복답게 살겠다니까요.
 세상천지에 종복이 글자를 외우고 있는 게 말이 되냐고!
 그런데도 한가한 소리나 하고 있으니, 구가장의 앞날이 깜깜하다.
 "네 하체만큼이나 식사가 부실하구나."
 "밤잠을 줄이며 상행 준비에 여념이 없는데도 도련님의

식사를 챙긴 사람한테 할 소립니까! 그리고 저는 한 번도 부실한 적이 없습니다!"

"기억나게 해 줄 수는 있다만."

"……도대체 무슨 수작을 부리신 겁니까?"

자고로 실수는 인정하면 약점이 된다고 했다. 가복은 그날의 기억을 인생에서 지웠다.

그런데 그게 실수가 아니라 고의라면 얘기가 달라진다.

이 망할 도련님이 뭔가 약이라도 탔나?

그렇다고 하기엔 그날 아무것도 먹지 않았다.

'세상 게으른 도련님이 독공의 대가일 리 없잖아.'

독공도 부지런해야 익힐 수 있다. 하물며 무형무취의 요실금독을 썼다고 하기엔 가성비가 맞지 않는다.

그딴 독이 있을 리도 만무하고, 종복을 놀리겠다고 이토록 과한 심력을 쏟겠는가.

한데, 저 무심하고 진지한 표정을 보고 있자니 능히 그리 할 수 있을 것 같기도 했다.

"다음부터 고기 양을 더 늘리도록."

"배 속에 거지가 든 것도 아니고, 방금 드신 게 몇 인분이신지 알고나 계십니까?"

"지금은 성장기라서 괜찮다."

"예, 많이 드시고 빨리 크십시오!!"

나태한 건 둘째 치고, 갑자기 식욕이 왕성해졌다. 저게 다 키로 가면 좋겠지만, 방구석에 틀어박힌 이상 뱃살로 가지 않으면 다행이었다.

어?

식사를 마치고 일어선 도련님을 아래가 아닌 위로 봐야 했다. 그 차이가 크다고 할 순 없으나, 5일 전을 상기하면 얘기가 다르다.

5일 만에 1촌 반이나 큰다고?

성장기라고 해도 지나치게 빠르다. 무공이 경지에 올라 환골탈태라도 하지 않고서야.

하는 일 없이 방 안에서 숨만 쉬고 있기에 대체 뭘 하는 거냐고 물어봤었던 기억이 뇌리를 스쳤다.

무공 수련 중이라고 했지, 아마?

"설마, 진짜였어요?"

"주인에 대한 믿음이 부족하구나."

"아하, 절대고수셨군요?"

"아직은 아니다."

"그러시겠지요."

말을 하면 한도 끝도 없이 간다. 적당히 어울려 주면 멈출 줄도 알아야지.

환골탈태를 아무나 하나?

천골을 타고난 무인 중에도 환골탈태를 경험하기란 천에 하나도 많았다. 하물며 무공이라고는 삼재공과 삼재검밖에 모르는 양반이 환골탈태?

종복이라고 무시해도 유분수지.

키는 분명 굽었던 허리를 폈거나, 두피와 발바닥에 살이 쪄서일 거다. 방구석에 앉아서 그렇게 처먹으면 살이 찔 수밖에 없지.

 더욱이 무공을 앉아서만 하냐고?

 밤중에 몰래 수련했다고 하기엔 땀이라도 흘려야지, 냄새는커녕 옷이 아주 뽀송뽀송하다. 며칠을 입었는데, 어떻게 자신보다 깨끗하냐고.

 이러다 병이라도 걸리지 않으면…… 웬 실핏줄?

 의식하지 않았을 때는 몰랐는데, 우리 도련님의 팔에 여자들이 껌뻑 죽는 핏줄이 보였다. 완연히 도드라진 정도는 아니긴 하나, 살에 파묻혀 살려 달라던 핏줄이 맥동하고 있었다.

 '아무리 성장기라도, 이게 말이 돼?'

 업어 키우다시피 했던 도련님이 콩나물도 아니고.

 당황스럽다.

 지나치게 빠른 성장은 때론 독이 되기도 했다. 아무리 머리를 굴려 봐도 키가 커지고 몸이 좋아질 이유가 없다.

 "혹시, 병 걸리신 거 아니죠?"

 "아니다."

 "아니, 그럼! 대체 어떻게 하신 건데요?"

 "무공을 익히면 된다."

 가복의 눈에 불신이 맺혔다.

 키만 키우는 무공이 세상천지에 어디 있냐고!

자신 몰래 영약이라도 먹은 게 분명했다. 혼자서 먹었다면 배신이다. 좋은 건 원래 종복부터 먹이라고 하지 않나. 고생은 자신이 하는데, 주인만 좋은 것 처먹는 불합리한 현실이었다.

천우는 거짓을 말하지 않았다.

패황공의 토대가 완성될수록 육체는 내력과 조화를 이루어 성장한다. 물론, 겉으로 티가 크게 나지는 않는다. 동고동락하지 않는 이상, 변화를 알아채긴 힘들다.

이전 회차하고는 방향이 다르긴 했다.

과거엔 최대한 빠른 속도로 강해지기 위해서 내력을 우선순위에 두었다. 육체는 내력의 자극을 통해서 얼마든지 원하는 수준에 이를 수 있었기 때문이다.

이제는 계단을 밟듯 단계마다 검토하면서 나아가고 있었다. 다른 이들이 느끼기엔 빠를지 몰라도, 천우에겐 거북이보다 느렸다.

"알려 주기 싫으면 싫다고 하세요. 저는 하나도 안 궁금하거든요."

"부실한 하체를 극복할 수 있을 텐데, 안타깝군."

"주군, 제 입이 방정이었습니다!"

"시작하면 돌이킬 수 없으니 신중히 결정하도록."

"저는 결심했습니다!"

가복은 무릎을 꿇으며 구배지례를 올릴 태세였다. 받아 주지 않으면 절을 두 번만 하기로 마음먹었다.

실험 삼아 천우는 개복의 결의를 받았다.

"무공을 익히기엔 때가 늦기는 하나, 하루 8시진만 하면 하체는 누구보다 강해질 수 있을 것이다."

"이만 나가 보겠습니다."

벌떡 일어난 가복은 뒤도 안 돌아보고 신속히 퇴장했다. 8시진이나 훈련하라니. 연애는 언제 하고, 혼인은 또 언제 하라는 건가. 평생 독수공방할 거면 굳이 하체를 단련할 필요도 없잖아!

방문이 닫히고.

흐엑, 또!

후다다닥!

천금을 주어도 받지 못할 패황의 가르침이었다. 거절은 용납하지 않는다. 천우는 건방진 종복에게 평생 낫지 않을 요실금을 친히 선사해 주었다.

'뛰어 봤자 벼룩이지.'

사필귀정을 완성한 천우는 패황공의 운공에 매진했다.

상행이야 날짜에 맞춰서 가면 그만이었다. 현재로선 수신에 집중해야 할 때다.

다만, 세상은 맘먹은 대로만 흘러가지 않았다.

드륵!

장주께서 친히 방을 찾으셨다.

천우의 태평함에 구서진의 눈에 쌍심지가 치켜세워졌다.

상행이 코앞이었다.

준비라도 하라고 했더니, 종일 방구석에 틀어박혔다. 혹여 건강에 문제가 생겼나 걱정해서 찾아왔거늘, 이 망할 녀석이 침대에 앉아서 멍을 때리고 있었다.

"하아! 우리 아들이 아주 팔자가 늘어지셨구나."

"운기행공 중이었습니다."

"어유, 내 아들이 절대고수셨구나."

아버지의 핏줄이 개복이었나?

대화가 판에 박혔다.

절대고수쯤 되면 입공, 좌공, 동공을 따지지 않겠지. 인정한다. 그런데 아들은 무공을 배우기는커녕 몸을 단련한 적도 없다. 설령 절세신공을 얻었다고 해도, 수련하지 않으면 삼류무인만도 못한 법이다.

"곧 그리될 겁니다."

"말이나 못 하면 밉지나 않지, 냉큼 일어나서 짐이라도 날라!"

"알겠습니다."

"대답은 잘하는구나. 하지만 오늘부터 내 두 눈을 부릅뜨고 지켜볼 테니 농땡이 피울 생각일랑 하지도 말거라."

천우는 순순히 따랐다.

하아!

아들을 방에서 내쫓은 구서진은 한숨을 내쉬었다.

이게 잘하는 일인지, 벌써부터 후회가 밀려왔다. 협상을 벌일 때만 해도 이번에는 달라지지 않았나 하는 일말의 기대가 있었다.

아비의 약점을 정확히 찌르는 준비성은 괘씸하기는 해도 칭찬해 줄 만했었다. 상인이라면 어떤 상황에 부닥쳐도 여유롭게 대응할 줄 알아야 하기 때문이다.

'아무래도 이대로는 안 되겠어.'

조금 고생을 시키는 것으로는 저 근본적으로 썩어 빠진 정신을 고치기는 어려울 듯싶다. 머리부터 발끝까지 새로 태어날 정도로, 밑바닥 생활을 해 봐야 했다. 그래야 자신이 얼마나 행복한 삶을 누리는지를 알지.

'그때는 울며불며 사정해도 소용없다.'

지금이 아니면 아들을 고칠 수 없다는 다급함의 발로였다.

아내가 셋째와 친정에 가서 다행이긴 했다.

구가장의 정문이 사람과 마차로 줄을 잇는다.

상행 첫날.

종여명 대행수가 책임자로 선임되었고, 2명의 행수가 40명의 상원을 관리했다. 상단 소속 적금단원 10명이 호위를 맡았다. 중견 상단에서 50명이나 되는 인원은 작지 않은 규모였다.

천우는 대공자의 신분임에도 짐을 들었다.

상행을 하는 동안 대공자가 아닌 말단 상인으로 대하라

는 장주의 명이 있었다.

 군말 없이 따르고는 있으나, 천우의 주변 상인들은 극도로 조심했다. 한순간에 짐꾼으로 전락한 대공자의 불편한 심기를 고려한 처사였다.

 장주께서는 말단 상원으로 대하라고 엄명을 내렸지만, 진짜로 그리 대하기는 쉽지 않았다.

 가는 날은 장담하지 못해도 보통은 대공자가 더 오래 살 테고, 심사가 뒤틀린 대공자의 옆에 있다가 괜히 불똥이 튈 수도 있었다.

 터벅! 터벅!

 그 좋지 못한 사례가 바로 가복이었다. 무거운 발걸음만큼이나 구가장이 있는 방향을 애처롭게 바라보았다.

 누가 보면 집이라도 잃은 줄 알겠다.

 천우는 가르침을 아낌없이 베풀었다.

 "자세와 균형이 흐트러지는구나."

 "저는 됐다니까요!!"

 "남아일언 중천금이라고 했다. 한 입으로 두말할 심산이면 오늘부터 네놈은 사내가 아니게 될 것이다."

 흐엑!!

 입이 방정이었다.

 싫다고 냅다 도망쳤지만, 뛰어 봤자 구가장의 종복에 지나지 않았다. 어차피 되돌아오게 되어 있었다.

 '없는 것보단 부실한 게 낫겠지……!'

농담으로 치부하기에는 대공자는 진심이었다. 저 무심한 눈빛을 마주할 때마다 오금이 저리다 못해 요실금이 오려고 했다.

또!!

마렵잖아.

상행 도중에 실수했다가는 구가장의 역사에 이름을 새기게 될지도 모른다. 다른 건 다 참아도 그건 안 된다. 불굴의 의지를 불태우며 괄약근에 힘을 주었다.

"그런데 왜 저까지 짐을 들어야 하는 겁니까?"

"가르침을 받는 이상 네놈은 마땅히 내 제자나 다름이 없다. 사부가 짐을 드는데 제자 주제에 안 들려고 했느냐?"

군사부일체라는 말 같지도 않은 명분이었다.

도련님의 뻔뻔한 응수에 가복은 울화가 치밀었다. 자기가 잘못해서 받은 장주님의 엄벌이었다. 그런데 왜 자신이 고생하는지 전혀 이해되지 않았다.

"입을 나불거릴 힘이 있는 걸 보니 짐이 부족한가 보구나."

"그러면 저 죽어요!"

"안 죽는다. 원한다면 시험해 볼 용의가 있구나."

"굳이 그러시지 않아도 저는 도련님을 믿습니다!"

천우는 당연한 듯 고개를 끄덕였다.

천하패도의 주인에게 가르침을 받기란 천금을 주어도 아깝지 않을 기연이었다. 후일 개복은 두고두고 오늘을 잊지 못하게 될 것이다.

천우에게 있어 개복의 의사는 중요하지 않았다.

주인을 따르려면 최소한의 능력은 갖추어야 했다. 고작 십 리를 걸었다고 헥헥! 대는 체력으론 비명횡사하기 딱 좋았다. 자질이 일천한 천예를 가르치기 전의 예행연습이자 본보기란 사실은 잊었다.

시선이 집중되자 천우가 주위를 돌아보며 말했다.

"우린 신경 쓰지 말고 주어진 일에 최선을 다하도록."

"……아, 예."

상인들은 떨떠름한 표정을 지었다. 대공자가 평소 패악을 부리는 성향은 아니라지만, 이게 대체 무슨 해괴한 짓인지 모르겠다.

무공을 수련한다는 것도 그렇고.

짐은 마차에 실을 정도로 무겁지는 않아도, 상행 초보에겐 제법 버거운 무게다. 더욱이 하루에 최소 이십 리를 걸어야 했다.

한 걸음 걸을 때마다 뒷발의 무릎을 땅에 닿을 정도로 굽히고, 앞발의 보폭까지 조절하고 있었다.

가복이 엄살을 피운다고 하기엔 힘들지 않다면 거짓말이었다.

'그만하면 안 됩니까?'

'이걸 말할 수도 없고.'

상행에 방해가 되지 않는 이상, 대공자의 심기를 거스르긴 껄끄럽다.

그래도 저런 식의 걸음걸이는 보고 있는 자신들도 괴로웠다.

막내 상인이면 때려서라도 가르치지, 대공자가 저러니 같이 다니기도 쪽팔린다.

'무공이 맞긴 한 건가?'

'무공은 무슨, 혹사지!'

'누가 봐도 병신 같은 걸음이잖아.'

적금단이 돌아볼 때마다 어이없어서 헛웃음을 짓는 걸 보니 확신이 들었다. 평생 무공은커녕 기초 훈련도 하지 않은 분이 남을 가르치는 것도 이상하고. 그나마 알고서 가르치면 다행일 텐데. 실험 대상이 된 가복의 명복을 빌어 주었다.

'엮이지 말자.'

'눈 밖에 나도 문제야!'

놀기 좋아하는 한량이 그나마 낫다. 미친놈을 상전으로 두면 직장이 평탄할 리 만무했다.

"개복아, 무릎이 땅에 닿는구나."

"가복이라니까요! 아니, 근데, 이게 진짜 효과가 있기는 한 겁니까?"

"의심은 수명을 단축하지."

땀을 비 오듯이 흘리는 가복은 숨이 차서 죽을 맛이다. 그럴수록 이상했다. 도련님도 이 요상한 걸음을 하고 있었다. 하면 자신처럼 힘들어해야 정상이었다. 땀 한 방울도 흘리지 않는 모습을 보고 있자니, 의심이 들었다.

'도련님의 체력이 나보다 강할 리 없잖아!'

우리 도련님은 방구석에서만 항우시다. 밖에서는 아무런 힘도 발휘하지 못하고 빌빌거리시곤 했다.

음모다.

도련님이 메고 있는 짐은 모양만 그럴듯하게 만들어진 거품이 분명했다.

군사 행군 시 신입을 갈구기 위해서 선배들은 행장을 가볍게 꾸린다는 소릴 들었다.

사기를 치시고선 훈계하는 모양새라니! 사나이 가복!! 이대로 당하고만 있진 않는다.

"도련님도 제 짐을 들어 보시면 그런 말씀 못 하실 겁니다."

"후회할 텐데."

"저는 태어나서 이제까지 후회를 해 본 적이 없습니다!"

"오는 내내 돌아가고 싶다고 징징거렸던 건 누구지?"

"잘못 들으셨겠지요."

"진정 내 짐을 들고 싶은 게냐?"

"아무렴요!!"

천우는 지고 있던 짐을 개복의 앞에 살포시 내려놓았다.

쿠웅!

들썩!

가복의 귀에는 천둥 치는 소리로 들렸다. 물론, 그 정도였으면 주변에서 다들 고개를 돌렸을 터.

설마 하는 심정으로 도련님의 짐을 들었다.

윽!

한 번에 안 들린다.

허리에 힘을 주어 겨우 들었다.

"그럼."

천우는 개복의 짐을 들어 어깨에 멨다.

개복은 망연자실한 채 고양이 눈으로 돌아봤지만, 씨알도 안 먹혔다. 제 발등 제가 찍은 꼴이었다.

'이게 진짜 말이 되는 거야?'

도련님의 체력이 자신보다 월등히 앞선다는 사실에 가복은 망연자실했다.

매일 방구석에 처박혀 계신 분이 체력이 좋다니, 이게 무슨 말 같지도 않은 가사냔 말이다.

차라리 기연을 얻었으면 이해라도 하지. 매일 붙어 있어서 그럴 시간이 없었다는 건 누구보다 잘 알고 있다. 도련님의 동선과 일거수일투족은 본 종복의 손바닥 안에 있었다.

그러니 더더욱 이해되지 않는다.

"언제까지 쉬고 있을 셈이지? 상행에 방해가 된다면 네 품삯을 반으로 줄이겠다."

"벼룩의 간을 빼 먹으세요!!"

"보법이 어긋났다. 유지하도록."
"도련님, 제 짐을 돌려주시면 안 되겠습니까?"
"소원이더냐?"
"그렇습니다."
"이래도?"

천우는 메고 있던 짐에 상인의 짐을 하나 더 실었다. 원래 개복의 짐보다 반 배는 무거워졌다.

'이 천인공노할 도련님!'

종복을 괴롭히는 데 신이 날 필욘 없잖아요.

하늘에 맹세코 천우는 개복을 괴롭힐 마음이 전혀 없었다. 짐에 적응이 된 이상, 다음 단계로 넘어가야 했다. 육체는 적응이 되면 더는 발전하지 않는다. 단련된 신체는 항상 간극 이상의 파격이 필요했다.

"일부러 이러시는 거죠?"
"여전히 가볍군."

흐엑!

말을 할 때마다 짐이 하나씩 더 늘자, 가복은 이제부터 입도 뻥긋하지 않기로 마음먹었다.

날이 어두워졌다.

마을이었다면 식당이나 객잔에서 돈을 주고 쉬어 가겠으나, 예정대로 산중에 노숙하게 되었다.

상인들은 신속하게 마차들 주위로 간이 천막을 쳤다. 이

슬에 젖지 않도록 최소한의 처치를 했다.

말단 상인이 된 이상 천우도 잘 곳을 마련해야 했다. 한데, 자리조차 만들지 않고, 땅바닥에 앉아 있으니 가복은 일복이 터졌다.

자리에 앉은 천우는 미동도 하지 않았다. 가부좌를 틀어서 명상에 젖은 모습은 또 아니다.

보기에만 그럴 뿐.

호흡하고, 감응하고, 순환하고, 쌓는다.

지독히도 느린 순환과 축적의 과정을 돌아온 이후로 한 번도 쉬지 않았다.

일상에서도 멈추지 않고 자동으로 운기행공하고 있다. 차이가 있다면 운기행공의 형태에 따라서 축적되는 속도와 양이 다를 뿐이다.

'최대 범위는 100장 내외로군.'

운기를 하는 와중에도 천우는 육체에 자극을 주면서 오감을 단련시키고 있었다.

고수의 영역에 들수록 감각은 중요했다. 나를 아는 만큼, 주변 동향을 사전에 파악해야 변수를 제거할 수 있었다.

천하패도의 주인이었던 시절에도 천우는 감각을 칼날처럼 날카롭게 벼려 어떤 변수에서도 대응할 수 있는 만전을 유지했었다. 그것이 불패의 패황이 된 토대이자 전부라 할 수 있었다.

천우는 범위를 촌 단위로 쪼개서 확인했다. 단순히 기척을 읽는 것과 정확도는 다른 범주였다. 1장 내에 살아 숨 쉬는 벌레와 같은 미물의 움직임까지 파악해야 했다.

쪼개고, 확인하고, 넓힌다.

이 과정을 반복하여 감각의 영역을 벼리고, 확장해 나갔다. 현재로선 100장 내외의 인기척을 잡아내는 수준에 불과했다.

"말단이라면서요. 손 하나 까딱하지 않는 건 대체 무슨 경우랍니까? 장주님이 아시면 불호령이 떨어질 겁니다."

"피는 물보다 진한 법이지."

"때로는 남보다 못할 때도 있죠."

"마보를 수련해야겠군."

"……도련님은 손끝 하나 움직이지 않으셔도 됩니다. 쇤네가 다 알아서 하겠습니다!"

가복은 지금도 힘들어서 뒈질 것 같았다. 이런 데다 마보까지 한다면 영영 일어나지 못할 수도 있었다.

이후로 모든 잡일은 가복의 차지가 되었다.

천우는 개복이 가져다주는 편의를 당연하게 받아들였다. 제자이자, 종복에게 이만한 대우를 해 주는 주인이자 스승이 얼마나 되겠는가.

개복은 복이 터졌다.

의외로 다른 게 터지곤 있지만.

하아.

상인들은 고개를 절레절레 흔들었다. 개복의 능글맞은

성향을 그들도 익히 알고 있었다. 주인의 머리 꼭대기에서 노는 녀석이었는데, 오늘 보니 천생 호구였다. 아니면 대공자가 자신들이 아는 것 이상으로 대단하거나.

상인들은 전자인지, 후자인지 헷갈렸다. 도무지 어느 장단에 맞추어야 할지 갈피를 못 잡았다.

이럴 땐 외면이 정답이다.

자고로 이상한 일엔 엮이는 순간 엿 되는 거다.

휘이잉!

늦은 여름이지만, 밤이 되면 쌀쌀했다. 바람이 부는 산에서 하룻밤을 보내기란 여간 고욕이 아니다. 그나마 비가 오지 않은 것을 다행으로 여겨야 했다. 유능한 상인은 비가 오는 길엔 애초에 노숙하지 않았다.

흠.

대공자와 반대 방향에 자리한 대행수는 묘한 시선으로 보았다.

장주께서 대공자에게 편의를 제공하지 말라고 해서 말단 상인으로 대했지만, 의외로 잘해 내고 있었다. 말이 좋아 말단이지 짐꾼으로 잡일을 도맡아서 해야 했다.

잡다한 일은 가복에게 미루고 달달 볶고는 있지만, 처음 하는 일치고는 순조롭게 적응하고 있었다. 불평하지 않고 얌전히 있는 것만으로도 상행에는 도움이 되었다. 장주의 미움을 받은 대공자가 공이라도 세운답시고 나섰다면 골치 아팠을 수도 있었다.

'달라지긴 한 것 같은데.'

깃털처럼 불면 날아갈 듯 가벼웠던 예전과 달리 진중하고 과묵한 분위기를 풍겼다.

그렇다고 철이 들었다고 하기에는 오는 내내 해괴한 짓거리를 했었다.

반나절에 불과한 여정이긴 해도, 오늘처럼 판단이 서지 않는 경우는 처음이었다. 다른 건 부족할지 몰라도, 사람 보는 안목만큼은 누구에게도 뒤처진다고 생각하지 않았거늘.

"어떻게 보시오?"

"체력은 단련될 겁니다."

"그래서 무공이라는 거요?"

"기본적으로 모든 무공은 하체의 힘에서 나옵니다. 넓은 범위로 따지면 무공이 아니라고 할 순 없지요."

"그만두라고는 못 하겠군."

맘 같아서는 그 꼴사나운 걸음을 당장 멈추라고 하고 싶으나, 가치 없는 한량보다는 나았다. 적어도 육체가 단련된다면 상행에는 도움은 된다. 다만, 저 짓을 대로변에서도 한다는 게 문제였다.

'고생을 사서 하니 뭐라 할 수도 없고.'

장주께서 명하신 대로 직접 하기는 껄끄러웠다.

이러니저러니 해도 팔은 안으로 굽고, 대공자의 눈 밖에 나서 좋을 것도 없었다.

이래저래 간섭하기는 그른 것 같으니, 체계적으로 배우는 편이 낫지 않을까?

"부단주가 가르침을 주면 어떻겠소?"

"대행수께선 무인의 가르침을 가벼이 여기는군요."

"아, 불쾌했다면 미안하오."

"비록 돈을 받고 상단의 호위를 맡곤 있지만, 저도 무인입니다. 아무나 가르칠 순 없습니다."

부단주는 상행 시작부터 대공자가 탐탁지 않았다. 상인이라서 그런지 무인을 우습게 여기는 모양새였다. 대공자의 기행이 하체에는 도움이 된다 해도, 고작 기초에 불과했다.

하물며 가르침을 청하지 않은 대공자를 나서서 가르쳐 주는 것은 도리에 어긋났다. 무인에게도 최소한의 자존심은 있었다. 독문 무공을 가르쳐야 한다면, 합당한 예의를 갖추어야 했다.

'끄응! 실수로다.'

대행수는 의도와 달리 부단주가 격하게 반응하자 아차 싶었다. 대공자의 꼴사나운 행위로 인해 무인의 자존심을 잠시 잊었다.

부단주의 말대로 가르침을 청하려면 대공자가 먼저 손을 내밀어야 했다. 자신이 그 중간 다리 역할을 해야 했는데, 언질도 없이 건너뛰었으니 불쾌할 수밖에.

'그래도 정색할 필욘 없지 않나.'

대행수도 상인인지라, 부단주의 반응을 마냥 이해하진 못했다. 강호에 명성이 자자한 무인이나 무공이었다면 모를까. 부단주의 무위는 현 내에서 겨우 이름을 알아주는 정도였다.

물론, 감정을 내비칠 만큼 대행수는 어수룩하지 않았다.

'날이 밝으면 물어나 봐야겠군.'

결과적으로 천우의 기행은 바뀌지 않았다.

아침 식사를 마치고 대행수가 와서 넌지시 의향을 물었지만, 알아서 할 테니 신경 쓰지 않아도 된다고 했다.

이로써 천우는 부단주에게 미운털이 단단히 박혔다.

부단주는 안 듣는 척했지만, 귀를 쫑긋 세우고 있었다. 기초 무공에 불과할지라도, 대공자의 스승이 될 기회였다. 한량이나 다름이 없던 대공자의 게으른 성향만 고쳐도 이득이 되었다.

그간의 기행도 자신의 가르침을 받으려는 꼼수가 담겼다고 보았다. 그런데 일언반구도 없이 거절당했다.

떡 줄 사람은 생각도 안 했는데, 마라탕부터 마신 꼴이다.

괜히 민망해진 부단주는 언짢은 기색을 풀풀 풍겼다. 그렇다고 왜 자신의 가르침을 받지 않느냐고 따진다면 속이 좁다고 떠벌리는 꼴이 되었다.

이래저래 부단주로선 대공자가 좋게 보일 리 만무했다. 나중에라도 호되게 망신당하고 후회하기를 바랐다.

덩달아 단원들과 상인들도 대공자와 부단주의 눈치를 볼 수밖에 없었다. 둘 사이의 소원한 기류를 알지만, 언급하기에는 뚜렷하게 날을 세우지도 않았다.

이게 참! 편을 들기에도, 잘잘못을 따지기에도 애매해 되레 굉장히 불편했다.

신분으론 대공자가 위에 있으나, 부단주는 오랫동안 상행의 호위를 담당했던 상단의 중요 실세였다.

이럴 때는 서로 존대를 하면서도, 연배가 적은 쪽에서 먼저 굽혀 줘야 원만하게 해결이 될 텐데.

대공자란 작자는 티끌만큼도 신경 쓰지 않았다.

무신경한 것도 정도가 있지!

부단주가 대놓고는 아니더라도 가끔씩 노려보고 있었었다. 그러면서 신경 쓰지 말라고 하면, 어떻게 신경을 쓰지 않냐고.

혹, 상행을 보내 달란다고 진짜로 보낸 장주님에 대한 대공자의 반항일지도 모르겠다.

장주님과 대공자 간의 알력 다툼에 자신들을 이용하려는 수작이라면?

아!

다들 고개를 저었다.

그 정도로 대공자의 심계가 뛰어나다고 보진 않았다.

주변의 쑥덕거림에도 천우는 수련과 가르침에 집중했다.
"호흡이 흐트러졌다."
"힘든 건 둘째 치고, 다들 우리만 보고 있잖아요."
"주변을 의식하는 성격은 아니지 않나."
"그렇긴 한데."
원한은 다른 문제였다.

가복의 평소 신념이 원한은 사지 말자였다. 특히 무인과는 되도록 마찰을 빚지 않는 편이 신상에 이롭다. 상인은 이득을 따지기라도 하는데, 무인은 한번 빈정 상하면 비이성적인 행동을 대수롭지 않게 했다. 상단에 소속된 호위무사도 정도만 다를 뿐이지 대동소이하다.

'자기 일 아니라 이겁니까!'

부단주는 상단의 호위를 책임지는 중요한 위치다. 그러나 직책과 신분은 엄연히 다르다. 아무리 능력이 뛰어나도 상단의 후대를 잇는 후계자는 대공자였다.

결국, 부단주도 대공자와 척을 쳐서 이로울 게 없다. 화가 난다고 해서 해코지하기도 어렵다.

그 불쾌함이 어디로 향하게 될지는 명명백백하다.

'내가 하자고 한 것도 아니잖아요!!'

가복은 억울했다.

대공자를 따라 뻘짓 하는 것도 서러운데, 부단주의 따가운 눈총까지 받고 있었다. 한편으로 신경질도 난다. 대공자는 건드리기 껄끄러우니, 만만한 자신에게 화풀이하고 있으니 말이다.

'좀스러운 인간!!'

천우는 가복의 억울한 사정을 대수롭지 않게 여겼다.

눈치와 이해는 관점이 달랐다. 목숨을 노리는 것도 아니고, 사소한 감정싸움에 불과했다. 매 순간 생과 사를 건너왔던 패황에겐 하찮은 투정이었다.

'무명의 말도 일리는 있군.'

최단의 멸악패도를 위해 미래를 이용하여 현재의 싹을 잘라 냈었다. 개선할 여지조차 주지 않고, 하지도 않은 일로 처벌했다.

당연히 효율성은 높았다. 남겨 두면 귀찮은 독버섯으로 자라곤 했으니까.

반면 자신의 개입으로 미래가 바뀐 예도 없진 않았다.

멸악패도를 우선했던 이전 회차에선 달라진 미래를 중시하진 않았다. 하나의 변화로 파생되는 파격 따위는 멸악패도를 위해서 감내했었다.

'기억에 없단 말이지.'

천우는 개복의 사정을 모른다. 100회차에 이르는 가운데, 단 한 번도 가복의 미래를 듣지 못했다. 어릴 때부터 형제처럼 같이 자랐음에도, 돌아온 이후의 기억이 없다.

도망쳤거나, 죽었거나.

뺀질거리는 모양새를 봐선 전자일 가능성이 크나, 후자일 수도 있었다.

사실 개복의 선택은 중요하지 않았다. 무명의 의도가 무엇인진 몰라도, 이전 생과는 다르게 갈 필요는 있었다.

같은 흐름은 같은 회귀의 반복일 터.

영광스럽게도 개복은 그 시발점이 되었다.

또한.

엄살이 심하긴 한데, 짐을 2배로 늘렸음에도 뒤처지지 않았다. 보기와 다르게 재능이 있었다. 이런 녀석을 그대로 두었다는 것도 이상하다.

천우는 개복에게 기회를 주기로 했다. 물론, 개복의 의사는 안중에도 없었다. 주인이 하겠다면 종복은 마땅히 따라야 했다.

"훈련이 끝나도 호흡을 신경 쓰도록."

"힘들어 죽을 것 같다니까요!!"

"누차 말하지만, 안 죽는다."

"제가 죽으면 귀신이 되어서도 저주할 겁니다!"

"멀리 갈 필요 없이 당장 지옥을 보여 주지."

"헤헤, 너무 힘들어서 헛소리가 나왔습니다요. 제가 감히 도련님에게 삿된 마음을 품겠습니까."

이놈 봐라. 제법 빠듯하게 했는데, 그새 적응했다. 혓바닥을 놀리는 것만 봐도 예사롭진 않았다.

성골이나 천골을 타고난 천하 기재는 아니더라도, 버들잎처럼 부드럽게 흡수하는 유골의 성체였다.

그동안은 힘들 것 같다 싶으면 눈치채고 도망치면서 숨

겨진 재능을 발견하지 못한 것이다. 태생적으로 유골성체를 타고난 이들의 습성이기도 했다.

'굴리는 맛은 있군.'

하는 김에 천우는 개복의 혈맥에 패황기 심어 운기행로를 지정했다.

같은 무공을 익혀도 사람마다 체형, 체질, 근골, 혈맥에 따라서 조금씩 방향이 달라진다. 하물며 심법은 내가기공을 이루는 근간이다. 그 흐름을 인위적으로 지정하는 것부터가 상식적이진 않았다. 내기를 느끼는 과정을 스승이 동참하는 이유였다.

그럼에도 천우는 패황기로 개복의 운기행로를 인위적으로 조종했다.

이는 개복의 가능성마저 제어하겠다는 의미였다.

인간의 운명만큼이나 복잡하고, 다양한 경우는 흔치 않다. 어찌 보면 미래의 운명까지도 인질로 잡아 놓았다고 볼 수 있다.

쥐도 궁지에 몰리면 고양이를 문다고 했다. 가복은 억울한 감정을 담았다.

"만에 하나라도 무공을 익혀서 고수가 되면 절 감당할 수 있으시겠어요?"

"걱정하지 마라. 배신하면 칠공에서 피를 토하며 고통스럽게 죽을 테니까."

"……농담도 참 무섭게 하십니다."

"후후후."
"방금 사악한 대마두 같았거든요!!"

심심풀이로 웃고 넘어갔지만, 패황은 허언하지 않는다. 내뱉은 말은 반드시 실천했다.

'패황기를 심었으니 그럴 린 없겠지.'

패황기에 의념을 실어 내력의 순환을 지배했다. 얼마든지 칠공에서 피를 토하게 할 수 있었다.

이는 간자를 잡고서 방심한 척 놓아준 후 적을 일망타진할 때 아주 유용했다.

의도의 악랄함과는 별개로 패황기는 수련에 효과적이었다. 내기를 지정하고, 육체를 인위적으로 자극해서 일반적인 수련과는 비교도 할 수 없는 성취를 얻는다.

'운이 좋군.'

미래를 저당 잡혔지만, 배신만 하지 않으면 이보다 좋은 수련법도 없다. 사소한 제약으로 절대고수가 된다면 목숨을 바칠 무인들은 차고 넘쳤다.

개복에겐 천금 같은 기연이었다. 더욱이 패황은 멸악패도를 위한 효율성을 중시했었다. 위험의 싹은 애초에 내버려 두지 않았다.

수련은 사천성 끝자락에 도착할 때까지 계속되었다.

부단주와의 껄끄러운 관계는 여전히 풀리지 않았다. 천우에겐 수련이지만, 모두가 보기엔 기행에 가까웠다. 하는 일 없이 매번 같은 동작을 이어 나갈 뿐이라, 저게 수행인지 고문인지 구분이 되지 않았다.

다만, 성과가 없다고 하기엔 가복의 체력이 놀라웠다. 대공자처럼 가복도 초행이었다. 다른 상인보다 2배나 되는 짐을 들고도 뒤처지지 않고 따라오는 것만 봐도 평가할 가치가 있다. 상행이 체질일 수도 있으나, 대공자의 수행이 마냥 헛짓거리는 아닌 듯했다.

그러나 체력 훈련이 아닌 무공이냐고 묻는다면 또 아리송하다. 저런 식의 무식한 훈련만으로 무인이 된다면 개나 소나 다 했겠지. 가복이 생각 외로 체력이 좋거나, 그간 일하기 싫어서 꾀를 부렸다고 보는 편이 타당했다.

이리되니 부단주와 단원들의 시선이 곱지 않았다. 차라리 가복의 상태가 좋지 않다면 그걸 핑계로 훈계라도 할 텐데, 잘 따라와서 속을 뒤집었다.

'나도 미치겠다고요. 왜 아침에는 멀쩡하냐고요!'

가복도 주변의 눈치를 봐서 적당히 엄살이라도 피우고 싶었다.

하지만 꾀가 통할 대공자도 아닌 데다, 자기 전엔 죽을 것 같더니만 아침만 되면 쌩쌩했다. 수련하기 싫다고 하기엔 몸이 좋아지는 게 느껴졌다.

'어째서 건강해지는 건데?'

수련과 혹사는 엄연히 다르다. 그런데 혹사라고 여겼던 수련이 효과가 있었다. 이러다 건강하게 오래도록 훈련만

하는 건 아닌지 불안했다.

이런 불편한 관계에도 불구하고, 상행은 순조로웠다. 대공자가 일탈이나 전횡을 일삼은 것도 아니고, 단순 기행일 뿐이다. 상인들이 불편해할 뿐 상행에 영향을 주진 않았다.

'골치 아프구나.'

상행만 온전히 마치면 그만일 수도 있으나, 대행수는 대공자의 그릇된 정신 상태를 개조하라는 장주님의 특명을 받았다.

나태함, 나약함, 방만함은 고쳐지긴 했다.

하지만 저 상태를 괜찮다고 하기엔 문제가 있었다. 이대로 방관할 수도 없는 노릇이다. 상행을 갔다 와서 더 이상해졌다고 하면 그 책임이 누구에게 있겠는가. 대공자가 이 상행을 주도했다면 면피할 명분이라도 있지, 말단 상인에 불과했다.

'차라리 게으른 게 나을지도.'

저로서는 대공자의 나태함을 고칠 수가 없었다고 한다면 무능을 욕할지언정 정상참작이라도 될 텐데.

이대로는 안 되겠다 싶은 대행수는 마지못해 대화를 시도했다.

"크흠! 대공자!"

"할 말 있으면 하십시오."

"언제까지 그 수련이라는 걸 할 셈인가?"

"상행에 방해되는 겁니까?"

"방해가 된다고 할 정도는 아니네만."

"그럼 됐군요."

내가 안 됐다고!

부단주는 눈치를 주고, 상인들은 눈치를 보고 있었다. 이 숨 막히는 불편한 관계가 지속되면서 속까지 불편해졌다.

나이가 들수록 오장육부의 화를 다스리란 말이 있다. 만병의 근원을 제공하고선 어찌 저리 뻔뻔할 수가 있냔 말이다.

무신경에도 정도가 있다.

이리 눈치를 주면 최소한 변하는 기색이라도 있어야 했다. 주제를 모르고 나대면 훈계 차원에서 강하게 나가기라도 하지.

'이대로 물러서면 안 되는데…….'

하지 않았다면 모를까, 시작한 이상 소기의 성과가 있어야 했다. 의도하지 않았지만, 주도권 싸움이 되어 버렸다.

이 상행의 주인이 누군지를 결정하는.

나는 대행수고, 너는 말단이야!

스윽!

움찔!

빌어먹게도, 저 눈을 보고 있으면 입이 떨어지질 않는다. 이해가 되진 않았다. 기세나 살의라도 실렸다면 모를까, 무심하리만치 평온했다.

"대공자, 힘들면 언제든지 말하게."

"알겠습니다."

강하게 나가야 한다는 속내와 달리 주둥이는 온화했다.

대행수는 결국 힘없이 돌아섰다.

기대와 다른 결과에 실망한 시선이 느껴졌다. 특히 헛기침하는 부단주의 불편한 낌새가 대행수를 더더욱 껄끄럽게 했다.

"마음대로 되지 않나 봅니다."

"그리 잘 알면 자네가 한번 나서 보지 그러나."

"무슨 말씀을. 대공자는 아무런 잘못도 하지 않았습니다. 혹, 무인은 명분도 없이 행패를 부린다고 보시는 겁니까?"

"……실례했군."

가뜩이나 망신살이 뻗친 상황이었다.

대행수는 부단주까지 선입견을 운운하며 빈정거리자 울컥했다. 이런 사람인 줄 몰랐는데 은근히 신경을 긁었다. 결국, 자기 손은 더럽히진 않겠다는 속내였다.

'당했구나!'

애초 무인의 자존심을 언급하기에 적당한 시빗거리라도 만들어 대공자를 도발할 줄 알았다. 대놓고는 못 해도 가복의 훈련을 핑계로 힘겨루기만 해도 되는 일이다.

'이러면서 무인을 운운한 거냐!'

체면도 상하기 싫고, 대공자와 완전히 척을 지기도 싫은. 섬류검(閃流劍)이란 별호를 가지고도 중견 상단의 부단주로 머무는 이유를 적나라하게 보여 주는 대목이었다.

좋게 말하면 분수를 잘 아는 거고, 나쁘게 말하면 이해타산적이다.

'저자를 믿은 내가 병신이군.'

맘에 안 드는 것과는 별개로 대행수는 부단주를 나무라진 않았다. 현실적으로 부단주의 선택이 옳았다. 대공자가 맘에 안 든다고 칼부림을 할 수도 없는 노릇이지 않나.

한편으로 대공자에 대한 평가가 달라지는 계기가 되었다. 이런 식의 불편함을 약관도 되지 않은 대공자가 견뎌 낸 것 자체가 평범하지 않았다. 무시하면 그만일 수도 있지만, 사람은 예민한 동물이다.

'강단은 있군.'

줏대 없이 흔들리는 것보단 훨씬 나았다.

다만, 나중에 큰 사고를 칠지도 모른다는 불안감도 공존했다. 지금이야 상단 내의 일이지만, 저런 태도는 화근을 불러올 수 있었다.

대행수는 그저 상행을 하는 동안에는 문제가 벌어지지 않았으면 하는 바람이었다.

'아예 눈치가 없는 것도 아니고.'

대공자도 선을 넘지는 않으니, 이쯤에서 신경전은 마무리했다.

다만, 세상이 언제 뜻대로만 되었었나.

제4장
업보

 선운객잔은 사천성 끝자락 광원현에 있는 객잔이다.
 상행의 짐을 풀었다.
 매일은 아니더라도 대공자를 위해서 노숙 일정을 더 잡았다. 다들 티는 내지 않았을 뿐이지 곱절로 힘이 들었다.
 객잔에 들어서자, 상인들은 피로가 몰려왔다. 밥보다는 침대에서 쉬는 게 먼저였다. 숙련되었다고 힘들지 않은 것도 아니고, 나이가 들수록 피로는 잘 안 풀린다.
 상단의 인원이 여독부터 푸는 동안 천우는 객잔의 2층 식탁에 앉아 주문한 음식을 기다렸다. 피로한 상인들과 달리 나날이 강해지고 있었다. 고단한 일정을 했다고는 믿어지지 않을 만큼 신색이 훤했다.
 드드륵!
 천우가 은은한 차로 입안을 달래고 있을 때.

객잔으로 손님이 들어왔다.

화려한 무늬로 행장을 차려입은 젊은 사내의 배후로 10명의 무인이 따랐다.

스윽!

사내는 객잔 내를 둘러보다, 2층에서 차를 마시는 천우에게 고정했다. 내부에 몇몇 식사를 하는 사람이 있음에도, 마치 처음부터 목적이 있다는 듯한 행동이다.

씨익!

어딘지 모르게 반가운 미소를 지은 사내는 대뜸 2층으로 올라왔다. 천우의 식탁으로 다가선 사내는 앉으란 말도 없이 의자에 앉더니 알은체를 해 왔다.

"이게 누구야, 천우 동생 아냐."

"흠."

천우는 자신을 알은체하는 사내의 태도에도, 별다른 감흥은 없었다.

가복에게 물었다.

"누구지?"

"화정상단의 탁소평 대공자입니다."

가복도 설마 하는 표정이었다.

모르려야 모를 수가 없는 상대기 때문이다.

화정상단은 사천성 십대상단으로 우리 상단과 치열한 경쟁을 해 왔다. 대상단에겐 대단치 않아 보이나, 적금상단과 화정상단에겐 자존심이 걸려 있었다. 서로 어떻게든 상대상단보다는 우위를 점하려고 안간힘을 써 왔다.

탁소평은 구천우보다 두 살 위로 대범하고 호탕한 성격으로 알려졌다. 하지만 경쟁 상대인 데다가 나이가 어린 구천우에겐 껄끄러운 대상이었다. 일례로 상단주 간 회동을 구가장에서 열 때마다 구천우는 탁소평을 피해 왔었다.

"화정상단이 어디지?"

"사천십대상단입니다."

가복은 도련님이 정말로 몰라서 묻는 건지 헷갈렸지만, 되묻지는 않았다. 사실 지금도 탁소평 공자의 심기를 건드리기에 충분했다. 남들 앞에서만 대범한 척 본모습을 숨기는 음습한 성향이었다.

제발, 아무 일 없이 끝나기를 바랐으나.

부들, 부들!

탁소평의 검미를 시작으로 입가에 경련이 일었다. 일그러지는 표정을 부여잡고 있는 모습이 뚜렷하다.

'방구석에서 도발하는 기술만 연습하신 겁니까?'

저 표정 봐라.

자기는 아무 잘못도 없다는 무심함이 압권이었다.

사람의 성질을 긁는 방법이 절대고수였다. 배운 거면 대단한 거고, 타고난 거면 재앙이었다.

"그렇군."

천우는 식사를 기다렸다.

하찮은 미물이었다. 허락도 없이 자리에 앉은 걸 탓하지 않은 것만도 넓은 아량이다. 이전 회차였다면 상인 나부랭이는 접근조차 할 수 없었다.

부르르르!

졸지에 아는 것도, 모르는 것도 아닌 어중간한 사이가 되어 버렸다. 탁소평은 일그러지는 주름을 펴며 미소를 지었다. 그런데 느낌이 좀 전과는 확연하게 달랐다. 살의마저 전해져서 식탁 주변을 스산하게 했다.

"우리 동생이 못 본 사이에 농이 많이 늘었네. 이 형님을 놀릴 줄도 알고 말이야. 다시 봤어."

"그런 말은 처음 듣는군."

"그나저나 오랜만에 봤다고 예전과 달리 말이 좀 짧구나. 내가 그리 가르치지 않았는데, 잊었다면 다시 생각나게 해 줄 용의가 있다만."

"할 수 있으면 해 보거라."

천우로선 색다른 경험이었다.

내기의 변화로는 익히 아는 내용일 듯싶으나, 상대는 초면에 불과했다. 회차를 거듭하고도 기억에 없다면, 인상을 심어 줄 만큼 대단하진 않다는 뜻이다.

-본가의 주변을 정리하도록.

천우는 패황이 될 때마다 가문의 주변부터 정리했다. 늘 그렇듯, 자신을 상대하기 힘들어하던 적들은 가문을 공략하는 쪽으로 방향을 잡았었다.

인질극은 지극히 당연했다.

하찮은 것들이 모여 봤자 패황의 위신에 흠집조차 낼 수 있겠는가. 버러지들이 할 수 있는 최선의 방안이었다. 당연하게도 뻔한 짓이라고 내버려 둘 만큼 어리석진 않다.

여하튼 이름도 기억나지 않는 놈이 자신을 가르친다고 한다. 대체 무슨 자신감으로 이러는지 호기심이 들었다.

아까부터 달갑지 않은 위화감도 있고.

"하하하!"

탁소평은 모처럼 어이가 없는 현실과 마주했다.

어릴 때 형님을 대하는 법을 친절히 가르쳤었다. 이후로는 눈도 맞추지 못하고 도망 다닌 주제에 시간이 흘렀다고 건방을 떨었다.

'이놈이 대체 뭘 잘못 먹은 거지.'

하는 일 없이 빈둥대는 한량으로 소문이 나 있었다. 호랑이 간을 삶아 먹은 것도 아닐진대, 이리 겁 없이 설치다니 웃기지도 않았다.

'이 우형이 소제의 덕목을 상세히 가르쳐 주마.'

처음 하는 상행에 들떠서 자기 주제를 잊어 먹은 모양이다. 그렇다면 형님으로서 세상 물정에 대해서 다시 알려 주는 수밖에.

그러다 탁소평은.

응?

놈이 뭘 믿고 깝치는 건지 몰랐는데, 의자를 뒤로 빼 놓고 있었다.

마보?

자세 자체는 마보가 분명하나, 식탁에서 할 짓은 아니다.

불현듯 100년 전 명문거파도 아닌 야인으로서 제(帝)의 반열에 올랐던 무형검제의 말이 떠올랐다.

-일상이 무공이다.

밥을 먹을 때도, 잘 때도 항시 무공을 병행해야 한다는.

한때는 무형검제의 무리가 유행처럼 번진 적이 있었다.

하지만 아무나 무형검제처럼 될 턱이 있나. 사람마다 자질이 다르고, 익히는 무공이 달랐다. 각각의 무공과 자질에 맞추어서 훈련해야만 효과를 볼 수 있다. 무형검제의 무초식을 따르려다 되레 망가진 이들이 수두룩했었다.

이후로는 사장되다시피 한 무리였다. 한데, 무공이라곤 일절 익힌 적도 없는 놈이 무형검제를 따라 하고 있었다.

하도 어이가 없어서 헛웃음이 나왔다.

믿는 구석이 있나 살짝 경계했던 탁소평은 저절로 비웃음이 얼굴에 번졌다.

마침 잘됐다 싶은지, 어울려 주었다.

"무형검제의 보도라도 얻은 모양이구나. 이 우형에게도 견식할 기회를 줄 수 있을까?"

"대단치는 않으나, 네게는 과분하겠군."

"하하하! 아우께서 못 본 사이에 담이 아주 커지셨군. 아니면 간덩이가 부어서 주제 파악이 안 되는 거냐?"

"뒤뜰이 좋겠군."

탁소평의 잡아먹을 듯 사나운 기운에도 천우는 태연히 일어나며 가복에게 말했다.

"부처폐편이 나오기 전에 돌아오마."

"……뭔 소리예요!!"

자기가 관운 줄 착각한 거 아닙니까? 차라리 먹지 말고 기다리라고 하지 그래요.

가복은 같이 일어서려다 멈췄다. 의도치 않게 다리가 저렸다. 피가 안 통해서일 테니, 시간이 필요했다.

절대 같이 내려가기 싫어서는 아니다.

허허!

탁소평은 청성파의 속가로서 송풍검을 전수받았다. 과거의 기억을 떠올릴 겸, 겁을 줄 요량으로 기세를 발산했었다.

곧 예전의 모습으로 돌아올 줄 알았거늘, 태연히 일어나더니 1층으로 내려가고 있었다.

그러다 천우가 돌아보았다.

"가르침을 받고 싶다고 하지 않았나?"

"오냐, 죽여 주마."

탁소평의 엄포에도 천우는 시큰둥했다.

객잔에서 소란을 피우지 않으려고 뒤뜰을 선택했을 뿐이다. 패황은 멸악의 구도자였을 뿐, 부득이한 경우가 아닌 이상 타인에게 피해를 주진 않는다.

촤작.

뒤뜰로 나와 기다렸다.

곧, 화정상단의 무인들이 포진했고, 탁소평이 그 앞에서 자신만만한 기색을 비쳤다. 이 일련의 상황이 예상과 달라서 당황하긴 했지만, 목적을 벗어나진 않았다.

이제는 사태의 심각성을 알았겠지.

그런 기대와 달리.

"너로선 담지 못할 오의다."

"이놈이 끝까지! 오냐, 오늘 이후로 잊지 못할 추억을 만들어 주마!"

탁소평은 허리춤의 검을 빼지도 않았다. 검이 없는 놈을 상대로, 검을 쓴다면 비웃음을 살 일이었다. 더욱이 진검을 보고 뒤로 빼면 곤란했다. 객잔에서의 망신을 확실하게 되돌려주고 싶었다. 오늘 이후로 자신만 보면 오줌을 질질 싸게 만들어 줄 심산이었다.

패배는 상정하지 않은 채, 놈을 직시했다.

응?

위화감에 눈을 감았다 떴었다. 그런데 지척에 놈이 있었다. 주먹에 맺힌 솜털이 점점 확장된다.

"……잠깐!"

뻐억!

철퍼덕!

탁소평은 마치 벽에 머리를 대고 맞은 듯, 통나무처럼 고꾸라졌다. 의식이 있었다면 본능적으로 바닥에 손을 대겠으나, 천우의 주먹은 무의식 그 자체였다.

"흠. 예상대로군."

무초식을 보여 준 천우는 그대로 몸을 돌렸다.

어?!!

탁소평의 호위들은 그제야 정신을 차렸다.

한 줌의 유흥도 안 되기에 누가 이길지 내기도 하지 않았다. 당연히 자신들의 대공자가 이기는 구도였다.

사전에 적금상단 대공자에 관한 조사가 이루어졌었다.

방구석에 틀어박힌 한량이자 낙오자.

탁소평이 비록 상인의 후계긴 해도, 구대문파에 속하는 청성파가 아무나 들이진 않는다. 최소한의 자격을 갖추어야 하며, 실제 기량 또한 나이에 비해 빼어났다.

'이게 무슨?'

화정상단의 경호를 책임지는 호천대 부대주 육우평은 대결을 납득하지 못했다. 놈이 빨랐다면 이해라도 되지, 천천히 걸어와 대공자의 앞에 섰다. 그런데도 대공자는 아무런 반응도 없이 무인의 간격을 내주었다.

'사술?'

그것 외에는 떠오르지 않았으나, 현실적으론 불가능했다. 사술이 건다고 다 되는 것도 아니고, 수상한 움직임은커녕 마주 보고 뚜벅뚜벅 걸어가서 주먹을 날렸을 뿐이다. 극천극예에 도달한 사공의 대가라면 가능할지도 모르나, 어떠한 사기도 전해지지 않았다.

저벅, 저벅!

발소리가 들렸다.

상념에서 깬 육우평은 급히 구천우를 불러 세웠다.

"이놈, 어딜 도망치느냐!"

멈칫!

제자리에 선 천우가 고개를 돌려 상대를 보았다. 누군지는 중요하지 않았다. 연이어 색다른 감회에 잦아들게 했다. 과거에는 들어 본 적도 없는 겁 없는 발언이었다.

빤히.

움찔!

말없이 응시했을 뿐이거늘.

육우평은 소름이 돋는 괴이한 위화감에 사로잡혔다. 어쩌면 이 괴이한 시선에 대공자가 사로잡혀 방심했을 수도 있었다.

"건방진, 사술을 부린 대가를 치르게 해 주마!"

"하찮은 안목이군."

포식자를 알아보지 못한 토끼의 최후처럼 천우는 뚜벅뚜벅 걸었다.

일일이 설명하는 것도 사치인 미물들.

자명한 현실만 기다렸다.

뻐억!

꽈당!

벼락에 맞은 듯 경련을 일으키던 육우평이 통짜가 되어

바닥에 엎어졌다. 부대주가 나서면 다를 줄 알았던 대원들이 부랴부랴 정신을 차리고 득달같이 달려들었다.

뻐억!

부르르, 꽈당!

병기를 꺼내 들었지만, 결과는 바뀌지 않았다. 검은 허공을 그었고, 육신은 무저항이 되었다. 하나둘 바닥에 쓰러지고 난 후 호천대는 1명만 남았다.

"이게… 무슨!!"

혼자 남은 호천대원은 귀신에 홀린 기분이었다. 믿기 힘든 현실이 아닐 수 없었다. 어째서 이토록 허무하게 당했는지 도무지 이해되지 않았다.

"……죽어랏!"

대원의 검은 맥없이 허공을 베었다. 잔상을 베었다고 하기엔 무리가 따랐다. 정면을 벤 검은 허공을 베고 바닥에 닿아 있었다.

한데, 정면을 베지 않았다. 놈은 여전히 자신의 정면에 있었다.

"……이럴 수가!!"

생각이 더는 이어지지 않았다. 다가오는 주먹을 피해야 한다는 위화감을 감지했지만, 바닥에 고꾸라진 지 오래였다.

부르르르!

길바닥에 패대기쳐진 개구리처럼 경련을 일으키던 대원

은 곧 의식을 잃고 늘어졌다.

휘릭!

11명을 11방으로 끝냈음에도, 천우에겐 식전의 몸을 푸는 정도도 안 되었다. 그도 그럴 것이 하찮은 안목을 지닌 일개 호위대에 지나지 않았다.

"오랜만이군."

패황이던 시절엔 의념을 실은 의형강기를 주로 사용했다. 실상, 심의 극한에 도달하여 접근조차 하기도 힘들었다. 적수공권을 써 본 적이 까마득했다.

좀 더 적수공권의 즐거움을 맛보고는 싶었으나, 영기와 내기가 실리지 않은 멸악천리안조차 극복하지 못하는 잡것들에겐 일격도 과하다.

"요리는 식으면 맛이 없지."

멸악패도의 구도자였던 패황의 유일한 낙이 식도락이었다. 기억도 나지 않는 악의에 시간을 소요하는 건 낭비였다.

가복은 도련님을 물끄러미 바라보았다.

충실한 종복답지 않게 2층에서 기다리라는 명을 어기고, 짐을 풀고 나온 상인들과 같이 당당하게 나섰다.

예상대로라면 오늘 식사는커녕 방에서 끙끙 앓아눕지나 않으면 다행이었다. 탁소평 공자의 악독한 심성이라면 능히 그리하고도 남았다.

물론, 주변의 눈이 있으니 살수는 배제했다.
웬걸.
일방적으로 처맞는 광경이긴 했다.
맞는 대상이 탁소평과 호위대라서 그렇지.
도련님 혼자서 11명을 때려눕힌 것이다.

혼자 봤다면 헛것을 봤다며 미친놈 소리 듣겠지만, 상원들과 같이 봤다. 상원들이 힐끔힐끔 도련님의 눈치를 보고 있는 것만으로도 알 수 있었다.

그런데 다들 확신이 서진 않았다.

일방적이긴 한데, 탁소평과 호천대의 대응이 이상했다. 도련님의 솜 주먹을 맞아 보고 싶었던 건지, 얼굴을 주먹에 갖다 댔다.

누가 봐도 이상한 장면임에도, 부정하기에는 도련님의 주먹이 생각보다 강렬했다. 한 방으로 의식이 끊어지지 않고선 사람이 목석처럼 쓰러지지는 않는다.

"아까는 어떻게 하신 겁니까?"
"무초식을 원하기에 보여 주었지."
"혹시, 무초식이란 게 형을 초월하여 식이 필요치 않은 절대의 경지를 의미하는 건 아니겠죠?"
"제법이구나."

아, 우리 도련님께서 진짜로 절대고수셨구나.

탁소평이 기세에 제압되어 반항도 못 했다면 이해가······.

되기는 개뿔!

만약에라도 그런 일이 생긴다면 도련님은 양심이 가출한 거다.

최소한 기연을 얻으려면 방구석부터 탈출했어야지.

매일 집에 있는 걸 확인했는데, 어떻게 절대고수가 되냐고?

대화에 귀를 기울였던 상인들도 헛바람을 삼키며 혹여 눈이라도 마주칠까, 식사에 열중했다.

'내가 말을 말아야지.'

가복은 그냥 밥이나 먹기로 했다. 물어본다고 해서 이해되는 것도 아니고.

어?

식탁이 횅했다.

밥과 풀때기만 있다.

고기는 눈을 씻고 찾아봐도 없다.

"제가 소도 아니고, 다시 시켜 주세요!"

"돈 내고 사 먹어."

천우는 가복의 사정을 봐주지 않았다. 겸상을 시켜 준 것만으로 감지덕지해야 했다. 더욱이 식탁에서 도를 닦는 행위는 식사 예절에 어긋났다.

"제가 돈이 어디 있다고?"

"부실한 곳에 잘도 숨겨 놓았더구나."

"……그걸 어떻게?"

"상행에 누가 된다면 품삯을 깎겠다."

이 인정머리 없는 상전 놈아!

천우는 가복에게 청천벽력을 연이어 선사해 주었다.

"내일부터 훈련량을 2배로 늘리겠다."

"……먹으면 되잖아요!!"

식사를 마친 대공자가 객채로 들어가자, 대행수는 조심스럽게 부단주에게 물었다.

"대공자가 무공을 익힌 것이 맞는가?"

"직접 보지 않아서 판단하기는 어렵지만, 호천대의 무위를 고려하면 무공을 익혔다고 봐야겠지요."

"하면, 그 기행이 진짜로 무공 수련이었단 말이지."

"그렇…지요……."

부단주는 속이 좋지 않았다. 이러니저러니 해도 이 상행에서 호위를 책임지는 사람이다. 대공자의 수행을 보고도 무공이 아닌 신체 단련으로 치부했으니, 보는 눈이 없다고 자인한 꼴이었다.

"그래서 대공자의 수준은 어느 정도인가?"

원초적이지만, 궁금한 질문이었다. 사람이란 다 똑같다. 상인이라고 다르진 않다. 강함의 척도, 대체 얼마나 강한지를 알아야 이제부터라도 적절히 대응할 수 있다.

"그게 저도 잘……."

"그렇군."

모른다고 하기가 무섭게 인정해 버리자, 부단주는 이맛

살을 찌푸렸다. 이러면 자신은 진짜로 무공도 잘 모르는 막눈이 되어 버린다.

'이 소갈딱지 없는 인간이!!'

시작부터 시선을 집중시킨 것도 일전에 당한 걸 되돌려 주려는 의도가 분명했다.

그러나 지금 문제는 정말로 대공자의 무위를 모르겠다는 거다. 1명이면 당일 상태와 운이 나빠서 졌다고 하겠는데, 호천대 10명이 전부 당했다. 단순히 운으로 치부할 수 없다.

그렇다고 이대로 인정할 순 없는 노릇이다. 적금단의 부단주로서의 자존심 걸린 사안이었다.

"일류는 될 겁니다!"

"전 재산을 걸고?"

누가 상인 아니랄까 봐, 그새 내기를?

상인들은 한통속이라 쳐도, 너희들은 아니잖아!

적금단원들까지 내기에 동참하려고 하자, 노자청은 대행수의 꾀에 제대로 당했음을 실감했다. 그야말로 1푼으로 주고 1관으로 받은 격이었다.

부담스러운 주목에 노자청의 등은 땀이 흥건했다. 부단주로서 체면을 지키느냐 마느냐의 기로였다.

"……1냥이나 걸겠습니다."

자존심이 돈보다 중요하진 않았다. 그럴 거면 상단에서 호위 노릇이나 하고 살겠어.

이번 달 들어올 월봉과 지출을 생각하면 1냥도 사치였다. 아내가 알면 애를 앞세워서 얼마나 닦달할지 눈앞이 깜깜하다.

"호오? 천생 상인이시군."

"이제는 풍월을 읊을 때가 됐지요."

대행수는 이쯤에서 멈췄다. 상인다운 복수를 했지만, 더 했다가는 부단주의 얼굴이 붉어지다 못해 터질 지경이다.

'당최 모르겠군.'

반박귀진의 반열에 오르면 일반인과 다르지 않아 구분하기 어렵다곤 하나, 대공자가 절대고수라니 가당치도 않았다.

반대로 무공을 익히지 않았다면 탁소평과 호천대가 그리 허무하게 당했겠는가.

'보여 달라고 할 수도 없고.'

무인에게 무공을 알려 달라는 것도 금기였지만, 상단의 대공자이기도 했다. 말단 상인으로 대하기도 껄끄럽고, 무인으로 대하기도 어려웠다.

상행을 하게 되면 목숨을 걸어야 할 때도 있었다. 무공을 익혔다고 해서 대공자를 앞에 내세울 순 없지 않은가.

'이걸 어쩐다?'

현재로선 대공자는 완벽한 계륵이었다. 차라리 상승의 무공을 익혔으면 고민이라도 하지 않지.

헉!

탁소평은 '잠깐!'을 외치며 침상에서 일어났다. 멈춰 있던 극심한 통증이 파도처럼 밀려와 비명을 지를 뻔했다.

'어떻게 된 일이지?'

사태를 되짚었다.

끊어졌던 기억의 끝자락에 구천우가 있었다. 일격에 의식을 잃고 혼절해 버린 후 밤이 되어서야 일어난 것이다.

"이 버러지만도 못한 놈이 감히 나를!!"

하찮게 여겼던 놈에게 되레 처맞고 기절했다니, 울화가 치밀어서 심마를 주체하기 힘들었다.

한편으로 일련의 사태에 의혹이 있었다.

구천우는 대단한 무공을 선보이지 않았다. 복기할수록 왜 맞고 기절했는지 알 수가 없다.

이대로는 안 되겠다 싶은 탁소평은 언성을 높였다. 한밤중의 소란은 현명하지 않으나, 평정심을 잃었다.

"밖에 누구 없어!"

옆방에 있던 부대주가 부랴부랴 방으로 들어왔다. 그도 이제 막 정신을 차렸는지 사태 확인에 시간이 걸렸다.

탁소평은 육우평을 노려보며 자초지종을 따져 물었다. 최소한 자신이 당한 만큼 구천우에게 고통을 선사했어야 했다. 그런데 원하는 대답은커녕 전혀 뜻밖의 결과를 들었다.

"다시 말해 봐. 그게 가당키나 해? 어떻게 한 놈에게 전부 당해!"

"저희도 연유를 모르겠습니다. 놈을 바라본 순간 시간이 정지되며 의식을 잃었습니다."

"놈이 사술이라도 썼다는 거야?"

"그게, 정확히 모르겠습니다."

"옆에서 봤으면서도 모르면 대체 눈은 왜 달고 다니는 거야!"

"……송구합니다!"

모욕적인 발언에도 육우평은 고개를 숙였다. 대답해 봤자 대공자의 심기만 자극할 뿐이란 걸 알기 때문이다.

그럼에도 억울하긴 했다.

"놈의 무공 수준은?"

"사술을 배제한다면 최소 초일류는 되지 않을까 예상합니다."

"초일류? 그딴 놈이 무슨!!"

은밀히 무공을 수련했어도, 시간이 부족했다. 2년도 되지 않아 초일류라니, 말도 안 되는 성취였다. 대문파에서 공을 들인 후계자가 아니고서야.

간혹, 이해 불가의 영역을 대수롭지 않게 넘나드는 천재가 있다고는 하나, 구천우 따위가 천년지재일 리 없지 않은가.

그렇다고 아예 없는 일로 치부하거나 무시하기엔 벌어진 현실이었다. 이를 외면해 봤자 사태를 더욱 악화시킬 뿐이다.

"대공자, 애초에 우린 놈과 시비를 붙으려고 만난 게 아니었습니다."

"하고 싶은 말이 뭔데 이리 사설이 길어!"

"평소 대공자의 모습과는 어딘지 모르게 달랐습니다. 고작 그딴 놈의 도발에 넘어가실 분이 아니지 않습니까?"

"그건… 그렇지. 흠!"

육우평의 말에 화가 나던 탁소평은 잠시 생각해 보았다. 구천우를 가볍게 여기는 것과 별개로 모두가 보는 앞에서 사건을 키운 건 자신답지 않은 행동이었다.

'이상하게 화가 치밀었어.'

도발하기는 했어도, 목적을 상기하면 적당히 넘어갔어야 했다. 그런데 놈을 보자 살심을 주체하기 힘들어졌다. 왜 그런 현상이 일어났는지 곰곰이 따져 볼수록 의혹이 깊어졌다.

'하긴, 그딴 놈이 갑자기 초일류가 됐다는 게 말이 돼! 분명 사공이나, 사특한 수를 사용했을 거야!'

게다가 구천우가 무공을 익힌 걸 적금상단에서도 모르는 눈치였다. 식구들조차 무공 수련을 감추고, 2년 만에 초일류가 되는 건 불가능했다.

'사술이 분명하다.'

실제로 구천우를 떠올릴수록 불구대천의 원수를 마주한 기분이 들었다.

"이 벌레 같은 놈이 내게 사술을 걸어!"

육우평은 안도의 한숨을 쉬면서도 약간 불안했다. 사슬이 되어야 자신의 실책을 구천우에게 전가할 수 있지만, 확신이 서지 않았다.

"차라리 잘됐어."

"무슨 말씀이신지?"

"대청성파의 제자로서 불의를 외면할 순 없지, 안 그래?"

"아! 서둘러 연통을 넣겠습니다."

망신당하긴 했지만, 전화위복이 될 수 있었다. 잘하면 질질 끌지 않고 단번에 끝낼 기회였다.

'나에게 치욕을 준 걸 땅을 치고 후회하게 해 주마. 크크크!'

본래라면 이렇게까지 할 생각은 없었다. 화정상단의 상단주는 계획에서 어긋나는 걸 싫어한다. 자식이라고 해서 사정을 봐주진 않는다.

아버지의 냉혹함을 알면서도 탁소평은 구천우에 대한 분노에 잡아먹혔다.

"꼭 이렇게까지 하셔야 합니까?"

"이보다 상하체에 도움이 되는 훈련은 없다."

가복은 죽을 것 같았다. 객잔 소동 이후로 훈련의 강도가 말도 못 하게 올라갔다. 이전과 같은 걷기에 십보 후 팔굽혀펴기와 도약이 추가되었다. 설명만 들어서는 걷기나 매

한가지처럼 보이는데, 하고 나면 안 아픈 곳이 없다. 밤에는 열병처럼 화기가 치솟아 올랐다.

'빌어먹을!!'

아침만 되면 멀쩡해서 다들 꾀병을 부리는 줄 안다. 그뿐인가, 이젠 도련님의 행동을 더는 기행으로 취급하지 않았다. 암묵적으로 무공 수련으로 인정해 버린 것이다.

"그런데 도련님은 왜 안 하세요?"

"나는 완성됐으니까."

"쪽팔린 건 아니고요?"

"무게를 추가해야겠군."

"더는 짐도 없는데 어떻게 추가해요…… 윽!"

짐을 추가하진 않았는데도 가복은 몸이 2배로 무거워지는 걸 느꼈다. 피로가 몰려왔다고 하기엔 이상했다.

'……이게 말이 돼?'

귀신에 홀리지 않고서야. 기분 탓이라고 하기엔 탁소평과 호천대를 쓰러뜨릴 때가 떠올랐다. 그들도 귀신에게 홀려서 얼굴을 주먹에 갖다 댔는지도 모른다.

"더 올려 줄까?"

"흐엑! 최선을 다하겠습니다!"

패황기로 육체에 자극을 주면 강도에 따라서 부하도 커진다. 한계를 벗어나게 되면 망가질 수도 있지만, 적정선을 지켜 주면 이보다 효과적인 수단도 드물었다.

그럼에도 육체 훈련을 병행해야 하는 연유는 천우의 패

황공이 타인을 완벽히 통제할 수준에 도달하지 않았기 때문이다.

이는 시간이 해결해 줄 제약이긴 하나, 굳이 귀찮음을 감수하진 않았다. 타인의 내외력을 섬세하게 통제하려면 심력의 소모가 컸다. 개복에게는 지금만 해도 천고의 기연이었다.

'기감을 통제할 필요도 있고.'

객잔에서 나온 천우는 5일간 감각을 극도로 예민하게 통제하고 있었다. 개복에게만 신경을 써 줄 만큼 여유가 있는 편도 아니었고, 그럴 필요도 없었다.

천우는 기감, 내외력, 심상을 영력으로 통합, 균형, 관천을 이루는 데 주력했다. 어느 것 하나 모자람이 없이 합일하여 패황공의 토대가 되었다.

그러다.

"모두 정지, 후방으로 호위 진형을 갖추도록."

뜬금없는 명령이었다.

산에서 야행하기 싫으면 어두워지기 전에 부단히 걸어야 했다. 더욱이 이 상행의 책임자는 대행수였고, 호위는 부단주의 책임이었다. 대공자라고 해도, 현재는 말단 상인에 불과했다. 상행을 좌지우지할 권한은 애초에 없었다.

그런데도 모든 인원은 천우의 명령대로 멈추었고, 일사불란하게 진형을 갖추었다.

왜?

의문이 들었다.

대행수의 명으로 착각했다고 하기엔 대공자의 명령이 또렷하게 새겨졌다.

"대공자, 갑자기 이게 무슨 짓인가?"

"……."

천우는 대꾸하지 않고 지나온 길을 보고 있었다.

대행수는 머쓱해진 감정을 억누르고, 대공자를 질타하려다가 등골이 쭈뼛하는 기운에 멈칫했다.

-멈춰랏!

외침에 공력이 실려 산을 크게 울린다. 사자후에 비견될 정도는 아니더라도, 내공을 수련하지 않았다면 울렁거릴 수 있었다. 상인들은 귀를 막았고, 단원들은 긴장을 지우지 못했다.

소리에 이만한 내가진기를 실을 정도면 최소한이 초일류, 어쩌면 그 이상일 수 있었다. 게다가 기세와 의도가 심상치 않았다.

한편으로.

'나보다 먼저 알아챘다고?'

노자청은 대공자가 무인임을 인정은 했지만, 기감이 이렇게나 발달했을 줄은 미처 몰랐다. 기감은 내력과 비례한다. 대공자가 자신보다 높은 공력을 가지고 있다는 방증이었다.

'그럴 수가 있나?'

비록 초일류가 되진 못했지만, 내력만큼은 경지에 비해서 높은 편에 속했다. 어떻게 한 거냐고 따져 묻고 싶은 마음이 굴뚝같으나, 지금은 대공자의 무위를 거론할 때가 아니었다.

쐐액!

우우웅!

빠른 속도로 거리를 좁히더니 허공을 날아 상단과 지척에 섰다. 흑색의 무복을 입은 중년인으로 적발과 백발이 정체를 대번에 알려 준다. 상대를 알아본 대행수와 부단주는 의아한 기색이었다.

적협(赤俠) 신대운.

백협(白俠) 신대인.

적백쌍협으로 불리는 절정고수였다. 정도의 협객으로 명성을 쌓은 공명정대한 무인이었다. 성이 같고 이름이 비슷해서 형제로 오인할 수 있으나, 실제는 피 한 방울 섞이지 않았다. 태어난 날은 달라도 한날한시에 죽자며 결의한 날 개명했다.

저벅!

어찌 되었든 상행의 책임자는 대행수였다. 그가 앞으로 나서며 예의를 갖추었다.

"적백쌍협 대협을 뵙습니다. 저는 적금상단의 대행수 종여명이라고 합니다. 하온데 어인 일이신지요?"

"모른 척 발뺌해 봤자 소용없다."

"발뺌이라니요? 대체 무슨 말씀을 하시는 겁니까?"

"네놈들이 폭풍비를 숨긴 걸 모를 줄 알았더냐."

별안간 도둑으로 몰린 대행수와 상인들은 당황한 기색이 역력했다. 폭풍비가 어떤 물건인지는 중요하지 않았다. 그것을 자신들이 훔쳤다고 몰아붙이는 행위는 도가 지나쳤다. 대체 무슨 근거로 도둑으로 매도하는지 저의마저 의심스러웠다.

"도둑이라니요. 저희는 폭풍비란 물건은 들어 보지도 못했습니다!"

"하면 우리가 무고한 이를 매도한다는 것이더냐! 네놈들이 진정 경을 쳐 봐야 정신을 차리겠구나!"

적백쌍협의 흉험한 기세에 대행수와 행수들은 움찔하지 않을 수 없었다. 부단주가 나서서 기세를 막으려고 나섰지만, 무위의 차이가 컸다.

쏴아아!

큭!

적백쌍협의 시야 밖, 천우의 뒤에 선 가복이 걱정스럽다는 듯이 한숨을 쉬며 속삭였다.

"도련님, 큰일 난 거 아닙니까? 보통 이런 경우는 확신이 없이는 행하지 않는데 말입니다."

"누가 자세 풀라고 했지?"

"……예?"

"무게를 추가해야겠군."

가복은 기겁했다.

이런 위급한 와중에 자세부터 확인하는 도련님의 무신경함에 혀를 내둘렀다. 작정하고 상행을 위협하는 저자들이 보이지도 않나?

으윽!

긴장을 풀려는 농담으로 치부했던 가복은 중량의 무서움을 체감해야 했다. 도련님은 때와 장소를 안 가렸다.

그뿐인가?

휙, 휙!

몸이 저절로 앞으로 나가며 제자리를 빙글빙글 돌아 시선의 주목을 한 몸에 받게 되었다. 도련님의 뒤에서 안전을 확보하려다 잔대가리만 깨지게 생겼다.

부릅!

아니나 다를까, 분위기 파악 못 하는 인간으로 전락한 가복은 안절부절못했다.

적백쌍협이 인상을 구기며 노려보았다.

"네놈은 뭐냐?"

"우릴 무시하는 것이냐?"

가복은 그럴 뜻이 전혀 없다고 손사래를 치려고 했으나, 팔굽혀펴기를 하다, 허공으로 도약하며 만세를 해야 했다. 몸이 알아서 자동으로 움직였다.

이대로 죽나 싶었는데.

'어, 내가 아니네?'

자신을 향한 살의가 아니었다. 적백쌍협은 도련님을 죽일 듯이 노려보고 있었다.

 이해가 되지 않았다. 상단을 도둑으로 몰았으면, 물건부터 찾아야 하지 않나? 왜 가만히 있는 도련님에게 시비지?

 '도련님, 이 사람들 소문과 달리 협객이 아닌 모양입니다!'

 협객이 다짜고짜 모함하고, 살의를 드러내는 것부터가 위선의 극치였다. 무언가 다른 의도가 있는 것 같은데, 적백쌍협의 기세가 워낙 살벌했다.

 '도련님이 근래에 정신머리가 나가긴 했어도, 설마?'

 이 지경에서 헛소리하지는 않으리란 기대가 있었다. 그런 말이 있지 않은가, 미친놈도 고수 앞에서는 얌전해진다는. 정신이 나가도 강약의 조절은 되었다.

 "잡것들이 설치는군."

 ……?

 귀를 의심했다.

 곧 전원 공황 상태에 빠졌다. 애지중지하던 비도를 잃어버린 적백쌍협의 심기를 다독여도 부족한 판국에 벽력탄을 던지다니!

 우리 도련님이 범 무서운 줄 모르는 하룻강아지셨을 줄이야!

 진정한 광기였다.

 "네놈이 감히 우리가 누군 줄 알고 그딴 망발을 하는 것이냐!"

"아이만 보면 침을 흘리는 색마가 아니더냐."

……?

갈수록 점입가경에 첩첩산중이었다.

이거 도대체 어떻게 수습하려고 이러는 건지, 다들 머리부터 발끝까지 굳어 버렸다.

움찔!

이놈이 어떻게?

당혹감을 드러내지 않으려고 했지만, 적백쌍협은 표정 관리가 되지 않았다. 아무에게도 알려지지 않았던, 아니 알아서는 안 되는 금기였다. 더욱이 작금의 흐름도 계획에서도 벗어났다.

'왜 이렇게 화가 나지?'

'이상하게 이놈을 죽이고 싶다!'

상단의 애송이에게 청탁받기는 했어도, 놈을 보자마자 끓어오르는 살심을 주체할 수 없었다. 원래는 대화를 한 후, 숨겨 놓은 폭풍비를 찾아 죄를 뒤집어씌우려고 했었다. 적금상단의 명성에 흠집을 내고, 명분을 쌓는 정도로 끝내야 자신들의 명예를 지킬 수 있었다.

"한번 벌레는 역시 영원한 벌레였군."

"실성하지 않고서야, 죽고 싶은 것이더냐!"

부정하는 것치고는 적백쌍협의 행동이 수상하긴 했다. 대공자의 언행이 불손하기는 해도, 정곡을 찔린 듯 지나치게 당황하고 있었다.

위선을 인의로 포장한 위선자는 절대로 속내를 드러내지 않는다. 벼랑 끝에 몰리거나, 생사의 경계가 아니고서는.

오랜 세월 협객으로 명성이 자자한 자들이 갑자기 본성을 드러낸 것 자체가 이상했다.

이토록 어설픈 자들이 위선의 탈을 쓰고, 살아갈 만큼 강호 무림은 허술하지 않았다.

흠.

당황, 분노, 경악이 뒤섞인 대치에도 천우는 태연했다.

지극히 당연한 이치였다.

멸악천리안.

본성을 파헤치고, 악인을 구분하는 멸악의 심판자.

절대의 경지에 들지 못한 악인은 멸악천리안에 정신이 붕괴하여 광인(狂人)이 되곤 했다. 패황 시절이었다면 적백쌍협 따윈 마주하는 순간 견디지 못하고 무너졌으리라.

스윽!

멸악천리안을 마주한 적백쌍협은 감추어진 추악한 본성이 꿈틀대는 걸 느꼈다. 경거망동해선 안 된다는 냉철함이 모래성처럼 허물어지고 있었다.

"죄를 고하라."

고저가 사라진 천우의 명령이었다.

의아할 수도 있었다. 설령 죄를 지었다고 해도, 스스로 죄를 자백하라니 어떤 자들이 따르겠는가.

하지만 악인에게는 다르다.

멸악천리안은 악이 강할수록 압박하는 심령이 강해진다. 심혼에 감추어져 있는 원초적인 죄악을 끄집어내기 때문이다.

적백쌍협에게는 염라대왕의 지엄한 판결처럼 심령을 강제했다. 이제까지 저질렀던 죄업이 주마등처럼 스쳐 지나가고 있었다.

죄를 고백해야 한다는 압박에 지배되려고 했다.

부르르!

빠득!

모멸감에 경련을 일으키던 적백쌍협은 이를 갈며 천우를 무섭게 노려보았다. 이제는 노골적인 살의를 숨기지도 않는다. 반드시 죽이고 말겠다는, 전생부터 이어진 불구대천의 원수를 마주한 듯 격렬한 살의가 쏘아졌다.

솨아아아!

오싹!

대공자를 향한 적백쌍협의 무시무시한 살의에 대행수를 비롯한 상인들은 기겁했다. 자신들이 감당할 수 있는 범위를 벗어났다.

부단주와 단원들도 안색이 새하얗게 질려 가고 있었다. 무공을 익히고 있을수록 적백쌍협의 살의에 짓눌렸다.

'이상하군.'

멸악천리안이 완성되진 않았다곤 하나, 예상보다 적백쌍

협의 심령이 강해 반발력이 상당했다.

적백쌍협의 죄는 지금으로부터 20년이 흘러서야 밝혀졌다. 당시에 적백쌍협은 초절정의 무인이자 협객의 표상으로, 이면에 숨겨진 진실이 그토록 추악한 괴물일 줄 몰랐기에 강호에 상당한 풍파를 일으켰다.

그래서 이상하다.

죄악이 밝혀진 회차 이후로는 적백쌍협을 시작부터 삭초제근했다. 물론, 회차를 거듭할수록 직접 나서지도 않았다.

현재 적백쌍협의 무위는 높게 잡아도 절정 초입, 멸악천리안의 심혼 제압을 견뎌 낼 만큼 강인하지 않았다. 최소한 초절정의 심령에는 이르러야 했다.

'기연이라도 얻었나?'

멸악패도를 유보한 이후의 행보에 달라진 점이라곤 이번 상행뿐이다. 상행으로 인해 미래가 변했다고 하기엔 시간이 너무 짧다. 더욱이 멸악패도를 위해서 수년을 폐관수련했었다. 접점이 없었음에도 미래가 바뀌었다.

특이하긴 하나.

잡것들이 강해져 봤자 잡것에 불과했다. 다만, 어떤 계기가 작용했는지는 확인해 볼 필요가 있었다.

응?

별안간 가복이 나섰다.

"도련님이 평소 지병이 있어서 헛소리가 나왔나 봅니다. 두 분 대협께서 넓은 아량을 베풀어 주십시오."

누구도 예상하지 못한 용기였다. 가장 먼저 도망쳤어도 이상하지 않을 놈이거늘.

주인을 위해 나선 종복의 비장한 각오치곤, 표정은 정말 아니다 싶은지 당황하는 기색이 역력했다.

'나대긴 왜 나대!'

가복은 미치고 팔짝 뛰는 심정이었다. 도련님을 구해야 한다는 마음만 먹었을 뿐, 진짜로 나설 생각은 눈곱만큼도 없었다. 냉철히 따지면 나서 봤자 전혀 도움이 되지 않았다. 대가 없는 용기는 만행이라는 평소 소신과도 동떨어졌다.

'저 무시무시한 살의가 안 느껴져…… 어?'

적백쌍협의 살의가 딱히 두렵지 않았다. 도련님처럼 정신이라도 나간 건가? 이러면 자신도 호랑이 간을 삶아 먹는 것과 다르지 않았다. 낙장불입의 생사기로에 후회가 물밀듯이 밀려왔다.

"죽어라!"

빛살 같은 검기가 가복의 눈앞을 새하얗게 물들였다. 죽음이 지척이란 걸 의식할 사이도 없이 주마등이 스쳐 지나갔다.

다짜고짜 나온 백협의 살수였다.

보통 때의 백협이라면 주변의 눈을 의식해서라도 아량을 베풀었을 것이다.

그러나 자신들의 추악한 비밀이 밝혀졌고, 대공자로 인

해 심기가 크게 흔들렸다. 주인을 위해 나선 종복의 용기가 가상키는커녕 거슬릴 따름이었다.

타아아앙!

후아아앙!

단단한 암반을 쇠로 두드린 듯 귀를 혼란하게 하는 굉음이 울렸다. 이후 반진력이 형성되어 일대를 돌풍처럼 휩쓸고 지나갔다.

아!

감았던 눈을 뜬 가복은 어안이 벙벙한 얼굴을 했다. 꼼짝없이 죽었구나 싶었던 순간이었다. 자신을 버리고 떠난 부모의 얼굴이 떠오르기까지 했다.

대체 어떻게 된 거지?

가복은 앞에 선 도련님과 주변의 대경실색한 표정을 돌아볼 수 있었다. 다들 믿기 힘든 얼굴을 한 채 넋을 놓았다. 이는 살수를 펼쳤던 적백쌍협도 다르지 않았다.

대공자의 늠름한 등이 보였다.

"도련님이 절 구하셨군요!"

사태를 파악할수록 가복은 놀라움과 고마움의 만감이 교차했다.

스윽!

고개를 살짝 돌린 천우는 단호했다.

"자세 풀지 말라고 했을 텐데."

"……?"

감격에 겨워서 23년을 간직한 순결한 입술로 볼에 뽀뽀라도 해 주려고 했던 가복은 아연실색했다. 경직됐던 분위기를 전환할 겸 농을 했다고 하기엔 진담처럼 느껴졌다.

아니나 다를까.

몸이 알아서 자세를 취하기 시작했다. 빌어먹을 몸뚱이가 당황스러운 주인의 의지를 전혀 알아주지 않았다.

훅훅!

가복은 결국 팔굽혀펴기를 한 후, 일어나서 도약만세를 했다. 대행수와 상인들은 그 어이없는 광경을 보며 헛바람을 삼켰다.

죽어서도 쪽팔릴 재난이었다.

팔릴 대로 팔린 가복은 망연자실한 채 될 대로 되라는 식으로 본인을 내려놓았다.

훗.

고개를 돌려 적백쌍협을 마주한 천우의 입꼬리가 미세하게 올라갔다.

'기특하군.'

멸악천리안은 내면의 본질을 자극한다. 적백쌍협에게 펼친 멸악천리안의 범위에 우연처럼 개복이가 있었다.

일반인에 가까운 개복이 절정고수의 살의를 정면으로 받고도 아무렇지 않은 건 패황기의 영향이었다. 본성과 패황기가 맞물리면서 벌어진 의도치 않은 용기였다.

'제대로 가르쳐야겠군.'

기회를 주려던 여흥에서 약간의 진심이 섞였다. 기본 토대가 완성되는 대로 특훈이었다.

"네 이놈, 무공을 숨겼구나!"

"숨긴 적은 없지만, 위선보다는 낫겠지."

"애송이 놈이 한 수 재간에 죽음을 자초하는구나!"

"그런 것치고는 염치가 없군."

말로는 경시했지만, 백협의 좌측으로 적협이 자리했다. 방금의 충돌로 상단의 애송이가 범상치 않음을 인정한 것이다.

'검기를 수장으로 쳐 내다니!!'

'빌어먹을 애송이, 확실하게 말했어야지!'

전력이 실리진 않았더라도, 검기였다. 맨손으로 쳐 냈다면 최소한 동수로는 봐야 했다. 일개 상단의 대공자가 절정고수라는 사실이 믿기지는 않으나, 전력을 다하지 않으면 또다시 낭패할 수 있었다.

"적금상단 따위에 네놈과 같은 놈이 있다니, 그 저의가 의심스럽구나!"

"강호의 정의를 위해서라도 네놈을 단죄하겠다!"

이후의 처리를 위해서라도 적백쌍협은 어떻게든 명분을 되새겼다. 진실은 중요하진 않았다. 명문거파나 세가에서도 스무 살 이전에 절정고수가 되기란 어려웠다. 대상단도 아니고, 사천성의 말단에 불과한 적금상단에서 절정고수라니 가당치도 않았다.

'다른 놈들은 모르는 것 같으니.'

'이놈만 해치우고, 폭풍비만 찾으면 된다.'

비도를 훔친 도둑이 알고 보니 수상한 음모를 꾸미는 집단이었다, 라고 한다면 충분한 설득력을 가진다. 조금 있으면 증인이 되어 줄 애송이도 올 것이다.

"크음!"

계획대로만 된다면 최상이라고 여기던 찰나.

적백쌍협은 침음을 흘렸다.

"잡것들이 감히 정의를 논해."

멸악, 그 하나를 위해서 4만 년을 살아온 천우였다. 비록 무명으로 인해 멸악패도를 잠시 내려놓기는 했으나, 세상을 바로 세워야 한다는 천명을 외면하진 않는다. 위선자 따위가 정의를 운운하는 것은 멸악의 구도자로서 참기 힘든 모욕이었다.

저벅.

이번에는 천우가 먼저 움직였다. 천천히 사위를 집어삼키며 적백쌍협을 향해 다가선다.

크윽!

적백쌍협은 천지사방이 가로막힌 듯 숨이 턱 막혔다. 마치 일대가 장악되어 자신들을 짓누르는 것 같았다.

천신의 걸음이 이럴까.

'기세에 제압된다고?'

'애송이 따위가!! 웃기지 마라!'

심령을 제압하는 기세에 공간을 장악하는 패도가 합쳐지자 적백쌍협의 간격을 일그러뜨렸다. 이대로라면 제공권을 잃고 허망하게 당할 수 있다는 위기감이 휘몰아쳤다.

"어림도 없다!"

적백쌍협은 내력을 극한으로 끄집어내어 놈의 기세를 밀어냈다.

불과 얼마 전이라면 불가능했을 수도 있었다.

불현듯 가로막혔던 적룡공과 백룡공에 깨달음이 찾아왔고, 검식과 도식에도 변화가 있었다. 순간의 기연일 수도 있겠지만, 희한한 경험이었다. 마치 수백 년의 경험이 압축되어 일순간 심령을 강타한 듯한 경험이었다.

그날 완전한 절정고수가 되었다. 동시에 알 수 없는 원한이 심령에 새겨졌다. 도대체 누구에 대한 원한인지는 알 수가 없었다.

한데, 적금상단의 대공자를 보자 심령 아래에 가라앉았던 원한이 봇물 터지듯 터져 나왔다.

'이놈이다!'

'네놈이구나!'

어째서인지는 모른다. 그저 대공자를 반드시 죽여야 한다는 목적만이 자리 잡았다.

자신들도 알지 못하는 미증유의 거력이 진기를 건드렸다. 시간을 줘선 안 된다. 놈의 기세를 밀어낸 이때 결판을 내야 했다.

적백쌍협은 내력에 본원진기를 더해 최근에 완성한 적룡도식과 백룡검식을 펼쳤다.

적백쌍아.

검진으로 완성된 적룡아(赤龍牙)와 백룡아(白龍牙)가 밀어낸 공간 속 천우를 거세게 물어뜯는다.

역린을 찔린 용의 포효.

크아앙!

쩌어엉!

일순 10장 범위가 갈가리 찢겨 나가는 듯한 착각을 일으켰다. 검기의 거센 폭풍이 지면의 거죽을 벗겨 내며 흩날리게 했다. 사방으로 휘몰아치는 흙먼지가 허공으로 거대한 기둥을 형성하다 일순 떨어져 내렸다.

화아아!

시야를 가리던 먼지가 걷어지며 천우와 적백쌍협의 대치가 드러났다.

아!

적백쌍협의 흉포한 기세에 다들 숨죽여야 했었다. 절체절명의 위험 속으로 산책하듯 걸어 들어간 대공자의 안위가 걱정되었었다. 안타까운 탄성이 터지고 난 후의 광경은 예상과 달랐다.

"……이럴 수가!!"

"말도…… 안 돼!"

적백쌍협은 믿을 수가 없었다. 갈기갈기 찢어진 채 한 줌의 육편이 되었으리란 확신이 박살 났다. 아무렇지 않은 채 적백쌍아의 간격으로 걸어 들어오더니, 내력의 흐름을 끊어 버렸다.

그뿐인가.

퍽퍽!

내부로 파고 들어온 패도무쌍의 경력이 내력의 순환을 막는 것으로도 부족해 과부하를 일으켜 단전을 폭사시켰다.

철퍼덕!

내공이 깊을수록 단전이 부서졌을 때의 반진력이 크다. 칠공으로 피를 토하진 않더라도, 처참하게 무너져 내린 적백쌍협의 얼굴엔 분노와 공포가 교차했다.

"······네놈, 절대 용서치 않겠다!"

"······죽어서도 저주하겠다!"

단전이 부서진 이상, 저항은 불가능했다. 이 지경에서도 핏발을 세우며 저주를 퍼붓는 지독함에 두려워할 법도 하거늘, 천우는 무감각하게 내려다보며 말했다.

"죄를 고하라."

"······흐엑······ 우린······ 죄······ 커억!"

"쿨럭······ 이놈, 그냥······ 죽여······허억!"

적백쌍협은 처절하게 몸부림치며 발악했다. 죽더라도 추악한 진실이 밝혀지길 원하지 않았다. 명예롭지 않은 죽음은 자신들의 가족까지도 고통을 받게 된다.

"……제발…… 죽여 줘!"

천우는 멸악천리안을 멈추지 않았다.

마지막으로 명예라도 지키려는 적백쌍협의 발버둥을 무심하게 짓밟아 버렸다. 가치도 없는 저항이었고, 남겨진 자들도 무의미했다.

부르르르!

크아아악!

적백쌍협의 비명이 터져 나왔다. 전신에 핏발이 서며, 실핏줄이 터진 눈이 붉게 물들며 섬뜩한 광경을 자아냈다.

오싹!

꿀꺽!

대행수와 부단주는 전율과 함께 마른침을 샘물처럼 마셔야 했다. 이는 상인들과 단원들도 다르지 않았다. 놀라는 걸 넘어 경악 그 자체였다.

적백쌍협이 돌변하여 대공자를 죽이려고 할 때까지만 해도 이런 결과가 나오리라고는 예상하지 못했다.

한편으로 두려운 광경이긴 하나, 구사일생의 반전이었다. 오늘이 명년의 제삿날이 될 줄 알았다.

"이보시게, 부단주! 대공자의 무위가 진정 일류였나?"

"……제가 보는 눈이 없었습니다!"

일류의 무위로 검기와 도기를 뿜어내는 절정고수의 합공을 어떻게 받아 낸단 말인가!

이쯤 되니 1냥이나 걸었던 부단주도 대공자를 절정의 무인으로 인정하지 않을 수 없었다.

'대체 어떻게 한 거지?'

부단주도 답답했다.

무슨 방법으로 적백쌍협을 이겼는지 뻔히 지켜봤음에도 도무지 모르겠다. 뭐가 보였어야지. 검기의 폭풍이 지나가고 난 후 순식간에 끝이 나 버렸다.

'대공자가 절정의 무인이란 건데…… 이럴 수가 있나?'

대행수는 대공자의 무위에도 놀랐지만, 그 성정에 재차 식겁했다. 피눈물을 흘리며 비명을 지르는데도, 흔들리기는커녕 마치 고깃덩어리를 보는 듯 무심하다.

이후로 대공자를 어찌 대해야 할지, 고심해야 했다. 평소대로 대하기엔 눈앞에서 보여 준 대공자의 면모가 지나치게 생경하다.

훠훠, 훅훅!

태세 전환이 뇌전(雷電) 같은 가복이었다.

자세를 풀지 않고 열심히 팔굽혀펴기 후 도약만세를 부르짖었다. 나는 도련님의 명을 충실히 따르는 종복임을 재차 강조하는 모양새다.

도련님의 오른팔은 나다.

허허!

헛웃음이 나왔다.

저걸 눈치가 있다고 해야 하나, 없다고 해야 하나?

경악은 아직 끝나지 않았다.

적백쌍협의 자백은 차마 입으로 내뱉기도 더러운 추악함 그 자체였다. 쌍협이 아니라 능히 쌍놈으로 불려도 손색이 없었다. 저런 자들이 명성이 자자한 협객으로 불리며 존경받고 살아왔다니, 세상은 정의롭지 않았다.

 '대공자는 대체 어떻게 안 거야?'

 적백쌍놈을 보자마자 숨겨진 정체를 알아챘다. 대행수는 못내 이해되지 않았다. 방구석에서 나오지를 않는데, 마치 천하를 굽어살피고 있지 않은가?

 천리안이라도 가지고 있나.

제5장
미끼

 탁소평과 호천대는 적당히 시차를 두고 적금상단의 뒤를 따랐다.

 우연히 목적지가 같은 정도여야 했다. 또한, 객잔에서 구천우에게 속절없이 당한 것도 걸렸다. 추적을 알아채면 여러모로 곤란해질 수 있었다.

 "지금쯤이면 끝이 났겠지?"

 "두 분 대협에게 사술이 통할 리 없습니다."

 사술임이 증명만 된다면 적금상단에 내일은 존재하지 않는다. 도둑으로 몰아 명성을 깎는 것보다, 어둠 속에서 음모를 꾸미는 사특한 집단으로 매도하는 편이 훨씬 효과적이었다. 이리되면 상계가 아니라, 정도 무림이 개입할 중대한 사안이 되기 때문이다.

 '내가 놈을 죽일 정도로 싫어했었나?'

탁소평은 경쟁 상단의 후계자인 구천우를 좋아하진 않았지만, 죽일 생각까지는 하지 않았었다.

그러나 이번에 구천우를 보았을 땐, 죽여야 한다는 모호한 살의가 끓어올랐다.

'어쨌든 네놈의 운도 거기까지다.'

이젠 어떤 연유든 중요하지 않았다. 구천우는 적금상단을 무너뜨릴 제물로써 죽어야 한다.

이번 일만 계획대로 된다면 아버지의 신임을 받아 상단의 소단주로서 위치를 공고히 할 수 있었다.

'죽음 앞에서도 초연할 수 있다면 해 보거라.'

객잔에서 당한 망신이 머릿속에서 떠나지를 않는다. 한 주먹거리도 안 된다고 여겼던 비루한 놈에게 역으로 당했다. 수치심이 드는 건 인지상정이었다. 이 치욕을 되돌려주지 않으면 평생 안고 살아야 할 수도 있다.

기대했던 광경이 머지않았다.

산 중턱에 대기하는 적금상단이 보였다.

적백쌍협에게 폭풍비를 들킨 이상, 적금상단이 빠져나갈 구멍은 없다. 절세비도는 아니더라도, 폭풍비는 묵철을 사용한 최상급의 무구(武具)였다. 폭풍비가 아깝지만, 적금상단을 치워 버릴 수 있다면 이득이었다.

가는 길에 만난 것처럼 탁소평은 우연을 빙자했다. 서안으로 서신을 보내기로 약속을 잡았기에 인과를 의심하긴 어렵다.

상단을 향해 걸어갔다.

'음?'

가까이 갈수록 탁소평은 묘한 느낌을 받았다.

적백쌍협에게 도둑으로 몰려 낭패한 기색이 아니라, 마치 자신들을 기다리고 있는 듯했다.

'뭐지?'

예상과 다른 분위기에 탁소평은 조심스럽게 주변을 살폈다. 노골적으로 돌아보면 꼬투리를 잡힐 수도 있었다.

'없어?'

적백쌍협이 보이지 않았다.

왔어도 벌써 와서 한바탕 소란을 벌였어야 했다. 더더군다나 겁에 질려 있어도 부족한 상인들이 선명한 적의를 보이고 있었다.

'이 작자들이 혹시, 비도만 가지고 도망친 거 아냐?'

세간에 알려진 명성과 다른 적백쌍협의 진실을 일부라도 알고 있는 탁소평이었다. 상단과 꾸준히 거래를 해 왔기에 적백쌍협이 올곧은 협객이 아님을 진작 눈치를 챘다.

'아니, 말이 안 되잖아!'

적백쌍협이 작정하고 폭풍비만 훔치고 달아났다면 못 할 것도 없겠지만, 굳이 그런 위험을 감수할 이유가 없다.

애초에 오지 않았다는 가정이 성립하는데, 그 욕심 많은 작자들이 보물을 두고 갈 리 만무했다.

탁소평은 최대한 태연한 표정을 지었다. 계획대로 되지

않았지만, 내색해선 안 되었다. 자연스럽게 우연한 만남으로 포장한 후 돌아가는 사태부터 파악해야 했다.

그러나 구천우가 한발 빨랐다.

"뭘 찾는 거지?"

"하하, 찾다니 무슨 말인지 모르겠군. 이 우형도 서안에 서신을 전달해야 해서 이 길을 지났을 뿐이야. 객잔에서의 다툼 이후로 오해가 깊구나."

"이걸 찾나?"

"자꾸 이상한 소리를……?"

우연을 주장했던 탁소평은 곡선을 그리며 날아온 보자기가 바닥으로 떨어져 풀어지자, 말문이 막혔다.

데구루르르!

혓바닥을 길게 늘어뜨린 채 공포에 질린 2개의 수급.

부르르!

탁소평은 물론 부대주와 대원들까지 당황했는지 눈동자가 떨렸다. 그들로선 예상하지 못한 걸 떠나, 받아들이기 힘든 동떨어진 현실이었다.

"……말도 안 돼!"

돌연한 사태에 탁소평은 평정심을 유지하지 못했다.

수급은 적백쌍협이었다.

일반적인 범주를 아득히 벗어나자, 아무런 생각이 들지 않았다.

적백쌍협이 이토록 어이없이 고혼이 되었을 줄 누가 상

상이 했겠는가!

'……함정?'

적금상단과 싸우다 적백쌍협이 죽었다는 결론은 나오지 않았다. 적백쌍협은 절정의 고수인 데다 합격에도 능했다. 비슷한 수준의 절정고수는 적백쌍협의 적수가 되지 않았다.

그런데도 적백쌍협이 죽었다.

그나마 설득력이 있는 방도는 함정을 파 놓고 기다리는 것 외엔 없다.

'내가 이놈의 손바닥 안에서 놀아났다는 건가?'

적백쌍협의 죽음에 당황했지만, 탁소평은 무조건 시치미를 뗐다. 인정하는 순간, 되레 역풍을 맞을 수 있었다. 다행이라면 적백쌍협의 추악함을 아직은 세상이 모른다는 점이다.

'그래, 이거다!'

협객을 함정에 빠뜨려 죽였다면 무림의 정서상 살아남기 힘들다. 차라리 잘됐다. 더 확실한 명분을 만들어 주었다. 이 기회에 적백쌍협과의 관계도 청산이 될 테니 후환도 사라졌다.

개구멍을 발견한 탁소평은 안색을 싹 바꾸었다. 표리부동과 아전인수는 상인의 근본이었다.

"그분들은 사마외도를 척결하고 정의를 바로 세운 이 시대의 협객이시다. 적백쌍협 대협을 함정에 빠뜨려 죽이고도 적금상단이 무사할 것 같으냐!"

"그렇다면 네놈은 무사할 것 같나?"

무저갱 속 야차의 선언처럼.

상단의 명운을 걸고 협박하려던 탁소평은 순간 마른침을 삼켰다. 찰나 살인멸구가 뇌리를 스치고 지나간 것이다.

기회다 싶어서 도발했지만, 어떤 함정인지 몰랐다. 적백쌍협을 죽일 정도의 함정이면 보통은 아닐 텐데, 성급했다.

채채챙!

생존 본능이었다.

무방비로 당할 순 없다고 여긴 탁소평과 호천대가 검을 뽑아 들었다. 비록 구천우의 사술에 어이없이 당하긴 했어도, 대비한다면 허망하게 당하진 않는다.

'혹시, 사술에 당한 건가?'

적백쌍협이 사술에 당했다면 반드시 외부에 알려야 한다. 그래야 확실한 명분을 가져올 수 있었다.

문제는 그 전에 자신들이 무사할 수 있느냐였다.

"우릴 죽인다면 적금상단의 추악한 만행이 만천하에 알려지게 될 것이다!"

"과연 그럴까?"

"우리가 이곳으로 가는 걸 상단에서도 알고 있어! 살인멸구를 한들 소용없는 짓이다!"

"이래도?"

구천우의 손에 들린 물건을 본 탁소평의 동공이 재차 흔들렸다. 있어선 안 되지만, 놈의 손에 폭풍비가 들려 있었다. 그러면 작금의 상황을 모두 알고 있다는 뜻이 되는데.

아니나 다를까.

쫘당!

수레의 뒤에 숨겨져 있던 인물이 포박당한 채 끌려와서 바닥에 엎어졌다.

적금상단의 행수 장계광이었다.

"살려 주십시오! 탁소평 대공자가 시키는 대로 하지 않으면 가만두지 않는다고 협박해서 어쩔 수 없었습니다!"

재갈이 풀린 장계광은 공포에 젖어 사실을 있는 그대로 토설했다. 눈앞에서 적백쌍협의 머리가 잘려 나가는 광경을 봤으니 당연한 결과였다.

내용은 평이했다.

장계광은 도박에 손을 댔고, 빚이 생기면서 화정상단의 탁소평이 접근한 것이다. 돈을 갚아 주는 대신에 시키는 일을 하라는. 처음에는 대수롭지 않은 사소한 부탁이었으나, 시간이 지나면서 점점 일이 커졌다.

따지고 보면 핑계일 뿐, 장계광의 업보였다. 도박 빚을 졌더라도, 화정상단의 도움을 받지 말았어야 했다. 일을 해서 차근차근 갚아 나갔다면 이 지경까지 오지 않았다. 그럴 의도는 없다며 억울하다고 항변하지만, 전부 본인이 자초한 결과였다.

부들부들!

장계광이 살기 위해 횡설수설할수록 탁소평은 살심이 치솟았다. 어떻게든 저 입을 막아야 했다.

하지만 가로막고 선 구천우가 심상치 않았다. 장난감처럼 튕기는 폭풍비의 날카로운 예기가 섬뜩하게 다가왔다.

"죄를 인정하느냐?"

"……증거도 없이 사람을 모함하지 마라! 모두 저놈의 헛소리다."

"적백쌍구(狗)도 그리 말하더군."

"그분들을 모욕하지 마라. 네놈 따위가 함부로 입에 올릴 대협이 아니시다!"

일이 이렇게 되자, 탁소평은 적백쌍협을 대협으로 포장했다. 그들은 무조건 대협이어야 한다. 그래야 이 사태를 흐지부지 넘어갈 수 있었다. 구천우가 가진 증거라고 해 봐야 도박 빚에 허덕이는 도박쟁이의 말뿐이다.

장계광이 증거가 있다고 했지만, 부정해 버리면 그만이다. 강호 무림은 적백쌍협의 죽음을 비중 있게 다룰 테니까.

더욱이 놈이 정상적인 방법으로 적백쌍협을 죽였다곤 누구도 생각하지 않을 것이다. 사술을 썼다는 증거만 나온다면 모든 책임을 구천우와 적금상단에 지울 수 있었다.

"대공자의 말씀이 맞소이다! 도박쟁이의 말 따윌 누가 믿을 것 같소!"

부대주가 탁소평을 지지하며 반박에 나섰다. 그도 이대

로 구천우의 의도대로 흘러갔다간 살아남기 힘들다는 걸 모르지 않았다. 상단주의 불호령은 둘째 치고, 강호의 지탄이 두려웠다.

"부정한들 죄는 사라지지 않는다. 화정상단은 마땅한 대가를 치러야 한다."

"하아! 그걸 말이라고! 우린 죄가 없어! 너야말로 두 분 대협을 죽인 책임을 져야 할 거다!"

정황, 증거, 증인에 의해서 문제가 될 순 있어도, 적백쌍협의 죽음이라면 묻히고도 남는다. 새 동아줄을 잡았다고 여긴 탁소평은 재차 완곡하게 발뺌했다.

그럴 줄 알았기에 구천우는 대수롭지 않았다. 100회차 동안 탁소평과 같은 자는 매번 같은 선택을 했었다.

"버러지답군."

"함부로 말하지 않는 게 좋을걸. 그래야 이 우형도 소제와의 연을 생각해서 함구해 줄 수도 있지 않겠어."

상인답게 탁소평은 강하게만 나가진 않았다. 구천우가 어떤 수를 숨기고 있는지 모르는 이상, 일단 이 자리를 벗어날 구실이 필요했다.

"필요 없다."

"소제가 어려서 모르는 모양인데, 현실은 강하게만 나가선 안 돼. 부디 평생 후회할 짓은 하지…… 가까이 오지 마라!"

구천우의 접근에 탁소평과 호천대는 긴장했다.

적백쌍협이 당했을 정도면 구천우의 사법이 얼마나 사악할지 예측이 되지 않았다. 거리를 두면서 상대를 해야 한다. 내공만큼이나 사술도 쌓는 데 시간이 걸릴 터, 거리의 제약이 분명히 존재할 것이다.

빠드득!

탁소평이 이를 갈았다. 멈추란 경고에도 구천우가 접근하자, 살인멸구를 떠올렸다. 객잔에서 봤을 때부터 아무런 감흥도 없어 보이는 저 얼굴에서 잔혹함이 풍겼다.

"사술을 쓰면 네놈은 강호의 공적으로 몰릴 테고, 적금상단도 멸문지화를 면하지 못할 것이다!"

탁소평은 눈을 감지 않기 위해서 노력했다. 부대주는 자신이 저항도 없이 검역(劍域)을 내준 채 허망하게 당했다고 했었다. 그렇다면 구천우가 빠른 게 아니라, 자신의 감각이 무뎌진 것으로 보아야 했다.

'보인다!'

눈을 감지 않자, 놈의 움직임이 보였다.

이리 간단한 것을.

살의가 끓어오른다. 이놈 때문에 모든 것이 어그러져 버렸다. 설령 계획대로 끝이 나더라도, 책임을 면하지 못할 수 있었다.

우웅!

내력을 전부 끌어모아 검병에 담자, 검신이 진동했다.

"죽여랏!"

송풍검 사초식 풍인참(風刃斬).

익히고 있는 초식 중에 가장 빠르며, 검영을 형성하여 시야를 속일 수 있었다.

쾌와 환이 조합한 검식이었다.

쏴악!

검영으로 시선을 속인 후 사선을 그었다.

탁소평은 구천우의 상·하체가 반으로 갈라지는 광경을 보았다.

"사술 따윈 통하지……?"

"느려."

구천우의 목소리가 옆에서 들렸다.

베인 건 허공이었다.

속도의 차이에서 오는 서로 다른 시각차에 불과했다. 잔상은 탁소평의 바람이 만들어 낸 환상에 지나지 않았다. 위기를 느끼고 검을 횡으로 돌렸지만, 매운맛이 먼저였다.

좌악!

꽈다당!

무공을 익혔다고는 생각되지 않을 만큼 탁소평은 볼썽사납게 나가떨어졌다. 비유하자면 바람에 흩날리는 가랑잎 같다랄까. 송풍을 휘둘렀더니 역으로 태풍을 맞은 격이었다.

……크아아아아아!

의식이 끊어지면서 고통까지 매몰되었다. 곧, 하늘로 솟

구치는 용암처럼 매운맛이 뼛속을 지나 영혼까지 녹여 버린다. 참기 힘든 극심한 고통에 탁소평은 정신을 차리지 못했다.

"부족하군."

천우는 바닥에서 몸부림을 치던 탁소평의 뺨을 재차 후려쳤다. 탁소평은 연유를 파악하기도 전에 극심한 고통에 시달렸다.

익숙해지지 않은 손맛이었다.

쫘악, 쫘악!

엎드렸다, 반동으로 일어날 때마다 수장(手掌)이 날아와 뺨에 손자국을 남겼다. 붉게 물들다 못해 푸르게 변하더니 핏물이 터져 나왔다. 고개가 휙휙! 젖힐 때마다 핏물이 운무(雲霧)처럼 뿜어졌다.

"......그만, 제발 그만!"

일방적으로 처맞는 꼴불견에도 탁소평은 한시라도 빨리 이 고통에서 벗어나고 싶었다. 반격은커녕 견디기엔 너무 아픈 손바닥이었다.

'네 이놈, 죽여 주마!'

돌연한 광경에 머뭇거렸던 부대주는 분노했다. 어찌 저런 식으로 모욕을 준단 말인가? 차라리 죽는 편이 나을지도 모른다는 생각마저 들었다.

쐐액!

조심스럽게 쇄도한 부대주는 대공자를 모욕하는 구천우

의 등을 노리고 검을 출수했다. 제아무리 속도가 빠르다고 해도, 등에 눈이 달려 있진 않을 터.

뿌욱!

부대주의 찌르기는 목표를 완수하기는커녕 겨울철 삭풍에 맞은 듯 경련을 일으켰다.

그는 믿기 힘든 눈으로 하복부를 내려다보았다.

"……이 악독한, 쿨럭!!"

무인에겐 목숨과도 같은 단전이 꿰뚫렸다. 순환이 끊어지며 내력이 사방팔방으로 흩어진다.

부대주는 맥없이 고꾸라졌다.

"쓸 만하군."

천우의 손에는 폭풍비가 섬뜩한 예기를 번뜩였다. 가볍게 던졌을 뿐인데도, 위력은 보는 바대로 잔혹했다.

멈칫!

부대주의 뒤를 따르던 대원들은 복수는커녕 얼어붙고 말았다. 언제 비도를 출수했는지 보지도 못했다. 목숨을 잃을 수 있다는 공포가 스쳤다.

"충의도 없는 개로구나."

"……시건방 떨지 마…… 커억!"

겁에 질린 개의 울부짖음은 곧 폭풍비의 사냥감이 되었다. 단전이 관통된 대원은 피를 토하며 고꾸라졌다.

부르르르!

천우의 잔혹한 손속에 대원들은 너 나 할 것 없이 방향을 돌려 도망쳤다. 그러나 등을 보여 줌으로써 손쉬운 먹잇감이 되고 말았다.

"어리석군."

푸욱, 푸욱!

도망치던 대원 둘의 단전이 뚫렸다. 다리에 맥이 풀려 바닥을 뒹굴었다.

단전을 잃은 동료를 봤음에도, 대원들은 도와주기는커녕 외면했다. 비도는 던지면 돌아오지 않는 병기다. 폭풍비도 개수는 한정되었다. 최대한 흩어져서 도망친다면 살 가능성이 있었다.

2명이 더 쓰러지자, 남은 대원들은 희망을 보았다. 폭풍비가 전부 소모되었다고 판단했다.

휘잉!

푸욱, 푸욱!

단전을 잃은 대원은 왜? 라는 의문이 들었다. 고꾸라지는 순간 빛에 반사되는 투명한 무언가를 보았다.

"……은사!!"

절대의 경지에 들면 비도를 내기로 통제할 테지만, 매개체가 있고 없고의 차이는 컸다. 손실되는 내력의 양을 줄이고, 통제력을 높일 수 있었다.

그렇다고 해서 다루기가 수월하다고 본다면 오산이다. 이 모든 과정이 한 호흡에 이루어지지 않으면 비도에 연결된 은사가 엉켜 오히려 방해가 된다.

휙, 푸욱!

휙, 푸욱!

천우는 도망치는 무인들의 단전에 폭풍비를 박으며, 일말의 여지도 주지 않았다.

단전이 망가진 대원들이 절규하며 저주했다.

"……이럴 순 없어, 차라리 죽여라!"

"살려 줄 줄 알았나?"

천우가 되묻자, 대원들은 입을 닫았다.

죽음의 공포가 스치자, 단전을 잃은 사실마저 잊고 말았다. 단전을 잃기 전이라면 죽음도 불사할 줄 알았으나, 생존 본능만이 자리했다.

"……살려 주십시오!"

"그러지."

이토록 간단히, 허무한 결말이었다. 대원들은 살았다는 안도감보다 목숨을 구걸했다는 모멸감에 사로잡혔다. 다시 죽여 달라기에도 구차한 처지가 되었다. 삶도 죽음도 이제는 자신들의 뜻이 아님을 절감했다.

저벅, 저벅!

화들짝!

구천우가 다가오자 탁소평은 놀라서 몸이 굳어 버렸었다. 그동안은 사술로 치부했지만, 이제는 깨달았다. 죽었다 깨도 구천우를 이길 수 없다는 것을.

'어떻게 이런 일이!!'

도망이라도 치고 싶었지만, 대원들이 어떻게 당했는지 뻔히 보았다. 등을 보이고 달아나 봤자, 폭풍비의 먹잇감에 지나지 않았다.

살 방법은 하나뿐이다.

대원들의 단전을 부수긴 했어도, 죽이진 않았다. 굴욕적이지만 구천우에게 살려 달라고 사정하는 수밖에 없다. 일단 살고 봐야 다음을 기약할 수도 있었다.

"내가 잘못했다! 한순간 욕심에 눈이 멀어서 실수했어! 제발 그간의 정을 봐서라도……!"

쫘아악!

꽈당!

사과를 다 하기도 전 뺨을 처맞은 탁소평은 지면에 얼굴을 찍었다. 딱딱한 바닥에 반동이 있을 리 만무하지만, 반사적으로 몸이 일어섰다.

쫘악! 쫘악!

연이은 싸대기에 탁소평은 정신을 못 차렸다. 그러다 고개를 무의식적으로 돌려 균형을 맞추고 있었다.

왼뺨을 맞고, 오른뺨까지 내주는.

자비의 화신처럼.

아낌없이 처맞을수록 고통이 영혼을 지배했다. 이럴 거면 차라리 죽는 편이 나을 것 같았다.

"……그냥, 죽여……."

"그럴까?"

"……살려…… 크악!"

"말투가 거슬리는군."

"……살려 주세요…… 아악…… 왜?"

"늦었어."

무지막지한 손찌검이었다.

보통 손찌검은 상대를 모욕하는 수단으로 사용하는 편인데, 저렇게 맞으면 죽을 수도 있었다. 인사불성이 되어 가는 탁소평의 얼굴은 본판을 잊은 지 오래였다. 바닷물에 얼굴을 담근 것도 아닌데, 사람 얼굴이 거의 2배는 불어났다.

꿀꺽!

화정상단의 음모에 분노했던 대행수, 부단주, 상인들, 단원들은 너 나 할 거 없이 마른침을 삼키며 입을 다물지 못했다. 대공자와 같은 편이라 다행인데도, 오싹한 전율에 휩싸였다.

'무공은 그렇다고 쳐도, 저 단호한 성정은 대체?'

'대공자를 시험하려고 했던 내가 미친놈이었구나!'

대공자와 척을 지면 어떻게 되는지 탁소평이 확실한 본보기였다. 오늘 이후로 대공자의 눈 밖에 나지 않으리라 다짐했다.

허허.

대행수와 부단주의 시선이 한곳을 향했다.

'그놈 참, 생존력 하나는 일품이군.'

'희대의 간웅이로다.'

자기가 뭘 해야 하는지를 알고 있었다.

"도련님, 만세!"

가복은 도약만세를 부르짖었다. 그간 자신이 대체 무슨 짓을 했는지 되돌아볼수록 소름이 돋았다.

'아니, 왜 강한 건데요?'

도련님이 화정상단의 음모를 분쇄하는 데 결정적인 역할을 했음에도, 가복은 도무지 이해가 되지 않았다.

밖으로 나가기라도 해야 기연도 찾아오지, 매일 방구석에 있는 것만 봐 왔다.

구가장이 역사와 전통을 자랑하는 무가라서 선대가 남긴 무공이라도 있었다면 모르겠지만, 그렇지도 않았다.

'어쨌든 내가 도련님의 오른팔이란 거잖아. 후후후!'

구가장에서 도련님을 자신보다 잘 아는 사람은 없다. 장주님과 사모님도 모르는 도련님의 은밀한 사생활도 알고 있다 이거야.

그간 도련님의 오른팔로서 맡은 임무도 성실히 수행을 해 왔으니 작금의 시련을 이겨 낸다면 도련님처럼 고수가 될 수도 있었다.

방구석 도련님도 고수가 됐는데, 자신이라고 고수가 되지 말란 법도 없지 않은가!

이런 말 내 입으로 하면 송구하지만, 도련님보단 자질이 있었다.

'내가 도련님보다 못한 건 없지. 암암!'

음흉한 속내를 들키지 않도록, 가복은 도약만세 훈련에 최선을 다했다.

그러다.

'이것들 봐라.'

가복은 적금단원들의 열렬한 구애의 눈빛에 코웃음을 쳤다.

오는 내내 도련님과 자신을 비웃은 걸 그새 잊었단 말이더냐.

하물며 도련님과 자신만의 비전 무공이다. 감히 허락도 받지 않고 강탈하려고 하다니, 천인공노할 만행이었다.

'뭐라도 주고 배우든가.'

가복이 가장 싫어하는 108개, 그중 8번째가 정성만 가득한 저가의 선물이다. 주려면 정성 없는 고가의 선물이 최고였다.

쫘악, 쫘악!

소름 끼치는 손찌검은 계속되었다. 대체 언제 끝나는지, 소리가 울릴 때마다 다들 움찔움찔했다. 마치 내가 맞는 것처럼 생생하게 다가온다.

"적당하군."

"……크으으으."

천우의 말과 달리 탁소평은 반송장에 가까워 보였다. 입술은 부풀다 못해 죄다 터졌고, 코도 휘어졌으며, 눈두덩이 부근까지 부어서 시야마저 가렸다.

"대답을 못 하면 곤란한데."

"……하겠습니다. 뭐든지, 물어봐 주세요!!"

어디서 그런 힘을 나왔는지, 탁소평의 생존력도 가복 못지않았다. 죽고자 하면 죽고, 살고자 하면 산다는 걸 몸소 체감한 것이다.

이후는 수월했다.

매 앞에 장사 없다고, 탁소평은 화정상단의 의도와 목적을 낱낱이 밝혔다. 숨기려는 기색만 비쳐도 손찌검이 날아왔기 때문이다. 이 정도로 맞으면 적응이 되어야 하는데, 맞을 때마다 새로이 갱신했다.

"개복아."

"예! 도련님의 오른팔 가복 대령했나이다!"

천우는 화정상단의 계획을 문서로 작성하도록 했다. 개복이는 의외로 글을 쓸 줄 알 뿐만 아니라 서체도 뛰어났다. 실제는 여자들에게 잘 보이려고 서예를 따로 배웠다.

"이런 씹어 먹어도 시원치 않을 종자들을 봤나!"

"대공자, 이번 일은 반드시 합당한 대가를 치러야 합니다!"

탁소평의 토설이 이어질수록 대행수와 상인들은 분노했다.

이번 한 번이 아니었다. 그동안 우연히라도 상단에 피해가 갔던 사건들 대부분 화정상단과 연관이 있었다.

경쟁 관계에 있기에 서로 방해하는 건 어느 정도 상충하는 부분이다.

그러나 최소한의 상도의라는 것이 있었다. 화정상단은 상술이 아닌 부도덕한 수법으로 적금상단의 이권을 강탈했다.

천우는 문서에 탁소평의 수장을 찍은 후.

뿌드득!

크아아악!

탁소평의 무릎을 밟아서 부러뜨렸다.

끝났나 싶었던 상인들은 식겁하며 몸을 떨었다. 그럼에도 탁소평을 안타까워하진 않았다.

반면 이실직고했는데도 다리가 부러진 탁소평은 억울했다.

"……풀어 준다면서 어째서?"

"이놈들을 죽일 것 같아서."

천우는 단전을 잃은 부대주와 대원들을 돌아봤다.

순간적으로 눈을 마주친 부대주는 소름이 돋았다. 대공자를 그간 모셔 왔기에 누구보다 잘 알고 있었다. 단전을 잃었으니, 저항도 불가능했다. 병 주고 약 주는 것처럼, 구천우에게 목숨을 구원받았다.

돌아가는 사태가 좋지 않은 걸 알아챈 탁소평이 부랴부랴 나섰지만.

"……내가 왜 부대주와 대원들을 죽인다는 것입니까? 말도 안 되는 모함입니다!"

탁소평의 뒤늦은 대답은 호천대의 불신만 키웠다. 억울한 척해 봤자, 자업자득에 인과응보였다.

산을 넘고 근처 객잔을 잡았다.
반나절 동안 벌어진 일들은 상인들에게 큰 충격을 주었다. 돌이켜 보면 죽다 살아난 것이나 다름없었다.
화정상단이 적백쌍협과 작정하고 세운 계획인 만큼, 대공자가 아니었다면 꼼짝없이 걸려들어 죽었을 것이다.
"대공자께서 그처럼 대단한 고수였을 줄 누가 알았겠어."
"대체 언제부터 고수셨던 거지?"
"과감한 손속은 어떻고? 난 오줌을 지릴 뻔했다고."
"나는 그때 이미 쌌네."
소소하게 술판이 벌어졌다. 상행 중이긴 해도 목숨이 오갔었다. 과하게 마시면 안 되겠지만, 이렇게라도 털어 내려는 것이다.
술이 들어가자, 대공자의 영웅담에 살이 붙으며 점점 과장되었다. 구명지은을 입고 나니, 눈에 콩깍지들이 제대로 씌었다.
"대공자가 죄를 고하라고 할 때는 소름 제대로 돋았어."
"나도 그래. 마치 염라대왕의 판결처럼 들렸다니까."
"그나저나 화정상단도 이젠 끝이겠구나."
"배상금도 적지 않을 테지만, 상도의를 무시하고 상계에

남을 순 없겠지."

 배상금이야 다시 벌면 그만이나, 실추된 명망은 회복하기 어렵다. 화정상단이 회복할 때까지 다른 상단들이 기다려 줄 의리도 없다. 이 기회를 빌미로 화정상단을 물어뜯지 않으면 다행이다.

"적당히 마시고, 들어가서 쉬게."

"예, 대행수."

 사태를 긍정적으로 보는 행수들과 달리 대행수는 심경이 복잡했다. 대공자의 개입으로 사고 자체는 무마되었지만, 이후의 사태는 쉬이 예단하기 어려웠다.

 한참을 고민하던 대행수는 결국 대공자의 방을 찾았다. 아무리 생각해도 대공자의 대처를 이해하기 어려웠다.

"대공자, 잠시 들어가도 되겠소?"

"들어오십시오."

 방문을 열자, 선객이 자리했다. 술자리에 없었던 부단주가 자리하고 있었다.

"늦은 시간에 폐가 되지 않았나 모르겠네만."

"평소대로 하시면 됩니다."

"그럴까?"

"상관없습니다."

 천우는 상하 관계를 크게 중시하진 않았다. 무지막지한 패도를 휘두르는 시절 그 앞에서 신소리할 위인이 어디 있겠냐마는. 만인을 짓누르는 경천의 패황지기로 인해 함부로 입을 놀리지 못하긴 했다.

'해도 되려나?'

'그냥 존대하시오!'

대행수만의 고민은 아니었던 모양이다. 부단주도 평대를 할지, 공대를 할지 껄끄러웠다.

나이와 경력으로는 평소처럼 하대하고, 대공자로서는 평대하면 되겠으나, 적백쌍협의 수급을 베고, 호천대의 단전을 부수고, 탁소평의 두 다리를 부러뜨린 광경이 떠오르자 결심이 서질 않았다.

'네가 먼저 해!'

'대행수가 먼저 하시오!'

서로 눈치를 보게 되면서 정작 궁금한 질문이나, 부탁은 꺼내지도 못했다. 이 어려운 대치 국면은 전부 대공자의 기도가 이전과는 다르기 때문이다. 보면 볼수록 평소 알던 대공자와는 이질적이었다.

'쫄았습니까?'

'쫄긴 누가 쫄아!'

전음을 하지 못해도, 눈빛만으로 대행수와 부단주는 대화가 되었다. 이대로는 끝이 날 것 같지 않았다. 서로가 먼저 대공자의 목에 방울 좀 채워 줬으면 하는 바람이었다.

"잘 시간에 찾아오신 걸 보니, 대행수께서 급하게 하실 말씀이 있나 봅니다. 허허허."

선객한테 양보하려던 대행수는 부단주의 선수에 미간을

찌푸렸다. 이럴 줄 알았으면 문틈을 열어서 뭘 하나 지켜볼 걸 그랬다. 만면에 승자의 미소를 짓는 부단주를 보자 주먹에 혈압이 생겼다.

그렇다고 화를 낼 수도 없었던 대행수는 의자에서 일어나 포권을 취했다.

"제가 평소에 함부로 대했다면 정중히 사과하겠습니다. 이젠 대공자도 상단을 이끌어 가야 하는 후계자인 만큼 그에 합당한 대접을 받아야 하지 않겠습니까?"

"편한 대로 하십시오."

대공자의 허락이 떨어지자, 이번에는 부단주가 아차! 싶었다. 여태 평대로 대화하고 있었다. 그런데 대행수가 서로 공대를 하자고 하면, 자신은 뭐가 되냔 말이다.

'이 망할 작자가!'

'무공만 익히면 다인 줄 아느냐. 머리를 써야지!'

대행수는 본인의 임기응변에 만족했다. 지금이야 이상하게 보일 수도 있지만, 대공자는 적백쌍놈을 제압한 절정고수였다. 약관도 되지 않아서 절정고수가 된 경우는 명문거파에서도 극소수에 불과했다.

호칭을 만족스럽게 정리한 대행수는 곧바로 본론으로 들어갔다. 부단주의 말대로 늦은 시간이기도 하고.

"화정상단의 상단주는 절대 순순히 인정할 사람이 아닙니다. 어떻게든 발뺌하거나, 우리가 협박했다고 반박할 위인입니다. 죽어 마땅한 자들이긴 하나, 어째서 적백쌍협을 죽이신 겁니까?"

"악행을 저질렀다면 인과응보는 사필귀정입니다. 그것이 세상의 이치입니다."

맞는 말이기는 하다. 사필귀정과 권선징악은 세상의 정의였다.

하지만 현실이 어디 순리대로 흘러가기만 하겠는가. 세상 물정 모르는 신출내기의 어설픈 정의감처럼 들렸다.

'이제 좀 대공자 같긴 한데.'

'그 나이라면 당연하긴 하지.'

산전수전 다 겪었다고 하기엔 18세에 불과했다. 세상 밖으로 나가 보지도 않았을 테고, 책으로만 배웠어도 이상하지 않았다. 책과 현실이 다르다는 건 직접 부딪혀서 깨닫지 않고서는 받아들이기 힘들다.

대공자의 다른 면모를 봐서 이질적으로 다가왔었던 두 사람은 이제야 조금은 편해졌다. 지나치게 현실적이고, 냉정해서 불편했었다.

대공자의 어설픈 대처를 자신들이 나서서 일깨워 준다면 이보다 금상첨화가 어디 있겠는가.

"죽은 자는 돌이킬 수 없으나, 탁소평의 자백은 공인된 사람을 내세워서 공증부터 거쳐야 했습니다. 화정상단에서 오늘 일을 물고 늘어지며 역공을 취할 수도 있습니다."

"그러길 바라서입니다."

"……?"

대행수와 부단주는 말문이 막혔다. 아름다운 정의와는 동떨어진 무심함 속에 잔혹함이 풍겼다.

꿀꺽!

대행수는 무의식적으로 침을 삼키며 대공자의 의도를 되짚어 보았다. 자신이 무엇을 놓쳤는지를 살펴봐야 했다.

대공자는 화정상단이 순순히 자백하지 않으리라 확신하고 있었다. 그런데도 다리를 분지르긴 했어도 탁소평을 놓아주었다.

'대공자는 화정상단이 역공해 주길 바라고 있어?!'

탁소평과 단원들을 놔준 것 역시도 화정상단주의 화를 부추기기 위한 수단이었던 것이다. 이득을 위해서는 수단 방식을 가리지 않는 화정상단주의 냉혹한 성향을 역으로 이용하겠다는 의도였다.

"그렇다면 탁소평과 호천대의 이간질은 하지 않아도 되지 않았습니까?"

"단전을 잃은 호천대가 무엇을 할 수 있을까요?"

탁소평에 대한 배신감이 들겠지만, 단전을 잃은 무인은 효용 가치가 없다. 호천대는 결국 화정상단주의 뜻에 따라 움직이게 될 것이다.

"하긴, 호천대로서도 살려면 따를 수밖에 없겠군요."

"그러나 인간은 한번 씌워진 의심에서 벗어나지 못합니다."

호천대는 언제든 버림받을 수 있는 처지였다. 화정상단

에 쏟은 그간의 노고 따윈 인정받지도 못할 테고. 이는 화정상단주와 탁소평도 마찬가지였다. 버리려고 했으나, 필요로 다시 쓴다면 과연 그 가치가 지속할 수 있을까?

일단 의심암귀가 씌워지면 영원히 사라지지 않는다. 되레 의심이 부풀어서 종극에는 극단으로 치닫기 마련이다. 통상적으로 도무지 이해하기 힘든 행동들도, 동반되는 의심이 증폭했다면 또 모르는 일이었다.

오싹!

부르르!

돌아가는 전말을 알아챈 대행수와 부단주는 등골이 싸늘하게 식는 오싹함을 맛보았다. 순진한 협객 놀음인 줄 알았더니, 인간의 생리를 너무나 냉철하게 관통하는 계책이었다.

'대공자, 대체 무슨 일이 있었던 겁니까?'

'사람이 어찌 이리 달라질 수가 있지?'

큰 충격이나 계기가 생겨서 간혹 사람이 달라지긴 해도, 대공자는 방구석에서 나오지를 않았다. 계기랄 게 없는 분이었다. 밥 한 끼 안 먹었다고 충격받을 순 없잖아?

"대공자의 계획대로 된다면 더할 나위 없겠으나, 결정적인 증거가 없습니다. 지루한 싸움으로 번질 가능성이 큽니다."

"대안이 있으니 걱정하지 않아도 됩니다."

천우는 믿고 기다리라고만 했다.

상행 전이라면 믿지 못하겠지만, 대행수와 부단주는 대공자를 전폭적으로 신뢰했다. 솔직히 묘안이 있다고 해도, 물어볼 엄두가 나지 않았다.
 '곧 찾아오겠군.'

제6장
상봉

 장안의 분점에 순조롭게 도착했다.

 대행수와 부단주는 무탈하게 끝이 났음에도 풍룡채와 조우했을 때는 긴장했었다.

 물론, 녹림이 비록 산적이긴 해도 무작정 상행을 공격하진 않는다. 풍룡채에서 정한 통행료를 내면 무사히 산을 넘어갈 수 있다. 긴장한 연유는 다름 아닌 대공자에게 있었다.

 '풍룡채주의 심기가 그날따라 좋진 않았었지.'

 '풍룡채의 분위기도 살벌했고.'

 강호의 신출내기들이 그렇듯, 녹림을 단순한 산적들로 보는 경향이 있었다. 더욱이 적백쌍협의 수급을 단호하게 베어 냈던 대공자였다. 녹림이라고 하여 다짜고짜 목부터 자르지 않을까, 노심초사했었다.

'괜한 우려였었군.'

'사리 분별이 분명한 대공자가 섣불리 나설 리 없지.'

강하다고 해서 부딪히기만 한다면 부러지는 것이 작금의 세상이다. 하물며 풍룡채는 녹림에 소속된 산채로, 자칫 분쟁으로 비화되면 상단의 안위가 위태로웠다.

대공자에 대한 신뢰는 높아졌으나, 정작 당사자인 천우는 굉장한 인내심을 발휘해야 했다. 무명의 충고가 아니었다면 풍룡채의 산적들은 모조리 주검이 되었을 것이다.

패황이었을 때의 천우는 녹림이 적정한 통행료를 요구하든 말든 상관하지 않았다. 이유가 어찌 되었든 타인의 재물을 갈취하는 노략질이었다.

'힘들군.'

100회차의 멸악패도에서 녹림을 살려 둔 적이 있었나? 단연코 없다고 해도 과언이 아니다. 산적질을 그만두고 숨죽이며 살던 놈들까지 전부 찾아서 추살했었다.

녹림왕 광룡쌍부 이자경.

-씨발, 내가 대체 뭘 잘못했다고 이래!

갑자기 그놈이 했던 말이 떠올랐다.

3회차부터 녹림 본채를 찾아가서 멱을 따 버리고 시작했었다. 매번 딸 때마다 억울했던 표정이 기억났다. 그러나 너무 억울해할 필요는 없었다. 녹림채는 그날 이후로 몰살

했었으니까.

그래서 몰살패황이란 별호로 불리기도 했었다.

'백성들은 평안했었지.'

녹림과 수로채가 없는 세상.

죽어 간 놈들은 말한다.

자신들이 사라진다고 산적과 수적이 사라지진 않는다고.

패황은 그 어려운 일을 해냈었다. 시답지 않은 소린 멸악패도의 공명정대한 대의를 훼손할 수 없었다.

내가 아니면 누가 하랴.

그 신념 하나로 생겨나는 족족 모조리 다 추살했다.

'이번만 죽여 버릴 걸 그랬나?'

습관이 무섭긴 했다.

4만 년 동 해 온 일을 하루아침에 끊기란 연초에 중독된 골초의 금연보다 힘들 수밖에 없다. 이럴 때는 그냥 해 버리는 편이 금단증세를 줄일 수 있었다. 해악이 될 산적은 죽인다고 해도, 별 탈은 없을 테니.

하지만 다른 삶을 살기로 마음을 먹었다면 관철해 나가야 했다. 이는 패황의 자존심이었다. 같은 길을 갔다가 또다시 회귀하는 문제도 있었다.

"도련님!!"

"왜?"

"저 이거 언제까지 해야 해요?"

"절정 따위에 만족할 거면 멈추도록."

"저는 하나도 쪽팔리지 않습니다! 도련님의 충직한 오른팔은 언제나 믿고 있었습니다!"

무슨 소린지 모르겠지만, 천우는 무시했다.

대로 한복판에서 도약만세삼창은 가복 같은 철면피에게도 심각한 내상을 초래했다.

무공을 배워 보겠다고 따르려고 했던 적금단원도 이것만큼은 하지 못하겠는지, 일단 보류한 상태였다.

대신에 부단주에게 청탁을 올렸다.

적금단이 강해져야 대공자도 편해지고, 상단의 안위도 건사하지 않겠느냐는 충언이었다. 오롯이 상단과 대공자를 위하는 마음뿐이라고 했다.

속내는, 저 쪽팔리는 도약만세삼창만은 건너뛰고 배우고 싶은 간사한 청탁이었다.

자신들은 가복처럼 무치가 아니었다. 한편으로 저런 식으로 고수가 될 수 있다고 보지 않은 것도 있었다.

그런 적금단원의 심중과 달리 천우의 훈련은 꽤 효율적이었다. 겉으로는 드러나지 않아도, 가복의 하체는 빠른 속도로 건실해지고 있었다.

쪽팔림은 잠시지만, 실력은 영원할 텐데.

안면몰수가 기본인 가복의 장점이 수련에 빛을 발했다.

천우도 권하지 않았다.

배우고 싶다고 해서 가르침을 줄 이유도 없다. 상단의 호위가 분수에 넘치는 무공을 익혀서 뭐 하겠나. 허파에 바람이 들면 다른 생각이 들기 마련이다.

더욱이 상단에 속해 있다는 것만으로 진심을 알기는 어렵다. 완전한 믿음이 아니라면, 제약을 가해야 했다.

'배신은 죽음이지.'

제약을 받아들일 수 있다면 가르침을 준다. 패황 시절에도 신뢰하는 직속 수하는 열을 넘지 않았다. 항시 의심해야 암중의 악의에 현명하게 대처할 수 있었다.

"대공자, 대행수가 찾습니다."

"알겠습니다."

천우는 대행수와 함께 외총관을 만났다.

장중악 내총관이 품목의 다변을 꾀한 반면, 송지명 외총관은 판매처의 다각화에 주력해 왔다.

이번 섬서성 장안 유통은 외총관의 작품이었다. 본인이 기획한 일인 만큼, 분점이 완전히 자리를 잡을 때까지는 분점주를 맡기로 했다. 분점이 안정화되면 각주와 행수를 뽑아 배치할 계획이다.

외총관의 첫인상은 책 속에 빠져 사는 백면서생의 화신처럼 보였다. 본인도 그런 사실을 인지하고, 차림도 백면서생으로 꾸렸다. 나는 아무것도 모르는 순진한 상인이라는 듯, 오해하도록 만들었다.

물론, 진짜로 백면서생으로 대했다가는 속곳까지 탈탈 털려서 쫓겨나는 수가 있었다. 본인의 장점을 살리면서도, 상도의를 어기지 않는 선을 유지했다.

"우리 조카! 먼 길 오느라, 고생이 많았지?"
"대행수가 편의를 봐 줘서 편히 왔습니다."
"겸손할 줄도 알고, 우리 조카가 많이 컸구나."
"감사합니다."

고생을 해 봐야 성숙해지기 마련이다. 달라진 모습만 봐도 첫 상행이 얼마나 고됐는지를 짐작하게 해 주었다. 말은 그렇게 해도, 다시는 하고 싶지 않을 텐데. 내색하지 않는 조카의 성숙함에 점수를 주었다.

그간 장남답지 않게 가문의 일에 손을 놓고 있어서 걱정되었는데, 조금은 안심이 되었다.

'아직은 지켜봐야겠지.'

사람은 하루아침에 변하기도 하나, 작심삼일처럼 원래대로 돌아가는 예가 허다했다. 상행을 무탈하게 끝내기는 했지만, 풀어 줄 때는 아니었다.

"우리 조카의 흥미진진한 첫 상행을 듣고 싶은데."
"그건 제가 말씀드리겠습니다."

외총관은 내색은 하지 않았지만, 대행수의 개입이 탐탁지는 않았다.

상인의 덕목은 중 하나가 화술(話術)이다. 자신이 행한 일을 단순하면서도 명쾌하게 설명할 수 있어야 했다. 그래야 물건을 팔기도 하고, 사람을 얻기도 한다. 시험을 냈던 출제자로선 원하지 않는 그림이었다.

'이 사람이 눈치도 없이!'

한편으로 이상하긴 했다. 대행수가 평소에 우둔한 사람이었다면 모를까, 상단 내에서도 눈치가 빠르기로 정평이 났었다.

"대공자께서 상행을 시작할 때까지만 해도, 저도 믿음이 가진 않았습니다."

"잠깐, 자네 뭐라고 했나?"

"믿음이 가지 않았다고."

"아니 그 앞에."

"상행을 시작할 때까지만 해도."

"처음에."

"대공자께서."

"그러니까, 자네 미쳤나? 아무리 조카가 상단의 적장자긴 해도, 우리 상단의 근본은 업무 실적에 있네."

지금은 잘해도 잘한다고 떠받들 때가 아니다. 실수가 있으면 바로잡고, 다음에는 하지 않도록 쓰디쓴 충고가 필요했다.

대행수도 사람을 다뤄 봐서 알고 있을 텐데, 참으로 통탄할 일이었다. 혹, 조카에게 잘 보이려고 미리부터 아부하는 거라면 사람을 잘못 봤다.

"그래서 드리는 말씀입니다. 상행을 온전히 마칠 수 있었던 것은 전적으로 대공자께서 있었기 때문입니다."

"그건 또 무슨 소리야? 첫 상행부터 조카에게 상왕이라도 재림했다는 말인가?"

언성이 높아졌음에도, 대행수는 여유로웠다.

"듣고 놀랄 수도 있으니, 일단 차부터 드시고 진정하십시오."

"신소리는 됐으니 어서 본론으로 넘어가게. 괜한 소리면 자네는 오늘부터 업무가 굉장히 늘어날 걸세."

외총관은 엄포에도 놀라기는커녕 자신만만해하는 대행수를 보자 기가 찼다. 혹여 장난으로 여겼다면 웃고 떠드는 지금을 그리워하게 될 것이다.

실제로 백면서생처럼 보이는 외총관의 별명이 백면악귀였다. 잘해 줄 땐 모르지만, 찍히는 순간 삶이 지옥이 되었다. 그래서 잘할 때 더 잘하라는 말이 나왔다.

"화정상단이 상행에 개입했습니다."

"……계속하게."

외총관도 화정상단의 개입은 흘려듣지 못했다. 다만, 방해를 받은 것치곤 상행 일정이 정상적이었다. 그걸 조카의 업적으로 포장할 셈인가?

한데, 얘기가 이어질수록 외총관은 사태가 심상치 않음을 감지했다.

"적백쌍협이 뭘 어쨌다고?"

"화정상단과 짜고, 우릴 도둑으로 몰았습니다."

예기치 않은 사태였다.

외총관의 백면이 부서지며 자리에서 벌떡 일어섰다.

화정상단의 방해야 예측했던 일이긴 했다. 하지만 이번

수작은 가능했던 범위를 훨씬 넘어섰다. 상도의를 무시한 화정상단의 작태에 분노가 치밀었다.

"무사한 걸 보니, 적백쌍협과 협상을 했나 보군."

"대공자께서 적백쌍놈의 수급을 베었습니다."

"그래, 목을 베는 것…… 뭘 어쨌다고?"

"적백쌍놈의 수급을 베었다고 했습니다."

누가 누굴 죽여?

잘못 들었기를 소망했으나, 2회 반복이었다. 제대로 들었다는 소리다. 그런데도 있는 그대로 받아들이기엔 지나치게 비현실적이다. 차라리 지나가던 고수의 도움을 받았다고 하는 편이 현실적이었다.

방에서 한 발짝만 나가도 뒈질 것 같다고 해서 방구석 대공자로 불리는 녀석이 적백쌍협을 죽이다니, 이게 말이나 될 법한 일이냐고.

'거짓 입에 담을 위인은 아닐진대.'

대행수로선 대공자를 올려 치려고, 금방 밝혀질 거짓을 입에 담을 이유가 없다. 아무리 이성이 부정한들, 이제는 사실로서 접근해야 했다.

그렇다면 어떻게 죽였냐는 의문이 생긴다.

적백쌍협은 제법 명망이 높은 고수로 합격에 능하다고 알려졌다. 조카가 무력으로 제압했다는 가정은 어불성설이었다. 다른 수단을 강구했다고 봐야 했다.

"독을 썼구나!"

"대공자는 절대고수십니다."

"당문의 독이었나 보군."

"대공자께서 적백쌍놈을 두들겨 팬 후, 목을 뱄습니다."

"무형지독은 너무 나갔어."

"외면하지 마십시오."

아냐, 안 들려!

조카야, 너라도 제대로 말을 해 보거라.

아니라고 해!

답을 정해 놓은 외총관이 절박한 심정으로 조카를 바라보았다.

제발, 대행수가 분위기 전환을 할 겸 농을 했다고 해 주렴.

"사실입니다."

"하아! 미치겠구나!"

천우는 대행수의 솔직함에 힘을 보탰다. 사실을 부정할 필요도 없다.

물론, 멸악패도를 위해서라면 거짓도 서슴없이 하기는 했다. 악을 처단하는데, 수단 방식을 가려서는 대의를 완수할 수 없다.

'아니, 말이 안 되잖아!'

간신히 위장용 백면서생을 회복한 외총관은 현실적인 문제를 따져 묻지 않을 수 없었다.

적백쌍협은 정도를 대표하는 협객이다. 화정상단과 짜고

상단을 도둑으로 몰았다곤 하나, 수급을 베었다면 이후의 후폭풍을 감당하기 어렵다. 무림과 상계는 상호 간 협력 관계긴 하나, 무인이 상인을 바라보는 관점은 편협했다.

대행수는 외총관의 반응을 살피며, 적백쌍협의 죄를 나열해 주었다. 어지간해서는 상단을 위해서 참았어야 했다는 외총관조차 적백쌍놈의 패악에 혀를 내둘렀다.

"쌍놈이 맞구나!"

"게다가 화정상단의 방해는 이번만이 아닙니다."

외총관은 화정상단의 모략 질이 그간 힘들게 한 거래처 확보와도 연관이 있음을 깨달았다. 어쩐지 마무리만 남았던 일정이 매번 엎어진 게 이상하긴 했다.

생각할수록 화가 치밀었다. 정당한 방식으로 경쟁했다면 짜증 나긴 해도 다시 시작하면 그만이지만, 뇌물과 매수로 판을 엎어 버렸다.

"이대로 두어선 안 되겠구나."

"그렇습니다. 반드시 대가를 치르게 해야 합니다."

"그렇다고 섣부른 행동은 금물이야. 화정상단주는 만만하지 않아. 적반하장으로 나올 게 분명해."

"그 점에 관해서는 대공자께서 해결해 주시기로 했습니다."

방법을 말하라니까, 떠넘기면 어떡해?

뭔지 모르지만, 조카를 전적으로 믿으란 소리였다. 상단의 명운이 걸린 중대사를 이딴 식으로 두루뭉술하게 대처하다니 석연찮았다.

그 전에 한 가지가 맘에 걸렸다. 적백쌍놈을 대체 어떻게 이겼는지가 먼저였다. 이 문제가 해결되어야 안심하고 물어보지.

오늘따라 조카가 과묵하기도 하고, 고수의 품격이 느껴지는 것 같기도 했다.

"진정 절대의 경지에 오른 것이냐?"

"아닙니다."

"그렇지, 네 나이에 절정고수도 드물지. 독도 안 쓰고, 여러모로 운이 참 좋았구나."

"버러지들에겐 운도 과분합니다."

그간의 사연도 있고 하니, 외총관의 불신은 당연했다.

천우는 구구절절 설명하기보단 행동으로 보여 주었다. 검결지로 앞에 있는 식탁을 내리그었다.

슥!

외총관과 대행수가 보기엔 손가락으로 까딱거린 것 같았다.

"혹, 식탁이라도 가른 것이더냐?"

"그렇습니다."

"너무 당당해서 할 말이 없구나."

식탁은 상단의 주력인 칠기 식탁으로 자단목에 칠기 작업을 하여 오랜 세월이 흘러도 변형이 되지 않는 내구성과 단단함으로 유명했다. 홍보를 위해서 칠기 중에서도 제일

좋은 명품으로 가져왔었다. 이름 하여 금강불괴 식탁으로 소문을 내고 있었다.

 망치로 내리쳐도 흠집이 나지 않는 금강불괴 식탁을 손가락으로 내리그었다고 잘리면 그게 두부지 금강불괴인가? 무공을 익히더니 우리 귀여운 조카가 허세가 늘었다.

 뎅강!

 식탁을 두드리려고 했던 외총관과 기대했던 대행수는 얼어붙었다. 정확히 반으로 쪼개진 식탁만이 덩그러니 남았다.

 꿀꺽!

 숨넘어가는 경악이 방 안에 자리했다.

 상인이 무공에 대해서는 문외한에 가깝지만, 무인의 경지는 풍문으로 많이 들어 봤다. 검으로 식탁을 정확히 베어 내는 것만 해도 최소 일류였다.

 더욱이 반으로 갈린 식탁의 단면이 유리처럼 매끄럽고 날카로웠다. 손가락을 대는 순간 선혈이 터져 나올 듯 섬뜩했다.

 단순히 식탁을 갈랐다고 해서 놀라진 않는다. 절정고수쯤 되면 검기를 발출하여 간단히 잘라 낼 순 있었다.

 하지만 검결지로 식탁을 이처럼 반듯하게 자를 수 있다고는 장담하지 못하겠다.

 '손을 댔다간 팔까지 잘릴 뻔했잖아!'

 도박하다 장난치면 손모가지 날아간다지만, 말은 해 주

고 까딱거렸어야지. 까딱했으면 조카한테 허세를 부리다가 팔이 잘린 숙부가 될 뻔했다.

'사랑하는 우리 조카가 고수였다니!!'

언제부터 사랑했는지는 모르지만, 사랑했다.

상인이라면 때와 장소, 나이, 성별에 상관없이 태세 전환은 기본이었다. 필요할 땐 자존심을 세워야 하지만, 상인은 언제나 굽힐 줄 알아야 했다. 그런 면에서 볼 때 대행수는 상인의 자격을 갖추었다.

"우리 조카가 이토록 대단한 고수가 될 줄 아무도 예상하지 못했겠지만, 다른 누구도 아닌 이 숙부만큼은 믿고 있었단다. 네가 어렸을 때가 떠오르는구나."

대행수가 고까운 듯 외총관을 노려보았다. 남이 찜한 물건에 손을 댄 상도의 없는 인간을 바라보는 시선이었다.

하물며 툭하면 대공자의 뒷담화를 까며, 쟨 언제 사람 될는지? 라는 말을 달고 살았었다.

천우는 외총관의 과한 칭찬을 듣지 않았다. 현재의 무위는 만족할 수준은커녕.

"턱없이 부족합니다."

"그럼 그럼, 만족하면 안 되지. 장차 천하제일고수가 될 조카를 보고 있자니, 한창때의 내가 생각나는구먼."

"지금은 앞으로의 대책을 논의할 때입니다."

외총관이 또다시 과거를 끄집어내려고 하자, 대행수가 급히 끼어들어 차단했다. 얘기를 시작하면 언제 끝날지 모르는 외총관의 과거사였다. 초장에 차단하지 않으면 시간 잡아먹는 괴물로 성장한다. 인생에 도움이라도 되면 모르겠지만, 듣다 보면 전부 본인의 자랑질이다.

크흠!

조카에게 피가 되고 살이 될 명언이거늘.

외총관은 윗사람으로서 따끔하게 질책하려다 이쯤 했다. 지금은 그럴 때가 아니었다.

화정상단과 돌이킬 수 없는 강을 건넌 이상, 서둘러 구가장으로 서신을 보내야 했다. 형수님에게 들들 볶이고 있을 형님을 위해서라도.

'아, 이거 뭐라고 써서 보내지?'

사실대로 서신을 써서 보낸다고 해도 있는 그대로 믿을지 자신하지 못했다. 사랑하는 조카에 대한 믿음과는 별개로 굉장히 난감하다.

그렇다고 서신을 안 보냈다간 화정상단에 뒤통수를 맞을 수 있었다.

화정상단이 잘못을 인정하고 배상하고 끝낼 가능성이 적은 만큼, 끝까지 갔을 때를 상정하고 대비해야 했다.

천우로선 담아 둘 필요 없는 대화였다.

"하실 말씀이 없다면 이만 나가 보겠습니다."

"그래, 우리 조카가 아주 큰 일을 해냈어. 오늘 이후로 이 숙부가 팍팍! 밀어주마."

천우는 흘려들었다.

100회차 동안 누군가의 도움으로 패황이 되지 않았다. 자리는 스스로 만들어야 하는 법이다.

상단도 마찬가지였다. 능력이 되지 않는 자가 상단을 차지한다면 분란을 초래할 뿐이다. 동생들과 공정한 경쟁을 한 후에 승자에게 상단을 물려주어야 했다.

외총관은 전폭적인 지지 선언에도 시큰둥한 조카의 태도에 달라졌음을 실감했다. 조카가 방을 나가고 난 후에도 긴 여운이 남았다.

"귀신에 홀린 기분이구먼."

"저도 처음에는 그랬습니다."

"가문에 숨겨진 기인이나 절세비급이라도 있었던 겐가?"

"있겠습니까?"

"없겠지."

역사와 전통을 자부하기엔 구가장이 그만한 배경을 갖추지 못했다. 상단에 숨어든 기인이사에게 배웠다는 가정이 그나마 설득력이 있었지만, 은거기인이 뜯어먹기에는 구가장이 딱히 먹음직스럽진 않았다.

"이제는 방구석 절대고수로 불리겠군."

"최대한 숨기는 편이 나을 겁니다."

"신비고수로 불리는 편이 낫긴 하겠지."

"설령 안다고 해도 믿지 않을 겁니다."

믿지 않아도 상관없다. 상인은 무인처럼 명예를 중시하

지 않는다. 후일을 위해서 숨겨 두는 편이 상단에도 이득이었다.

당장은 화정상단이 발뺌했을 때를 고려해서 증거자료부터 확보해야 한다. 탁소평의 자백서를 토대로 해도, 정황증거에 불과했다. 화정상단이 선수를 친다면 자백서는 유명무실해질 수도 있었다.

"형님도 참 능구렁이시군."
"장주님도 몰랐던 것 같은데요?"
"그럴 리가."
"그렇겠죠?"

같은 시각.

구가장주는 내총관과 재경각주를 방으로 불렀다. 그 두 사람이야말로 상단의 핵심이라고 할 수 있었다. 상단주, 내총관, 재경각주라는 신분을 떠나 형님, 동생 사이였다.

"장주님, 늦은 시간에 어인 일로 부르신 겁니까?"
"이 사람들, 일과 끝나면 편하게 대하기로 하지 않았나. 나 그렇게 매정한 사람 아닌 거 알잖아."
"그렇긴 하지요."
"어허~ 편하게 하라니까."
"그러시죠, 형님."

방에는 술상이 푸짐하게 차려져 있었다. 고기, 고기, 고기라는 아름다운 조합과 숨겨 놓고 경사가 있을 때만 몰래 마시던 여아홍이 꺼내져 있었다.

"자자, 한 잔 들게."

"형님이 웬일입니까? 한 모금만 달라고 해도 들은 척도 안 하더니만."

"술이란 다 때가 있는 거야. 아무 때나 마시면 남아나겠어?"

"형수님 없을 때만 마시는 겁니까?"

"어허! 큰일 날 소리!!"

낮말도, 밤말도 아내가 들을 수 있었다. 이건 정말 빈말이 아니다. 어떻게 알았는지 실로 귀신같았다. 그래서 절대 아내의 뒷담화는 하지 않는다.

구서진은 잔을 높이 들었다. 여아홍의 청아한 향이 방 안을 맴돌았다.

"우리의 우정을 위하여!"

"그럽시다."

내총관과 재경각주는 전혀 동의하지 않는 바이나, 상사가 그렇다면 그런 거다. 사회생활은 원래 업무 시간 외에도 이어지는 법이니까. 물론, 윗사람이 편하게 대하란다고 생각 없이 편하게 대하면 다음 날 자리가 사라지는 신비가 경험할 수 있었다.

그렇다고 해서 내총관과 재경각주가 장주를 상사로만 대한다는 뜻은 아니다. 부모님 세대부터 아는 사이라서 피를 나눈 형제는 아니더라도, 그 비슷한 정도는 된다.

연이어 석 잔을 마시고, 안주로 속을 달랬다. 슬슬 긴장이 풀어진 듯하자 구서진은 본론으로 넘어갔다.

"내일 아내가 돌아온다는 서신이 왔다."

"아이고, 내 정신 좀 봐. 업무가 남았는데 한가하게 이럴 때가 아니었어. 재경각주, 자네도 그렇지 않나?"

"아무렴요!"

내총관과 재경각주는 황급히 자리를 피하려고 했다.

다급해진 구서진이 급히 막아섰다.

"우리가 남이냐?"

"그럼 남이지, 피가 섞인 것도 아니지 않소!"

"우리가 함께해 온 뜨거운 세월을 생각해야지?"

"그러면 더더욱 이래선 안 되지요!!"

내총관과 재경각주는 장주가 아끼던 20년산 여아홍을 꺼내 올 때부터 꺼림칙했었다. 우릴 형수님의 방패막이로 쓰려는 게 분명하다. 여아홍과 안주는 사형수에게 내리는 최후의 만찬과 다름이 없었다.

"월봉을 올려 줄게."

"구두 약속은 믿지 않습니다!"

"2배 어때?"

"급하니까 막 지르는 거 보소!"

구서진은 지름신이 강림한 듯 질렀지만, 계약서는 절대 쓰지 않았다. 내총관과 재경각주는 말로만 한다는 걸 알기에 칼같이 차단했다.

구가장의 주인은 장주지만, 실세는 형수님이었다.
"네놈들은 의리도 없느냐!"
"의리 좋아하시네!"
"편하게 대하란다고 반말은 아니지!"
"아니긴 뭐가!!"
실랑이가 이어지는 동안에도, 일단 여아홍은 마셨다. 마시고 죽은 귀신은 때깔도 좋다고 했다.
그렇게 한참을 티격태격하다가 다시 앉아서 대화를 나누었다.
"형님 잘못도 아닌데, 왜 이렇게 안절부절못하는 거요?"
"너라면 어떻겠냐?"
"내가 어떻게 알겠소. 형수님과 혼인한 건 형님이 아니시오."
"수십 년을 같이 살아도 난 모르겠다."
힘 빠진 구서진의 고충에 내총관과 재경각주는 유부남으로서 공감이 되었다. 나이가 들수록 가족 구도에서 밀려났다. 이럴 때야말로 뭉쳐야 할 때이긴 했다.
"장남이라고 언제까지 싸고돌 순 없지 않습니까. 천우를 위해서라도 한 번은 결단을 내려야 할 일이었습니다."
"그렇지? 나도 쉽지 않았다고. 이게 다 천우를 위한 일이었어!"
"알지요, 우리가 모르겠습니까!"
"그래, 나는 너희들밖에 없다. 우리 우정은 영원히 변하지 말자! 자, 한 잔씩들 하자고!"

"……?"

내총관과 재경각주는 말을 잇지 못했다. 귀신을 본 듯 눈이 튀어나오는 줄 알았다. 거나했던 취기가 단숨에 날아가 버리며 정신이 번쩍 들었다.

"왜들 그래? 어서 들지 않고!"

"……형수님!"

"무슨…… 진짜?"

구서진은 고개를 돌리기 싫었다. 이 무슨 운명의 장난도 아니고!

설마 하는 심정으로 무겁게 고개를 돌리자, 아니나 다를까.

"여보!"

"……천우가 뭐 어쨌다고요?"

"언제 온 거요?"

"말 돌리지 마."

"옙!"

내총관과 재경각주는 급히 자리에서 일어나 형수님께 깍듯이 예의를 올린 후 황급히 도망쳤다. 유부남에게 의리를 기대하는 것만큼 바보 같은 것도 없었다. 내 가족이 우선이고, 남의 가정사는 절대 개입하지 않는 것이 상책이다.

'이 망할 놈들이!!'

비싼 여아홍을 먹여 놨더니, 일언의 변명도 않고 사라

져?!

어라, 여아홍까지 들고 날랐잖아!

내총관과 재경각주는 그새 여아홍까지 챙기는 날렵함을 보였다. 손은 눈보다 빨랐다.

찌릿!

주르륵!

구서진은 아내의 단호한 눈빛에 식은땀을 흘렸다. 그러면서도 억울했다. 내일 온다며?

아내의 서신에 낚인 거다.

서신으로 사기를 치고 어떻게 하나 지켜본 게 분명했다.

그래도 그렇지, 집에 들어올 때 극성의 잠영술은 너무한 거 아니냐고!

구서진은 이실직고했다.

크아아악!

그날 밤 장주의 방은 굉장히 시끄러웠다.

"사실대로 말하면 봐준다며!!"

"우리 남편, 순진하네. 호호호!"

"……이 악마!"

"뭐라고?"

"천상 선녀지. 암!!"

천우는 가부좌를 틀었다.

하던 대로 흡기, 순환, 축적으로 이루어진 패황기로 근골을 자극했다. 돌아온 이후로, 한시도 멈추지 않았었다. 습관처럼 내외신을 강화했다. 이전보다는 속도가 빠르다고 할 순 없어도, 내실의 견고함은 월등하다.

'선을 정하긴 해야겠지.'

무명은 멸악패도로 인해 세상이 정체되어 죽어 갔다고 했다. 진의는 확신하기 어렵다.

20회차까지는 실수가 있었으나, 그다음 회차부터는 400년간 한 치의 오차도 없이 멸악패도를 완수했었다.

'그래서 방치하라고?'

악을 멸하지 않고 방치한 무법 지대가 과연 살아 있을 가치가 있을까?

약육강식의 잔혹한 세상 속에 백성은 또 얼마나 고통을 받겠는가.

-전적으로 백성을 위해서였다고 확신할 수 있느냐?

멸악패도의 완성이 백성을 평온하게 했으나, 그것이 목적이었다고는 천우도 자신하지 못했다. 그저 그래야 한다는 신념을 위해서 나아갔을 뿐이다.

'맞는 말이긴 하지만······.'

돌아보니 백성을 먼저 생각하진 않았다. 백성을 위한 순수함과는 거리가 멀었다. 악이 싫었고, 처단해야 할 대상으로만 여겼다. 만백성의 태평성대는 멸악패도의 부산물에 지나지 않았다.

'그게 어쨌단 거지?'

닭이 먼저인지 계란이 먼저인지를 따지는 것에 불과했다.

악은 잔인하며, 지독하다. 죽여도, 죽여도 다시 생겨나는 구더기 같은 놈들이다.

누군가는 해야 한다면 가장 잘하는 사람이 해야 하지 않나.

멸악이 지지부진할수록 희생자만 늘어난다. 최단의 속도로, 최선의 효율을 얻는 것이 뭐가 어떻단 말인가.

'울분(鬱憤)인가?'

무명의 선의라도, 자신은 4만 년 동안이나 해 왔던 일이다. 정의를 바로 세우려던 모든 노력이 한순간 물거품이 되었으니 화가 나는 것이 당연했다.

'신선하군.'

이토록 울분이 치솟았던 적이 있었나? 기억에도 흐릿했다. 1회차의 분노도 4만 년이 지나면서 반복된 일상처럼 무뎌졌었다.

'변해야 한다면······.'

현재의 삶을 되돌아볼 필요가 있었다. 회귀한 연유가 멸악패도라면 피해 가는 것도 하나의 방도다.

그러나 눈앞에서 벌어지는 악의를 외면한다면 인생 전체를 부정하는 것이나 진배없다.

그렇다면 인과를 조절하고, 업을 쌓지 않는 범위를 정해야 했다.

눈앞에서 벌어지고, 상단과 연관된 악의는 처단한다.

천하태평의 대의(大義)가 아닌 내 주변의 소의(小義)로 선을 정했다. 멸악패도를 수신제자의 범주로 끌어내린다.

'벽을 넘을 필요도 있고.'

이제는 패황무극경의 극의로 만족하지 않는다. 주도적으로 나서진 않더라도, 끌려다닐 순 없다.

'궁금하기도 하고.'

강함과는 분야가 달랐다. 회귀란 시간을 비틀어서 과거로 되돌리는 경이로운 이적이었다. 진법과 선술에 무게를 두지만, 확답은 금물이다.

당장은 선(線)을 정한 것으로 만족했다.

장안에 도착하기 전 풍룡채처럼 습관적인 갈등은 원치 않았다. 죽일지 말지 정하고 그에 맞추어 태도를 분명히 할 필요가 있었다. 망설임과 갈등은 패황에게 어울리지 않았다.

가부좌를 풀었다.

마침 방으로 오는 인기척이 있었다.

"형님, 접니다."

"들어오너라."

허락을 구하는 무뚝뚝한 음성이 들린 후 문이 열렸다. 천우와 비슷한 외향이지만, 전체적으로 선이 훨씬 여렸다. 지나치게 곱상한 외모로 상인과는 어울리지 않았다. 같이 일하다 보니 닮아 간 것일까, 백면서생 외총관과 비슷한 분위기였다.

—원하는 걸 하십시오. 저는 언제나 형님 편입니다.

천우는 동생을 보자마자 떠올랐다. 회차마다 화를 냈던 여동생과 달리 천수는 한결같은 모습으로 응원했었다.
그래서일까? 셋째나 여동생과 달리 특별한 기억이 없다. 알겠다고 한 다음부터는 관심을 기울이지 않았다. 무소식이 희소식이듯 알아서 잘 해결해 나가리라 믿었다.
'좋군.'
자기 일은 자기가 해결해야 한다. 의존하는 버릇은 습관이 되어 자립성을 떨어뜨린다.
"분점의 재고 조사가 끝나지 않아서 늦었습니다. 송구합니다."
"왔으면 됐다."
"오는 길에 이상한 말이 들리더군요. 형님께서 고수가 되었다고……."
"고수라 불릴 정도는 아니다."
"하면 무인의 길로 가시려는 겁니까?"
"그렇진 않다."
"다행이군요."

"상단의 후계자는 공정한 경쟁을 통해서 결정될 테니 염려하지 않아도 된다."

"형님이 하십시오."

천우로선 예상하지 못한 대답이었다. 매회차에서 적금상단의 상단주는 천수였다. 이번에는 천수와 상단주를 놓고 경쟁하게 될 줄 알았다.

혹, 이 형을 위해서 자신의 자리를 내놓으려는 건가?

100회차 동안 보아 온 천수라면 그리하고도 남는 인성이었다.

"날 위해서 네 꿈을 포기하지 말거라."

"무슨 말씀이십니까? 저는 애초에 상인이 될 생각이 없습니다. 후우! 형님이 상인을 포기할까 봐 얼마나 노심초사했는데요."

"없었다고?"

"당연하죠, 제가 학문에 소질이 있는 걸 형님도 아시잖아요. 이제부터 본격적으로 학문을 팔 테니, 상단은 형님이 알아서 하세요. 좋았어, 이제 나는 자유다~~~~!"

"잠깐, 그리 서두를 필요 없다."

"회시야 기본이고, 3년 안에 전시에 붙을 겁니다. 아우의 금의환향을 기대해 주십시오, 형님!"

이 녀석. 내 말을 안 듣는군.

말이 이렇게나 많은 줄도 몰랐다. 자기 할 말만 하고, 고집도 있었다.

이런데 어째서 그때는 그리 말했는지 이해가 되지 않는다.

"상행을 위해서 무공을 익히고 계셨을 줄이야. 준비성이 정말 대단합니다. 전 첫 상행에서 실수를 얼마나 많이 했는지 돌이켜 보면 부끄럽기 짝이 없습니다. 형님이야말로 상왕이 되기 위해 태어난 분이십니다."

"곤란하군."

"곤란할 게 무엇이 있습니까. 저는 언제나 형님의 편입니다. 하고 싶은 상인을 하십시오."

그때와 같은 말인데, 이렇게나 다르게 들리는 것도 특이했다. 이상하게 얄밉게 보인다.

원래 이런 녀석이 아니지 않았나? 4만 년 동안 속았단 생각이 들었다.

수신제가가 천하패도보다 어려울지도.

"오늘 같은 날 그냥 보낼 순 없지요."

천수는 신줏단지처럼 싸맨 보자기를 풀고, 칠기 안에 고이 넣어 둔 술병을 꺼냈다.

"특제 죽엽청입니다. 대단하진 않지만, 입맛에 맞아서 공부하기 전에 한 병씩 마시기 좋더라고요."

"……?"

공부할 때 술을 마신다고?

원래는 반대잖아.

술은 집중력을 흐트러뜨리는 작용을 한다. 마음을 누그

러뜨리고, 안정을 주긴 해도 학문 수양에는 부작용이 크다. 게다가 1잔도 아니고 도수가 높은 죽엽청을 1병씩 마신다니? 술 한 모금 마시지 못할 것같이 생겨서는 천생 술꾼이었다.

"진정 후계자가 될 생각이 없어?"

"전 상인 같은 건 하고 싶지도 않았다고요. 언제 형님이 상단 일을 하나 목 빠지게 기다리다 쓰러질 뻔했다니까요."

"그래도 천기가 있지 않더냐?"

"걔는 병신이라서 안 돼요."

……?

너무나 직설적이고 완고한 대답에 천우는 말문이 막혔다. 자신이 그간 알고 있었던 천수에 대한 믿음이 산산조각 났다. 믿는 도끼에 발등이 제대로 찍혔다.

이대로라면 자신이 상단을 물려받게 생겼다. 수신제가를 위해서 공정한 경쟁을 받아들이기로 했지만, 이런 식으로 확정될 거라고는.

"천기가 어때서 그러는 게냐?"

"공부도 못해, 상인답지도 않아, 무공도 어중간하잖아요. 이게 병신이지, 사람입니까?"

신랄하다 못해 악의적이기까지 했다.

이게 형제인가?

천기가 이 자리에 있다면 자존감 하락으로 스스로 목을

맬지도 모를 정도다. 형제란 서로를 응원하고 기를 북돋아 주는 존재가 아닌 모양이다.

'천예야, 이래도 내 탓이더냐?'

천기가 엇나간 건, 천수 탓이 분명해 보였다. 이 녀석 아래서 나쁜 마음 먹지 않고 살아 준 것만으로 다행이었다.

"형님, 한 잔 받으세요."

"언제부터 마신 게냐?"

"왜 이러세요? 7년이나 됐는데."

"……?"

천우의 나이 18세.

천수는 17세다.

7년 전이면 10세잖아!

게다가 자신이 알고 있었다고 한다.

공범.

천수의 치밀함이 돋보였다. 혼자서는 죽지 않는 물귀신이 따로 없다. 오랜만의 형제 상봉으로 기쁨을 만끽하기는커녕, 발등이 난자됐다.

"형님과 몰래 마신 게 엊그제 같은데, 벌써 7년이라니 감회가 새롭습니다."

"나도 그렇구나."

열 길의 물속은 알아도 한 사람의 속내는 모른다더니. 그동안 사람들에게 모범적인 상인으로 보였던 천수의 이중생활은 충격적이었다. 심지어 부모님도 모르는 것 같다. 백면서생은커녕 일탈의 교본처럼 철두철미하기까지 했다.

"형님이 무공과 상재로 명성을 드높이는 날이 머지않았습니다."

"꼭 그렇게 된다는 법은 없다."

"아니요, 형님은 반드시 그렇게 될 겁니다. 제가 아는 한 형님은 한다면 하는 사람이거든요."

"그렇구나."

한다고 하기는 했는데, 떨떠름했다.

과도한 칭찬으로 본인이 하기 싫은 일을 떠넘기는 것 같았다.

한편으로 살짝 미안하기도 했다. 천우가 천하패도를 완성할 때마다 천수는 상인으로 생을 마감했다. 하고 싶은 일을 하기는커녕 하고 싶지 않은 일을 100회나 감수한 것이다.

'공부하지 말라고는 못 하겠군.'

비록 무명에게 부정당하긴 했지만, 천우는 멸악패도를 위해 일생을 바친 걸 후회하진 않는다. 그렇다면 천수에게도 하고 싶은 걸 할 기회를 주어야 공평하다.

"장원급제를 해야 할 거다."

"에이, 세상에 천재가 얼마나 많은데요."

"해야 한다고 말했다."

"노력해 보겠습니다!"

"결과로 평가하겠다."

"……형님!!"

천수는 느꼈다.

장원급제 못 하면 삶이 순탄치 않을 것임을.

'기분… 탓이겠지?'

천우는 동생의 장원급제를 위해 전폭적으로 지원하기로 결심했다. 호박씨를 깐 아우가 괘씸해서가 아닌, 형으로서의 순수한 결의였다.

"학자는 자고로 문무 겸비라고 했지."

"……형님!!"

제7장
역풍

 기이하다.
 수년째 가로막혀 앞으로 나가지 못했다. 정체된 시간이 길어질수록 절망과 분노에 사로잡혔다. 잡힐 듯 잡히지 않는 실마리에 심마가 왔다. 극복하려고 노력할수록 심마는 골수까지 스며들었다.
 "이리 간단한 것을."
 얼마 전 정체된 벽이 허물어졌다. 기연은 뜻하지 않은 시간에 불현듯 찾아온다고 하나, 작금의 기연은 그런 우연의 산물과 달랐다. 쌓고 또 쌓아 올린 경험이 녹아들어 완성된 무리(武理)였다. 과정과 실패를 반복하여야만 얻을 수 있는 심득이었다.
 한순간에 찾아왔다.
 "이게 대체 뭐지?"

골수에 스며든 심마는 지독했었다. 심마에 사로잡히지 않기 위해서 버티는 것이 전부였었다. 자아를 잃지 않으려고 매 순간 발버둥을 쳐야만 했다. 그 모든 노력이 허무할 정도로 쉬이 해소되었다.

심마가 해결되면서 마경의 극의를 넘어섰다. 심마에 의한 내상을 회복해야 하지만, 당장에라도 천하제일을 논할 자신이 있었다. 누구도 이루지 못한 무공을 완성했다는 자부심을 느꼈다.

그런데도 출도를 미루었다.

본능이었다.

"부족하다고?"

내상은 있으나 천외마경을 완성한 이상 적수는 없었다. 그런데도 두려움과 공포가 출도를 망설이게 한다.

이 정도로는 어림도 없다는 장막에 가려진 거대한 신위.

끝없는 절망과 공포.

동시에 근원을 알기 어려운 분노가 자리했다.

"복수심이라고?"

의아했다.

누가 감히 자신을 패배감에 젖게 한단 말인가?

주화입마가 오기 전에도 천하에 적수가 많지 않다 자부했다. 폐관은 천하무적이 되기 위한 준비 과정이었을 뿐이다.

빠드득!

치욕이었다.

천하를 발아래 두어야 한다는 욕망이 꿈틀했다. 한데, 절치부심을 택하고 말았다. 두려움이 욕망을 제어한 것이다.

공포를 받아들인 현실에 분노했다.

"이 굴욕감을 반드시 되돌려주마!!"

근원을 알 수 없지만, 복수심을 불태웠다.

그는 폐관수련관의 관문을 나섰다.

음.

관문 밖 수하들이 무릎을 꿇은 채 대기하고 있었다. 폐관수련을 끝내겠다고 연락을 넣지 않았다. 하나, 단순히 미리 대기하고 있어서 놀란 게 아니다.

"너희들도?"

"그렇습니다!"

전후를 잘라먹어 함축적이지만, 뜻하는 바를 모르지 않았다.

저들은 교의 최정예다. 더는 성취를 얻기 힘들거늘, 경지를 완벽히 넘어섰다. 한둘이라면 심득을 얻거나, 기연으로 치부할 텐데 전원 이전과는 다른 경지에 도달했다.

'게다가 복수심까지.'

이게 과연 우연일까?

자신만이 아닐지도 모른다. 동시에 같은 심득과 분노를 얻었다면 무언가 계기가 있을 것이다.

골수에 사무친 강력한 유대가 형성되었다.

사내는 독패를 원하지만, 무모하진 않았다.

'이용할 수 있겠군.'

우선 이 원인 모를 공포의 근원을 찾고, 극복해야 했다. 그러기 위해서는 더더욱 완벽한 준비가 필요하다.

'확인해 볼 필요가 있겠어.'

허!

하도 어이가 없어서일까, 헛웃음이 나왔다.

곧, 싸늘하게 식으며 분노가 치솟는다.

섬서성 내 주력 품목의 유통을 늦추고, 적금상단의 명성을 떨어뜨리기 위한 계책이었다. 단시일 내에 치명타를 주지는 못해도, 차후 경쟁에서 우위를 선점하기 위해서라도 반드시 성공해야 했다.

이번 일을 위해서 돈 잡아먹는 귀신 같은 놈들까지 동원했다. 적백쌍협에 들인 자금이 만만치 않았다. 고작 명성을 조금 빌리는 것에 불과했지만, 폭풍비와 함께 천 냥의 거금이 들어갔다.

사전 조사를 통해 그간 두문불출했던 적금상단의 대공자가 첫 상행을 떠난다는 사실을 알아냈다. 방구석 대공자라 평가된 애송이쯤은 어렵지 않게 낚을 수 있었다.

이걸 어떻게 알았는지, 아들이 듣고선 찾아왔다.

맡겨 달라고. 구천우 따윈 얼마든지 구워삶을 수 있다며 자신감을 비쳤다.

상단의 중대사라 신중히 처리하려고 했지만, 아들도 소단주로서 실적이 필요하긴 했다. 이번 기회에 경쟁 상단도 치우고, 후계를 위한 명분을 쌓을 기회를 주었다.

사실상 모든 것이 준비된 판이다.

긍정적인 소식을 듣고 오리라 기대했었다.

웬걸.

붙여 준 호천대는 단전이 부서진 병신이 되었고, 아들 새끼는 다리가 부러져서 돌아왔다.

설상가상으로.

"뭐가 어떻게 돼?"

"그놈이 적백쌍협의 수급을 베었습니다! 제 탓이 아니었다고요!"

"애송이 하나 제대로 처리를 못 하더니, 말도 안 되는 핑계를 대는구나!"

"바로 들통날 거짓을 고할 만큼 저도 어리석진 않습니다."

탁중일은 곰곰이 따져 보았다.

적백쌍협은 절정의 무인으로 합공에 관해선 일가견이 있었다. 방구석을 벗어나지 못하는 애송이가 적백쌍협의 수급을 베었다니, 상식적으론 믿기 힘들다.

하지만 아들의 말대로 호천대를 통해 곧 알게 될 진실이었다.

'그럼, 사실이란 건데…… 그럴 수가 있나?'

적금상단이 은밀하게 키운 비밀 병기라고 봐야 하는데,

시간상 불가능했다. 무공이라곤 일언반구도 익히지 않은 애송이가 2년 만에 고수가 되었다는 게 말이 되는가. 그런 일이 가능하다면 강호에 절정고수가 발에 채어야 했다. 명문 거대 문파에서도 절정고수는 흔하지 않았다.

"접니다."

"들어와."

아들과 대면하기 전에 호천대주를 불렀었다. 그는 예를 표하고, 곧바로 부대주에게 들은 내용을 전했다.

탁중일은 고민이 깊어졌다.

사실 어느 정도는 진실로 받아들였었다. 당장의 위기를 모면하기 위해 거짓을 고할 만큼 아들이 멍청하진 않았다.

그렇더라도 적금상단의 애송이가 적백쌍협을 죽였을 줄이야.

그뿐인가, 아들의 다리와 호천대의 단전을 부순 것도 전부 애송이의 짓이었다.

'그렇단 말이지……'

일반적인 상리를 벗어났다.

의도가 먹혔다고 본 탁소평은 급히 의견을 내놓았다. 이대로 넘어가게 된다면 자신의 자리가 위태로웠다. 아버지는 이유 여하를 막론하고 실패를 용납하지 않았다.

"사공이나 사법이 아니고선 놈이 어떻게 적백쌍협을 죽일 수 있었겠습니까? 일례로 2년 전까지만 해도 구천우는 백면서생이 다름이 없었습니다. 설마 그만한 무공을 익히고서 모욕을 순순히 참았겠습니까?"

"변명치곤, 일리가 있구나."

탐탁지 않은 듯한 말투에도, 탁소평은 내심 안도했다.

더 해 보라는 어투. 아버지의 시험이었다.

호천대주가 고개를 끄덕인 것도 살폈다. 이럴 줄 알고, 상단으로 오기 전에 부대주와 대원들을 다독였다. 구천우가 수작을 부리긴 했지만, 단전을 잃은 무인이 상단에 남을 방도는 이것뿐이다.

'네놈의 뜻대로 될 성싶으냐!'

구천우는 분명 자신과 대원들을 이간질해서 내부에서 흔들려고 했다. 그딴 어쭙잖은 간계에 당할 만큼 자신은 어수룩하지 않았다.

"놈은 협객으로 명성이 자자한 적백쌍협을 간악한 사법과 독랄한 함정으로 죽였습니다. 그것이 진실입니다."

"적백쌍협이 협객이라고?"

"제겐 누구보다 위대한 협객이셨습니다."

"하긴, 협객으로 불리는 게 중요하지."

진실은 중요하지 않았다. 세간에 알려진 명성이 현실을 대변할 뿐이다. 한편으로 적금상단의 애송이가 제법 비범해지긴 했지만, 본인의 힘에 심취하여 멀리 보질 못했다.

'아직은 쓸 만하군.'

상인이라면 본인의 쓸모를 입증해야 했다. 가치를 증명하지 못한 실패자는 상단에 필요 없었다.

"호천대주, 상단의 명예를 위해 무인의 생명과 같은 단전을 희생한 우리의 소중한 대원들에게 충분한 보상을 해 주게."

"상단주님의 배려에 감읍할 따름입니다!"

숭고한 희생이 아닌, 필요에 의한 가치였다. 이는 호천대도 알고 있는 사실이었다. 그렇기에 더더욱 필사적일 수밖에 없다.

'괜찮군.'

"형님!"

"왜?"

"제가 뭘 잘못했습니까?"

"너는 무죄다."

"그런데 왜?"

"급제는 곧 체력이다."

'그런 말은 들어 본 적이 없습니다.'라는 항변은 씨알도 먹히지 않았다. 학문을 본격적으로 배우기 전에 체력부터 키우라는 형님의 제안을 받아들인 게 잘못이었다.

더욱이 뛰어난 학자는 문무를 겸비한다는 구절이 마음에 들었었다. 공부도 잘하고, 힘도 세고. 겉으로 보기엔 학자지만, 의외로 강하다는 인식.

그야말로 숨겨진 학자의 정석이 아니던가!

한데, 돌이켜 보니 제안이라기보다는 강요 같았다. 형님의 눈을 마주한 순간, 거절은 거부했다. 반드시 해야 한다는 결론만이 남았다. 그 순간 형님은 천신의 재림이었다.

"쉴 만큼 쉬었으니 시작하자꾸나."

"다리가 말을 안 듣습니다."

"듣게 해 줄까? 어렵지는 않다만."

"이제 움직이네요."

도약 후 만세.

훈련치곤 모양새가 이상하긴 해도, 형님을 따랐었다. 시작은 별로 힘들지 않았다. 이만하면 얼마든지 가능하겠는데, 그런 생각이 얼마나 안일했는지를 알기까진 얼마 안 걸렸다. 10개가 넘어가면서 몸이 체감하는 부하와 고통이 상상 이상이었다.

몸 안의 근육이 가닥가닥으로 끊어지는 고통이랄까.

"가볍게 200개 후 휴식이다."

"……하나도 가볍지 않은데요!!"

"가볍다."

10개만 해도 힘에 부치는데, 지친 상태에서 200개라니 죽어도 이상하지 않았다.

그러나 힘들다고 말하진 못했다. 바로 옆에서 가볍게 200개를 끝낸 준비된 조교가 있었다.

훅! 훅! 훅!

고진감래라고 했던가, 가복에게는 적응된 훈련이었다. 악독하게 진화된 도약만세삼창(跳躍萬歲三唱)에 비하면 기본기에 불과했다. 어디서 배워 왔는지 모르지만, 도련님의 하체 훈련은 지옥 그 자체다.

한데도 포기하지 못하는 건.

'건실해지거든요.'

악랄하지만, 성과는 뚜렷하다. 아침마다 허벅지를 볼 때마다 가복은 뿌듯했다. 사내의 상징은 허벅지였다. 둘째 도련님도 배우고 나면, 아침마다 만족하게 될 것이다.

'삼창까지는 가뿐하지.'

적응되니 이젠 누가 시키지 않아도 자동적으로 해야 했다. 몸이 알아서 반응한다고 해야 할까? 하지 않으면 이상하게도 몸이 찌뿌둥하고, 피곤했다.

게다가 고통은 나눌수록 좋다고, 혼자 할 때보다 훈련이 재밌었다.

가복은 매의 눈이 되어 이공자를 살폈다.

"도련님, 이공자의 무릎이 이푼가량 풀렸습니다."

자세가 잘못되면 무효가 되고, 자동으로 1개가 추가된다. 200개를 한 치의 오차도 없이 정확한 자세로 유지해야 했다.

"도련님, 이공자의 호흡이 일푼 흐트러졌습니다."

자세와 호흡이 중요했다.

가복은 본인이 받은 그대로를 되돌려주었다. 이공자님의 고통이 자신의 행복이 되었다. 평소 표정이라고는 없는 완벽주의자, 이공자님의 일그러진 모습을 보고 있자니 뿌듯했다.

"훌륭하구나."

천우는 착실히 훈련이 임하는 개복에게 선물을 주었다.

무인은 상승무공에 환장하기 마련.

"물구나무를 선 후, 역으로 도약만세를 하도록."

"아니, 그게 무슨?"

"하체와 상체의 균형이 어긋나면 육체에 무리가 온다. 적응되면 사내로선 부족함이 없을 것이다."

"이러면 무공은 대체 언제 배웁니까?"

"발이 손처럼 자유롭게 되면."

발은 발이고, 손은 손이지.

발로 볼일을 어떻게 봐요?

쓰임새를 왜 똑같이 하란 건지 가복은 전혀 이해되지 않았다.

그러나 몸은 물구나무를 선 채, 역도약만세를 하고 있었다. 이상하게도, 도련님이 작정하고 시킨 명령은 거절은 거절했다. 마치 도련님에게 육체가 종속된 느낌이었다.

윽!

1번도 힘들다. 단순 상하 반전에 불과하다고 말하는 놈이 있다면 가복은 망설임 없이 입을 찢어 버릴 것이다.

그래도 너무 힘들다.

왜 이렇게 힘든가 했더니, 호흡의 흐름이 역으로 흐르고 있었다. 무공에 대해서 문외한에 가깝기는 해도, 호흡이 내공의 기본임을 모르진 않았다.

"역으로 흐르는 기운을 원래의 흐름으로 만들어라."

"마공인 줄 알았잖아요!!"

"목소리가 크군."

"……저야 믿고 있었습니다!"

개복의 말대로 파천공은 마공에 가깝기는 했다. 천리를 부수고, 회복하는 과정을 통해서 내력의 순환을 통제하고 증폭한다. 이는 패황공의 모태가 되었던 천주파천신공을 순화하여 다듬은 형태였다. 패황공을 수련하기 전의 단계로, 완성만 된다면 어떤 형태의 흐름에도 적응할 수 있었다.

'시간 낭비할 필욘 없겠지.'

천우는 시작하면 반드시 끝을 보는 성격이었다. 도중에 멈추는 경운, 혼이 빠져나갔을 때뿐이다. 그래도 혈육이라 훈련에 애정을 담았다.

"하나에 멸악, 둘에 패도다. 하나."

"멸악."

"둘."

"패도."

천우는 파천공에 멸악패도를 담았다.

멸악패도는 악을 처단하는 신념, 부정할수록 심마가 오고 칠공에서 피를 토하게 된다. 인간의 선함이 아닌, 훈련된 정의였다. 본능의 나약함에 기대서는 멸악패도를 완성할 수 없다.

'내가 아니어도, 누군가는 해야 할 때가 있겠지.'

상단을 노리는 악의를 경험하지 않았는가. 영향을 끼치지 않으려고 해도, 주변에서 가만히 놔둔다고 장담할 순 없다.

'나쁘진 않아.'

물론, 개복이가 처음이다.

멸악패도의 기성품으로, 어느 정도까지 완성될지는 미개척지였다. 개복의 변화를 면밀히 살펴 천수와 천예를 가르칠 계획이다.

"형님, 혹시 저도 저걸 해야 하는 겁니까?"

"아직은 무리다."

결국은 해야 한다는 거잖소!

천수는 지금도 힘들었다. 하지만 힘든 것보다 더한 고욕은 모양새였다. 학자의 기본은 수양이 아닌 품위였다. 도약만세도 그리 좋아 보이진 않는데, 그걸 손으로 뛰고, 발로 만세를 불러야 했다.

손상된 품위는 회복하기가 힘들다. 그간 쌓아 놓은 건실한 모습까지도 흔들릴 수 있었다.

'효과가 있는 것 같기는 한데……'

가복의 눈부신 성장을 봤고, 훔쳐보는 적금단원의 행태도 그렇고. 훈련의 성과 자체는 의심할 나위 없기는 했다.

그래도 이 자세만큼은 도저히 적응되지 않는다. 갈수록 자세가 험난해져서 얼굴이 남아나지 않을 지경이다. 상인으로선 단련된 철면이 아니었다면 위험했다.

'따라 한다고 되는 건 아니지.'

천우는 부단주와 단원들이 보고 있음에도 상관하지 않았다. 호흡을 익히지 않은 도약만세는 육체 훈련에 불과했다. 게다가 구결로 알려 주지 않고, 몸에 새겨 넣었다.

천수와 개복은 가르쳐 주고 싶어도 가르치지 못한다. 더욱이 파천공은 파괴성이 강해 잘못 가르치면 심마에 젖어 폐인이 될 수 있었다.

"장원급제 후의 방향은 정했느냐?"

"……형님, 전 아직 회시도 안 치렀습니다!"

지금은 회시고, 전시고 아무런 생각도 안 났다. 그 앞에서 형님은 장원급제를 떼 놓은 당상으로 여겼다. 아우에 대한 신뢰가 황송하기는 한데, 미치고 환장할 노릇이었다.

"만인지상으로 만족하마."

"형님, 재상만 해도 가문의 영광일 텐데요."

"그래 봤자 일인지하지 않느냐."

"……?"

방금 엄청난 말이 지나갔다. 세세히 따지면 반역, 대역죄였다. 신기한 것은 형님의 그러한 태도가 전혀 어색하지 않다는 것이다. 마치 그리되어야 한다는 순리처럼 받아들여진다.

아니지.

홀렸다 깬 천수는 황급히 고개를 저었다.

역모를 당연시하다니.

소름이 돋았다.

"형님, 그런 무서운 말씀은 꺼내지도 마십시오! 잘못하면 구족이 멸할 수 있습니다!"

"사내라면 그만한 포부는 있어야지."

대장부의 포부라고 하기엔 지나치지만, 천우에겐 지극히 당연했다. 패황이던 시절 위로는 아무도 존재하지 않았다. 설령 황제라 할지라도, 발아래 두었다. 당시 황제도 패황이 만들어 줬다는 말이 공공연하게 떠돌았다.

"현 황제는 늙었고, 남은 황족 중에서 4황자가 맘에 들더구나. 급제 후에 친하게 지내면 괜찮을 거다."

"……말씀 깊이 새기지요!"

누가 들으면 황제가 옆집에 살고, 그 자식들과 친한 줄 알겠다.

실제로 후일 황실은 큰 우환을 겪고, 4황자는 성군이 되었다. 물론 패황의 꼭두각시란 사소한 오명이 있긴 했지만 문제 될 건 없다. 성실한 백성으로서 황제가 폭정을 휘두르면 갈아 치울 수도 있는 거 아닌가.

황제가 싫다고 반항하긴 했지만, 무시하고 엎어 버리긴 했다. 감히 황제 주제에 백성 알기를 우습게 알면 곤란하지 않은가.

'4황자가 말을 참 잘 들었었지.'

패황이 황실을 찾으면 황제는 푹! 자다가도 벌떡 일어나서 속옷 바람으로 뛰쳐나왔었다. 그 성실함을 천우는 인정해 주었다. 황제라면 모름지기 낮은 자세로 임할 줄 알아야 했다.

천우의 수련을 지켜보는 시선이 또 있었다.

외총관과 대행수였다.

분점의 업무를 처리하고, 상계의 동향을 살폈었다.

유통과 판매는 순조롭게 진행되는 중이다. 이번에 가지고 온 주력 품목의 품질이 기존보다 훨씬 좋아졌기 때문이다.

대공자의 수련은 안채에서 진행되기에 내부인만 알고 있었다. 비밀이 새어 나가 봤자 수련이라기보단 기행에 가깝기는 해도. 무공이야 수련 방도가 천차만별이긴 해도, 대부분은 정석을 따르기 마련이다. 기행이 섞인 수련일수록 정공으로 보기도 힘들었다.

'너무 빨라도 문제긴 한데.'

'마공은 아니겠지?'

정공에 비해 마공은 속도가 빠르다. 그런데도 마공을 배척하는 연유는 인간성을 상실해서다. 마공을 익혔다고 무조건 마인이 된다고 할 순 없지만, 대부분 마성을 극복하기가 힘들다. 때론, 주화입마로 인해 광인이 되어 미쳐 날뛸 수도 있었다.

'대공자가 분별없이 행동할 분도 아니고.'

'그나저나 너무 태평하군.'

화정상단의 공격은 기정사실이나 다름이 없다. 대비가 되어 있다고 해도, 지나치게 여유를 부리고 있었다. 방구석 대공자란 이명이 어디 가지 않고, 분점에서도 초지일관이었다.

어쨌든 자신들은 소문에 치우치지 않고 대공자를 믿어야 했다. 금강 칠기를 검결지로 잘라 낸 건 부수적이었다.

"장주님께서 과연 무사하실지 모르겠습니다."

"오호? 형수님을 그리 보고 있었군."

"외총관님, 저를 죽이실 작정이십니까?"

"천상의 선녀이신 화용월태의 형수님을 호도하지 말게."

"……삶의 지혜가 대단하시군요!"

언제나 믿는 도끼를 조심해야 했다. 뒤통수와 사기는 원래 가까운 사람이 치기 마련이다. 평소에 방심하지 않는 외총관의 관록을 엿볼 수 있었다. 언제 어디서든 약점이 될 말은 하지 않았다. 그것이 외총관이 오랫동안 상단의 중역을 맡은 밑거름이었다.

'실수다, 젠장!'

'대행수, 아직 멀었네.'

한편으로 대공자의 숨겨 둔 수가 궁금하긴 했다. 적백쌍놈의 죄를 안다고 해도, 공식적인 증명은 쉽지 않았다. 조사를 할수록 적백쌍놈의 철두철미함에 혀를 내두르게 했다. 놈들이 쌓은 협객이란 위명을 무너뜨리려면 보다 확실한 증거가 필요하다.

"혹시나 해서 하는 말입니다만, 아무런 준비도 없는 건 아니겠지요?"

"그런 사람이 저리 한가하게 있겠는가. 자네는 눈치가

빠른 것 같으면서도 이럴 때 보면 여간 허술한 게 아니야."

"제가 어리석었습니다. 하하하!"

"우린 조카만 믿으면 되는 걸세."

그러면서 조사 인원을 좀 더 투입하기로 마음먹었다. 조카를 신뢰하지 않아서도, 불안해서도 아니었다. 그저 상인으로서 만반의 준비를 할 뿐이다.

'진짜면 망한 거지.'

'그럴 리가.'

흠.

글자가 작아서 잘못 봤나? 나이에 비하면 눈도 좋은 편인데, 왜 문장을 읽을수록 이해가 안 되는 건지, 원!

"이걸 대체 어떻게 봐야 그나마 이해가 되려나."

구서진은 낮에 도착한 서신을 놓고, 저녁이 될 시간까지 고민하고 있었다.

있는 그대로 받아들이자니 사용된 단어가 문제였다.

추신에 외총관의 직인과 상단의 암어가 있었다. 특별한 사안일 경우엔 내부적으로 정한 암어를 쓰기로 했었다.

-큰조카가 절대고수 됐습니다.

절대고수란 개념이 시대가 바뀌면서 해석의 여지가 달라졌던가?

현시대의 절대고수로 평가되는 무인은 삼천, 오절, 십육성 정도로 알고 있었다. 그 아래로 백대 고수가 있으며, 좀 더 세밀하게 구분하면 오백대 고수까지는 한 성은 아니더라도 강호 무림에 이름을 알릴 정도는 된다.

절대고수로 불리려면 최소한 백대 고수의 상위권에는 있어야 한다.

여기서 문제는 내 자식들, 큰아들이라고 해 봐야 고작 18세에 불과하다는 점이다.

18세면 현 무림의 신성에 속해야 한다. 용(龍)과 봉(鳳)으로 불리는 후기지수는 많게 잡아도 스물을 넘지 않는다. 문파의 비밀 병기를 포함해도 백(百)도 많았다.

용봉으로 불리는 신성의 기준선은 최소 절정부터 시작한다. 그것만 해도 대단한 경지였다. 절정은 어지간한 문파의 장로급에 해당했다. 대문파라고 해도 절정고수를 수십 명씩 보유하는 경우는 흔하지 않았다.

상인이기에 무림의 이해관계나 문파의 내부에 숨겨진 고수까지 모두 파악할 정도는 아니더라도, 이것이 세간에 알려진 상식이었다.

"그런데 내 아들이 절대고수라고?"

약관도 되지 않은 큰아들이 절대고수가 될 경우가 얼마나 될까? 설령 그만한 경지에 올랐다고 한들, 세간의 인식은 최소한이 반로환동과 반박귀진이었다. 보편적인 상식에서 구서진도 크게 벗어나진 않았다.

―거짓처럼 들리겠지만, 금강 칠기를 손가락으로 반듯하게 잘랐습니다. 이건 대행수가 보장합니다.

외총관다운 서신이었다. 절대 혼자서 책임을 지지 않고, 주변을 끌어들여 위험을 분산했다. 삶의 지혜는 투자의 정석과 일맥상통하고 있었다.

그건 그렇다 치고, 화정상단이 이리 독한 수를 쓸 줄은 예상하지 못했다. 경쟁 상단이기에 일정 견제는 있겠으나, 도를 넘어섰다. 사실은 이 부분부터 내용을 이해하기가 힘들었다.

―조카가 적백쌍놈의 수급을 베었습니다. 화정상단의 애송이 놈의 다리몽둥이도 부러뜨리고, 가로막는 호위 놈들도 단전을 부쉈습니다.

적백쌍협 옆에 놈 자가 따로 박혀 있었다. 왜 그런가 싶어 별첨된 서찰을 보니 적백쌍놈이라 불릴 만큼 토악질이 나올 짓을 해 댔다. 이게 사실이라면 적백쌍놈이 맞았다.

"절정고수인 적백쌍놈의 수급을 뻤다면, 내 아들도 절정고수는 된다는 건데."

이게 가능한 일이야?

절대고수야 비불외곡(臂不外曲)의 과장이 섞이긴 했어도, 소속 상인과 단원들까지 고려하면 적백쌍놈의 목을 벤

건 기정사실이었다.

아들은 최소한이 절정고수란 결론이 나온다. 그러니 더더욱 믿기 힘들었다. 내 아들이지만, 방구석을 벗어나지 않았다. 기연도 밖으로 나갔어야 찾아오지.

방구석 기연은 살다 살다 처음 들어 봤다. 차라리 벼랑에서 떨어졌다고 쓰면 설득력(?)이라도 있지.

'내 집에 기연이 있었던가?'

기존 장원을 수리해서 살았으면 이해라도 되지만 그딴 건 없다. 선조께서 이 일대를 사서 새로 지은 집이다. 결론적으로 집구석엔 기연이 나올 하등의 이유가 없다.

'그렇다면 아내가?'

그나마 가능성이 있는 추론이었다.

아내가 알고 있는 것보다 훨씬 더 고수이거나, 외가에 절대고수가 있다면 나름 설득력이 있다.

물론 목숨은 하나기에 외가의 숨겨진 비사를 알고 싶진 않다.

'이런, 이런! 나 몰래 호박씨를 까셨구먼. 그러면서 나를 달달 볶다니!!'

아내의 고단수에 구서진은 혀를 내둘렀다.

겉으로는 무공을 가르치지 말라고 그리 신신당부하더니, 사실은 몰래 가르쳤던 것이다.

이제야 이해가 되었다.

아들이 상행을 강행했던 연유가.

아내가 천우와 짜고서 구가장의 장주이자 지아비를 작정하고 속여 먹은 것이 분명했다.

화정상단의 견제는 둘째 치고, 아내의 약점을 잡은 구서진은 회심의 미소를 지었다.

'여보, 그래도 내가 가장이잖아.'

아내는 정말로 예쁘다. 얼굴만 보고 있어도 기분이 좋아지곤 했다. 주변에선 외모보다 성격이라고 충고하나, 구서진은 아내의 얼굴 하나만 보았다.

이 생활이 그리 싫지는 않다. 자고 일어날 때 옆에서 곤히 자는 아내를 보면 들끓었던 화도 사라지니까. 얼굴은 3년 안 간다고 하는데, 그렇지도 않았다.

만족스러운 생활과는 별개로 한 번쯤은 아내를 굴종시키고 싶다.

다다다다!

가장의 위엄을 세울 절호의 기회였다. 구서진은 종종걸음으로 아내의 방을 찾았다.

스윽!

아내는 의자에 앉아 턱을 괴고 있었다.

어디서 저런 오만한 의자를 가지고 왔는지, 누가 보면 황좌에 앉은 줄 알겠다. 시선은 또 어떤가? 세월이 흘렀어도 여전히 그 시절의 아름다움을 간직했다.

'나만 늙었네!'

물론 세월을 정통으로 맞지는 않았다. 중년의 멋을 풍기는 이 시대의 화(花)중년으로 불린다. 그럼에도 아내와 서 있으면 딸이냐는 서글픈 말을 듣는다. 관계를 오래 설명하고 나서야 다시 능력자로 불렸다.

도도하고 오만한 구가장의 안방마님.

고작 시선을 돌렸을 뿐인데도, 첫 만남처럼 설렌다. 일전엔 너무 설레다 심장에 무리가 왔었다.

안 된다. 나이가 들수록 농밀해지는 아내의 아름다움에 목적을 잃을 뻔했다.

서둘러 서신을 아내의 탁자 앞에 내려놓았다. 바둑으로 따지면 신의 한 수였다.

"이게 무슨 뜻이죠?"

"읽어 보면 알게 될 거요."

적이령은 남편의 의기양양한 표정에 호기심이 일었다. 아들을 상의도 없이 상행을 보낸 것이 괘씸하지만, 대체 얼마나 대단한 걸 가지고 왔기에 이리 자신하는 것일까?

외총관의 서신이었다.

아들의 목적지가 섬서의 분점이고, 분점주는 현재 외총관이 맡았다. 병약한 첫째가 그 험난한 상행을 뚫고 장안에 도착했을지 걱정이 되었다.

서신을 차분히 읽…지 못했다.

부르르르!

떨리는 손을 주체하지 못하더니, 전신에 경련이 일어날 정도로 분기가 치솟았다.

스윽!

에헴!

이런데 의기양양해?!

이 양반이 근래에 풀어 줬더니 사태 파악이 안 되나 봐. 성깔 죽이며 살려는 현모양처를 건드리고 있었다.

"우리 아들이 죽을 뻔했는데도 태평하시네요."

"죽긴 누가 죽어요! 천우가 적백쌍놈의 수급을 벴다고 적혀 있지 않소. 이리 증거가 명확한데도, 당신은 아무렇지 않은 게요!"

"적반하장도 유분수지, 지금 따지는 거예요?"

"내가 할 말이오. 도대체 왜 이렇게 뻔뻔하시오. 나 몰래 무공을 가르치지 않았소!"

"그 말은 내가 호박씨를 까고 있었다는 소리네."

말투가 바뀌고, 기세도 변했다. 아내의 돌연함에 구서진은 일이 잘못 돌아가고 있음을 깨달았다.

'아니라고?'

아내가 가르치지 않고서야 천우가 어떻게 고수가 돼?

예측이 잘못됐다.

이러면 자신도 잘못되는데.

우우우웅!

화아아아!

무지막지한 기운이 방 안을 회오리친다. 단순히 그렇게만 느끼는 거면 다행이지만, 꽉 막힌 방에 회오리가 불고 있었다. 칼날 같은 기운이 전신을 난자하는 것 같았다.

"이런, 내가 깜빡했구려. 화정상단이 우릴 노리고 있소이다. 이 중차대한 위기를 해결하기 위해서 당신을 만나러 온 것이오."

"앉아."

"옙!"

구서진은 일어서려다 곧바로 앉았다.

적백쌍협의 죽음이 알려지기 시작했다.

소식의 진행 속도는 상당히 빠른 축이었다. 적백쌍협이 무림 서열에서는 대단치는 않으나, 협객으로 쌓은 명성과 인맥이 넓었다.

사천에서 번진 소문이 점차 성을 넘어 확대되려고 하자, 적백상협의 죽음에 대한 내막이 알려졌다.

적백쌍협은 상단을 도둑으로 몰아 물건을 빼앗으려던 위선자로 협객으로 불릴 자들이 아니라고 반박했다.

그러자 기다렸다는 듯 근거나 증거도 없이 적백쌍협을 위선자로 몰아 사특한 방법으로 죽였다며 맞섰다.

소문의 진위가 팽팽하게 갈렸다.

이렇게 되자 소문의 근원지를 주목했다.

적백쌍협의 억울한 죽음을 알린 곳은 화정상단이었고, 내막을 밝히며 정당한 행위였음을 주장하는 쪽은 적금상단이었다.

애초에 두 상단이 전면에 나섰다면 이처럼 빠르게 번지진 않았을 것이다. 사천성 십대상단에 속하긴 해도, 구주 전체를 놓고 보면 대단치 않기 때문이다.

서로의 의견이 첨예하게 엇갈리는 가운데 힘이 실리는 쪽은 아무래도 화정상단이었다. 적백쌍협이 쌓은 인맥과 명성이 크게 작용했다. 다만, 애초에 소문을 부풀리기 위해서 적백쌍협을 먼저 내세운 게 아니냐는 일부 의심이 있었다.

상계에서는 일단 전말이 확실하게 밝혀질 때까지 지켜보자는 쪽이었고, 무림에선 적금상단을 단죄하여 무림의 법도를 바로 세워야 한다는 주장이 우세였다.

하나, 섣불리 적금상단을 처단할 순 없었다. 적백쌍협이 혹여 위선자일 수도 있었기 때문이다. 협객이 위선자인 예가 없었던 것도 아니고. 덮어 놓고 무지성으로 옹호하다가 사실로 밝혀졌을 때의 후폭풍을 고려해야 했다.

적백쌍협과 친분을 쌓은 인사들은 반드시 단죄해야 한다고 하지만, 적금상단이 증거가 있다고 하니 지켜볼 수밖에 없었다.

소문의 진위를 놓고 팽팽하게 맞서는 가운데, 증거가 있다고 한 적금상단의 대응이 지지부진했다. 뚜렷한 증거가 아닌, 정황상의 증거였기 때문이다. 이리되자 적금상단은 적백쌍협을 증거도 없이 모함한다는 분위기였다.

"역시 증거 따윈 없었군."

"제가 말하지 않았습니까, 그런 게 있었으면 진작 밝혔을 겁니다."

탁중일은 적백쌍협의 죽음을 알리면서 적금상단의 대응을 살폈었다. 처음부터 강하게 나가면 경쟁 상단을 제거하려는 음모로 비칠 수 있었다. 더욱이 적백쌍협이 그간 쌓은 행적과 돈을 밝히는 속물적인 성향을 봤을 때 위선자임은 분명했다.

만약 적금상단이 진짜로 증거를 가지고 있다면 역풍을 맞을 수 있었다. 해서 적금상단이 대응할 때마다 시기적절하게 간을 보며 때가 무르익기를 기다렸었다.

탁중일은 결정을 내렸지만, 아들에게 방도를 물었다.

"압박의 수위를 높이려면 어찌해야겠느냐?"

"구천우를 노려야 합니다. 목숨을 위협받는다면 제 놈이 어쩌겠습니까?"

구천우가 사공을 쓴다는 사실만 밝혀진다면 실제로 증거가 나온다고 해도 증거로서 역할을 하기 힘들다. 사실이 중요한 게 아니라, 누가 사실을 말하느냐가 중요했다. 똥 묻은 개가 깨끗하다고 주장한들, 누가 믿겠는가.

"이번에는 실망시키지 않겠지?"

"적금상단이 다시는 일어나지 못하도록 확실하게 짓밟아 버리겠습니다."

"녀석, 무서운 말을 서슴없이 하는구나. 하지만 받은 게 있으니, 돌려줄 필요는 있겠지."

"이자까지 쳐서 돌려주겠습니다."

"이제야 제법 상인답구나."

적백쌍협과 친분이 두터운 무인들을 섭외해 놓았다. 그들에게 슬쩍 정보를 흘린다면 구천우의 감춰진 비밀이 드러날 것이다. 정상적인 방법으론 그처럼 빨리 절정고수가 될 수 없을 테니 말이다.

'네놈의 사지를 찢어발겨 주마!'

탁소평으로선 구천우가 피눈물을 흘리며 살려 달라고 사정하기를 바랐다. 그래야 다리가 부러졌던 그날의 굴욕을 되갚아 줄 수 있었다. 얕잡아 보던 놈에게 당해서일까, 상기할수록 치가 떨리도록 분했다.

묵성객(墨星客) 노백정.

천수검(千手劍) 나정협.

번천장(翻天掌) 고경.

구주에 알려질 정도는 아니나, 지방 내에선 주름 좀 잡아본 무인들이다. 크게 보면 우물 안의 왕 개구리쯤 된다.

적금상단의 분점을 찾았었다. 용무는 거두절미하고 적금상단 대공자와의 비무였다.

"진정 대공자와 비무를 하겠다는 겁니까?"

"그렇네."

외총관으로선 대련 요청의 저의가 의심스러웠다. 대공자가 적백쌍협을 죽였다는 소문은 나지 않은 상태였다. 그런데 적백쌍협과 친분이 있는 자들이 찾아온 것이다.
 적금상단이 정황증거 외에는 확실한 물증을 내놓지 못하는 시기라 내면에 깔린 저의를 좋게 보기가 힘들었다.
 "대공자는 무인이 아닙니다."
 "그 말은 친우가 무인도 아닌 자에게 당했다는 겐가?"
 "그건……."
 외총관은 최대한 성의를 보이며 거절했지만, 저들은 더욱 완고하게 나갔다. 하지 못할 이유가 따로 있는 것이 아니냐며 따지자 난감했다.
 그러면서도 저들은 힘으로 밀고 들어오진 않았다.
 '대놓고 명분을 쌓으려는구나.'
 모르는 이들이 본다면 끝까지 품위를 잃지 않는 무인의 표본 같으나, 외총관에겐 저열한 의도가 뻔히 읽혔다.
 답답하지만, 만류할 방도가 딱히 없었다. 거절할수록 명분만 세워 주는 꼴이었다.
 '이쯤 했으면 됐겠지.'
 처음부터 적당히 핑계를 대고 거절하기란 어렵다고 봤다. 정중히 대하는 것 같지만, 저들은 은연중 상인을 경시하는 경향이 있었다. 아마 계속 거절하면 예의를 차릴 만큼 차렸다며 완력으로 밀고 들어올 게 뻔하다.
 기실 조카가 사전에 언질을 준 것도 있었다.
 무인이 찾아올 테니, 괜히 맞서지 말고 들여보내라고.
 돌아가는 정황을 알고 있다는 듯, 조카의 뜻대로 흘러갔다.

"어쩔 수 없군요. 저를 따라오시지요."

"진작에 그럴 것이지. 괜한 시간만 잡아먹지 않았나."

"대공자는 제 조카나 다름이 없습니다."

"정당한 대결이니, 염려하지 않아도 되네."

자신들을 믿으라는 호언장담에 외총관은 속으로 코웃음을 쳤다.

정도나 사도나, 무인의 태도는 대동소이했다. 대놓고 하느냐, 돌려서 하느냐의 차이일 뿐. 모래알처럼 많은 무인 중에 진정한 협객은 손에 꼽힌다. 그렇기에 무공도 중요하지만, 명성이 뒷받침되어야 한다.

외총관은 분점의 안채로 안내했다.

안채의 뜰엔 천우가 기다리고 있었다. 마치 오기를 기다렸던 것 같으나, 실상은 동생과 종복의 훈련을 확인하는 중이다. 시작이 반이란 말처럼 기초를 쌓는 지금이 앞으로의 방향을 정하기 때문이다.

'우리 조카한테서 오늘따라 고수의 품격이 느껴진단 말이야.'

외총관은 이상하게 뿌듯했다. 고수인 줄 모를 때는 아는 조카였지만, 이제는 확실한 우리 조카였다.

'수련만 정석대로 했으면 원이 없겠구먼.'

본인은 지시만 하고 있으니, 눈총은 천수와 가복이가 받고 있었다. 그것마저도 노렸다면 상인으로서의 자질도 있다고 봐야 했다.

"분점 세 바퀴."
"형님! 그건 좀!"
"여섯 바퀴."
"아, 왜요?"

천수는 안채에서만 훈련을 하고 싶었다. 밖으로 돌아다니는 훈련은 예정에 없었다. 얼굴이 팔리는 건 식구들로 끝냈으면 했다.

그러나 싫다고 할 때마다 횟수가 늘자 내려놔야 했다.

"우리 둘째 도련님이 아직도 낯을 가리시네요. 무인은 원래 철면핀데."

손님이 온 줄 모르고 한 대화 같지만, 무인의 귓구멍이 얼마나 예민한데. 안채로 들어온 노백정, 나정협, 고경의 미간이 일순 무섭게 꿈틀거렸다. 실상, 찔리지 않았다면 거짓말일 테지만, 가복의 말대로 그들은 상당히 뻔뻔했다.

분기가 치솟았던 그들은 서로에게 눈짓을 보내더니, 합의를 마쳤다.

"자고로 입을 함부로 놀리는 자치고 오래 사는 경우를 본 적이 없지."

"이번 기회에 버릇을 고쳐 주는 편이 나중을 위해서라도 낫겠네."

"손님으로 온 마당에 피를 볼 순 없고, 적당히 가르침을 주도록 하지."

그들은 화가 난 척할 뿐, 내심은 달랐다.

표면상으론 실수로 한 말이라도 무인을 모욕한 대가는 크다. 어리석은 종복이 적절한 빌미를 제공해 주었다.

가르침을 핑계로 위협을 가한다면 적금상단의 애송이는 어떤 식으로든 반응할 터. 막으려 한다면 상대해 주고, 나서지 않는다면 명분으로 삼으면 된다.

'자, 어찌할 것이냐?'

고경이 판을 깔아 주자, 노백정과 나정협이 작정하고 위협적인 기운을 발산했다. 이제 애송이의 대응을 기다리기만 하면 끝이다. 득의양양한 눈빛으로 놈을 보았다.

한데.

"머뭇거리는 걸 보니, 횟수가 부족한가 보군."

"갑니다, 가요!"

"저도 갑니다!"

저들이 무슨 말을 하는지 천우는 전혀 듣고 있지 않았다.

천수와 가복은 안채의 뒷문으로 도약만세삼창을 하며 보란 듯이 빠져나갔다.

"하나에 멸악!"

"둘에 패도!"

그간의 훈련이 헛되지 않았는지 천수와 가복의 목소리가 트였다. 득음의 경지는 아니더라도 쩌렁쩌렁했다. 유난히 귓구멍이 예민한 무인들에겐 천둥 치는 소리처럼 정확하다.

꿈틀!

빠득!

일순간 장강에서 오리 알을 찾는 꼴이 되었다. 딱히 의도했다기보다는 진정으로 의식하지 않아서 더더욱 화를 돋웠다.

개보다 못한 대우였다.

"선배에 대한 예우가 없는 놈이구나!"

천수와 개복을 보낸 후, 천우는 천천히 고개를 돌렸다. 화를 억제하는 듯한 그들과 마주했다.

움찔!

천우와 대면한 그들은 순간적으로 멈칫하다 뒷걸음을 쳤다. 오싹한 전율과 함께 심연 속에서 용암처럼 치솟아 오르는 무언가를 느꼈다.

부르르!

그들은 무례함에 화를 내려고 했으나, 말문이 막혔다. 머뭇거리다가 고요한 침묵이 이어졌다.

'이 인간들이 대체 뭐 하는 거지?'

사태를 신중하게 지켜보던 외총관은 돌연한 침묵에 의아했다. 당장 터져도 이상하지 않을 일촉즉발인 줄 알았더니, 시시한 폭풍 전야로 돌아왔다.

'캬, 우리 조카 멋지네.'

의도했다면 치밀하고, 의도하지 않았다면 천재였다. 옆에서 관전하기에 망정이지 당사자라면 참기 힘들었다. 그런데도 병기를 꺼내 들지 않은 걸 보면 조카의 기세가 보는 것 이상으로 대단한 모양이다. 고수는 기세마저도 조절할 수 있다는 말을 얼핏 들었다.

'이크, 떨어져 있어야겠다.'

고수의 싸움은 관전도 위험했다. 항시 일정 거리를 지키는 습관이 목숨을 길게 연명하는 비법이었다.

'우리 형님은 무사하려나? 무사하겠지.'

아니면 어쩔 수 있나.

형수님이 분점으로 오지 않은 것만으로도 큰 성과였다. 어릴 때부터 조카를 오냐오냐 싸고돌았던 형수님이다. 사달이 일어나지 않았다면 급한 위험은 넘겼다고 봐야 했다.

'쫄았나?'

아까부터 왜 이렇게 떨어?

부르르르!

외총관의 의문처럼 그들은 내적 갈등으로 경련을 일으켰다. 왜 그런지 본인들도 정확히 모르기에 더욱 답답했다.

'왜 이렇게 화가 치밀지?'

'화가 나는데, 말이 안 나와!'

'진짜로 사술을 썼구나!'

화를 부르는 면상이 있기는 하나, 이 정도로 격렬하게 반응하는 건 이상했다. 무언가 술수를 부리지 않고서야 말이 되지 않았다. 그제야 적백쌍협이 당한 연유를 깨닫게 되었다.

"사공을 쓰다니, 이러고도 네놈이 무사할 것 같으냐!"

"정도를 따르는 협객으로서 네놈을 용서할 수 없다!"

"적백쌍협의 넋을 달래기 위해서라도 네놈을 단죄하겠다!"

이상하게도 단합이 잘됐다.

후배를 상대로 삼초 양보는커녕 셋이 같이 합격을 준비하고 있었다. 당연히 그리해야 한다는 본능적인 발로였다.

"죽어랏!"

대뜸 살초를 쓰는 노백정, 나정협, 고경이었다.

본인들의 절기인 묵성파도결, 천수만살검식, 번천십이장의 최후 초식을 주저하지 않고 펼쳤다.

슈슈슉!

쏴아앙!

묵성도격, 천수검류, 섬뢰장력이 세 방위를 차단하며 천우를 노렸다. 완연한 절정이라고 하기엔 부족하지만, 내력을 전부 쥐어짜고 있었다. 필생의 여력이 담기자 도기, 검기, 장풍이 형태를 이루었다.

스륵!

천우는 걸었다.

그 순간 그들에겐 신기루 안으로 들어간 듯 사라졌다 나타난 것처럼 보였다.

흐억!

귀신을 본 표정들이었다. 최고 절기를 전력으로 펼친 공간에서 사라지더니, 지척에 나타났다. 정면으로 다가올 때만 해도 정신줄을 놓은 줄 알았거늘.

이해 불가의 영역이었다.

"……또다시 사술을!!"

"……뜻대로 되진 않는다!"

"……죽어랏!"

그렇다고 넋 놓고 당하진 않았다. 각자의 절기를 쓰기엔 간격을 잃기는 했지만, 구명 절초가 하나씩은 있었다. 숨겨 둔 비수와 암기를 꺼내 들었다. 이겼다고 확신하는 작금의 대치를 한순간에 반전시킬 수 있으리라.

"이번엔 살려 주지."

천우의 주먹이 턱, 관자놀이, 명치에 꽂혔다. 그들이 원했던 반전은 일어나지 않았다. 주먹이 날아드는 궤적이 보였음에도 몸의 반응이 반 박자 늦었다. 찰나에 불과하나, 일방적인 흐름이 완성되었다.

커억!

쿨럭!

전부 급소였다. 적당히 힘을 주면 혈을 자극해 건강에 도움이 되나, 조금이라도 위력이 강했다면 전부 명계로 떠나야 했다.

숨이 턱 하고 막히며, 전신의 힘이 빠져 버렸다. 외력은 종잇장이었고, 내력은 항거 불능이었다. 내외력이 일순간 무력화되며 맥이 풀리듯 고꾸라졌다.

풀썩!

의식마저 날아가려는 걸 겨우 부여잡았다. 그들은 믿기지 않은 듯 상대를 보았다. 자신들이 비록 적백쌍협에 비하면 부족하긴 해도, 이처럼 한 수 만에 당할 정도로 약하진 않았다.

"……사술을 쓰다니!!"

"……이 악독한!!"

"……용서치 않아!"

무언지 모르지만, 사술이 분명했다. 그것이 아니라면 저 애송이의 무위가 자신들과는 격이 다른 아득한 경지에 있다는 건데, 그게 말이나 될 법한 일인가.

저벅!

천우가 다가갔다.

흐헥!

그들은 기겁하며 비명을 지르며 엉금엉금 뒤로 물러섰다. 절개 높은 협객의 모습이라고는 터럭만큼도 보이지 않았다.

"……살려 줘!!"

"……우리가 잘못했소……습니다!"

"……제발 목숨만은!"

그들은 두 팔로 눈을 가리며 공포에 저항했다. 한데, 아무런 일도 벌어지지 않았다. 그저 내려다보았을 뿐, 죽이려는 줄 알고 두려움에 비명을 지르며 살려 달라고 빈 것이다.

"……이런 짓을, 네놈이 그러고도 무인…… 흐엑!"
"사술이라고?"
"……저는 아닙니다, 쟤가 그랬습니다!"
"그래?"
"……이 자식이!! 제 눈이 옹이구멍이었나 봅니다! 부디 선처를!!"
"그렇다는군."
"……저는 처음부터 사술이라고 생각하지 않았습니다!!"
"적백쌍협은?"
"분명 죽을 짓을 저질렀을 겁니다!"

천우는 사술인지 아닌지를 따지진 않았다. 그저 되물을 뿐이었다. 한데도 도둑이 제 발 저린 것으로 부족해 서로의 실체를 드러냈다. 적금상단의 분점에 올 때만 해도 형제처럼 끈끈한 정을 보였던 걸 상기하면 어이가 없을 지경이다.

'저것들은 뭐 하는 병신들이냐?'

외총관은 그들의 행태에 헛웃음이 나왔다. 온갖 분위기를 잡으며 정파의 명숙처럼 행동하더니, 살기 위해서 죽은 친우들까지 서슴없이 팔았다.

'저러면서까지 살고 싶을까?'

무인이 아니라 시정잡배라도 집에서 나오지 못할 굴욕이었다. 이럴 거면 애초에 무인의 명예를 들먹이며 시비를 걸지도 말았어야 했다.

'이상하긴 해.'

우리 조카는 절세의 신공이나 무기를 쓰지도 않았다. 뚜벅뚜벅 걸어가서 너 한 방, 너도 한 방, 그냥 한 방을 시전한 게 전부였다.

저들이 사술이라고 말한 것도 이해된다. 사람은 원래가 자기가 아는 안목 내에서 판단하기 마련이다. 옆에서 봐도 모르겠는데, 저들이라고 오죽하겠는가.

'진짜로 사술은 아니겠지?'

그렇다고 하기엔 어떤 징조도, 사특한 기운도 느껴지지 않았다. 무인이 아니라서 단정할 순 없으나, 사술을 대놓고 사용할 만큼 우리 조카는 어리석진 않았다.

흠.

천우는 잠시 생각에 잠겼다.

'반응이 과한데.'

악인에게 패황기와 멸악천리안은 치명적인 독이다. 하나, 아직 패황의 경지에 도달하지 못했다. 과거로 복귀한 시간도 짧았고, 전회차처럼 출가가 빠르지도 않았다. 영약과 기연을 털고, 수련에만 매진했던 걸 상기하면 버러지들의 반응이 과하다.

'우연일까?'

패황기는 군림의 권능을 발휘하고, 멸악천리안은 무공의 결을 관천(貫穿)한다. 두 가지가 결합하게 되면 비등한 수준이더라도, 일방적인 대결 구도가 되기 일쑤였다. 그런데도 놈들에게서 약간의 저항이 전해졌다.

그러면 버러지들이 대단했느냐? 그리 물어본다면 부나방에 지나지 않았다. 물론, 전회차였다면 부나방이든, 미물이든 가차 없이 단죄했다.

우연일 수도 있으나, 당장은 중요하지 않았다. 천우는 미련 없이 손을 저었다.

"가라."

"살려 주시는 겁니까?"

"죽고 싶었나?"

"아닙니다, 살려 주신 은혜 절대 잊지 않겠습니다!"

"과연 그럴까?"

"한 입으로 두말하지 않습니다, 믿어 주십시오!"

"기대하지."

"상단을 나가는 즉시 사술이 아님을 공언하겠습니다!"

어디서 그런 힘을 나왔을까? 더는 일어서지 못할 것 같았지만, 젖 먹던 힘까지 쥐어짜며 일어섰다. 그리고 뒤도 안 돌아보고 도망쳤다.

다다다다!

쐐애액!

내상을 입었단 사실마저 잊게 하는 속도였다. 외총관은 삶에 대한 무인의 근성만큼은 배워야겠다고 생각했다.

'개똥밭에 굴러도 이승이 낫겠지.'

그것과는 별개로 저들의 약속을 순순히 믿지는 않았다. 사람이란 언제나 측간에 들어갈 때와 나올 때가 달랐다. 초지일관을 유지하기에도 상황이 좋지 않았고.

"우리 조카! 의심해서 하는 말은 아니고, 확실한 거지?"

"물론입니다."

"대행수와 달리 나는 조카를 전적으로 믿고 있어, 절대로 의심하지 않아."

"알고 있습니다."

금강 칠기를 반 토막으로 만들 때까지도 외총관은 반신반의했었다. 실제 활약을 보니, 속이 편안해졌다.

저들이 비록 대단치는 않았어도, 적백쌍놈의 지우들이었다. 명성이 없다면 모를까, 무인의 자존심과 체면이 발목을 잡을 것이다.

'조카의 말대로야.'

사람의 심리를 꿰뚫지 않고서는 세우기 힘든 계획이었다. 이는 무림만이 아닌, 상계에서도 유용했다.

실상은 외총관의 확신과 달랐다. 사람의 심리라기보다는, 멸악패도의 권능에 부합했다. 악인을 처단하기 위해서 천우는 철저하게 그들의 심리를 꿰뚫는 방도를 찾았었다.

'조절이 쉽지는 않군.'

죽일 놈들을 죽이지 않으려니 손이 근질근질했다. 그나마 악인은 갱생하지 않기에 다음에 죽일 기회가 있었다.

적금상단의 분점을 찾은 무인들은 하나같이 구천우가 사공을 썼다고 주장했다. 상대한 무인 대부분이 적백쌍협과 친분이 두텁기는 해도, 의구심이 생겼다.

적백쌍협은 절정의 무인이다. 그에 반해 적금상단의 대공자는 이제 약관도 안 된 청년이었다. 어려서부터 벌모세수를 받고, 온갖 영약을 복용한 후 신공절학을 익혔다고 해도 절정고수가 되기엔 제약이 너무 많다.

반면 마공이나 사공이라면 얘기가 달라진다. 충분히 변수를 만들어 낼 수 있는 데다, 절정고수를 무력화했다면 일반적인 사공이 아닐 수 있었다.

무인들의 주장에 힘을 받자, 화정상단은 더욱 적극적으로 움직였다. 적백쌍협의 억울한 원한을 풀어 주어야 한다는 대의로 선봉에 섰다. 자금을 동원하여 무인들을 포섭하고, 적금상단을 직접적으로 압박했다.

압박의 수위가 높아지고, 위협을 받는 시기였다.

해지다 못해 여러 옷을 덧대어 꿰맨 누더기에 떡 지고 산발하여 진득한 악취를 풍기는 자가 적금상단의 분점을 찾았다.

방문 소식을 들은 외총관은 서둘렀다. 일반적으로 거지는 대우받지 못하지만, 지금과 같은 시기에 찾았다면 함부로 대해선 안 된다. 구파와 어깨를 나란히 하는 개방에 속해 있을 수 있었다.

개방에 소속된 거지는 매듭으로 확인 가능하다고 알려졌지만, 실상은 그렇지 않았다. 매듭을 보이고 다니는 거지는 3결의 분타주급 정도고, 당주급은 되도록 정체를 드러내지 않는다. 이유는 개방의 성향에 있었다. 정보를 다루는 단체다 보니 서열이 높을수록 신상을 숨기는 경향이 있었다.

분점을 찾은 거지도 매듭을 보여 주진 않았다.

깎지 않은 지저분한 산발이 얼굴을 가려 정확히 누구인지도 모른다. 다만, 풍기는 기운이 예상외로 젊었다.

"외총관 송지명입니다."

"조철산이라고 합니다."

신분을 밝히지 않았음에도, 외총관은 최대한 정중히 대했다. 개방과 척을 지겠다는 건, 더는 장사할 마음이 없다는 뜻이었다.

개방이 아니더라도 집단생활하는 거지와 벽을 두면 장사가 수월치 않다. 잃을 게 없는 거지들은 무슨 짓을 할지 모르기 때문이다.

조철산이라 밝힌 사내는 용건을 밝혔다.

"실례인 줄 알지만, 바로 대공자를 만나고 싶습니다."

"저를 따라오시지요, 안내해 드리겠습니다."

"외총관께 폐를 끼치는군요, 시간을 뺏었다면 송구합니다."

"송구하다니요, 저야말로 개방의 협객을 모시게 되어 영광입니다."

외총관은 예를 차리면서도 의아했다. 목소리를 들어 보니 생각보다 더 젊기는 해도, 개방의 무인이었다. 대함에 있어 예를 갖추는 태도에 한 줌의 명성에도 상대를 무시하고 깔보는 무인들과는 격이 달라 보였다.

'과연 개방이구나.'

의심은 하지 않았다. 개방을 사칭할 수도 없거니와 시기와 목적이 명확했다. 개방에서 사람이 올 테니, 거지들을 홀대하지 말라는 조카의 언질도 있었다.

'개방에서 올 때가 됐긴 했지.'

사건이 있는 곳에 개방이 있다는 말이 있었다. 적백쌍협의 죽음으로 시끄러운 이때, 개방이 나서지 않는 게 더 이상했다.

한편으로 일이 예상보다 커졌다는 생각을 지울 수 없다. 이대로 있어도 되는지, 장주님이 잠잠한 것도 꺼림칙하다.

'조카를 버렸나?'

아니겠지.

우리 조카에 대한 위상이 살짝 흔들렸지만, 외총관은 의리를 지켰다. 우리 조카는 돌아가는 흐름이 극한에 이를 때를 기다리는 중이라고 했었다. 한 방이 있지 않고서는, 그리 자신하기 어렵다.

설마 모두를 기만했으려고.

한편으로 너무 쉽게 믿은 것도 있었다. 우리 조카가 말하면 거절하기가 힘들었다. 당연히 그리해야 한다는, 당위성이 생겼다.

안채에 도착했다.

매번 무인들을 데리고 왔을 때와 같았다. 천우는 동생과 종복의 훈련을 관리 감독했다. 인간은 적응의 동물이라고, 천수와 가복은 곧잘 따라 하고 있었다.

"개방에서 사람이 왔으니 그만하고……!"

등골이 서늘해진 찰나, 무시무시한 기운이 폭발적으로 분출되었다. 급히 돌아선 외총관은 개방의 거지를 확인하지 못했다.

그 자리엔 악취만이 남아 있었다. 다시 정면으로 고개를 돌리기도 전이었다.

우우웅!

웅후한 내력이 일순간 폭발하며 공간 자체를 부수어 버리는 파괴적인 경력을 발산했다.

꽈아아앙!

지축을 흔든다는 말이 실로 와닿게 하는 광경이 펼쳐졌다. 기운이 휘몰아치다 사방으로 날카로운 경기를 분출하고 있었다. 적중했다면 실체는 산산조각이 나 사라질 위력이었다.

휘릭!

조철산의 공세는 끝나지 않았다. 개방의 절기인 파옥신장을 쓴 후, 흔들린 신형을 부여잡고 권기권영을 발출했다.

슈슈슈슝!

육방위로 쪼개듯 권영이 집중되어 회피할 궤적을 막아섰다. 흉험하게 휘몰아치는 권력은 주변을 흔들어 놓으며 접근 자체를 불허했다.

펑, 퍼엉! 퍼퍼퍼펑!

권영이 닿을 때마다 굉음이 터지며 귀를 찢고, 심혼을 흔들어 놓는다. 절정의 중반은 넘어서야 가능한 권기와 장력이었다. 저 젊은 거지가 최소한 절정에 이른 고수라는 의미였다.

기존에 찾아왔던 무인들과는 격이 완전히 달랐다. 개방의 절기를 펼쳐 냄에 있어서 부족함이 없다. 이를 증명하듯 물 흐르듯 이어지는 연계가 눈으로 따르지 못할 만큼 빨랐다.

개방의 선풍보를 기반으로 한 빛살 같은 움직임 속에 용의 포효처럼 강맹한 파괴력을 과시하는 권공과 장공이 불을 뿜는다.

후아아아앙!

밀리고 밀려 거리를 두게 된 천수, 가복, 외총관은 돌연한 사태에 눈을 떼지 못했다. 하지만 본다고 눈에 보이는 것은 아니었다. 나타났다, 사라졌다는 반복하고 있었다. 눈에 보인 실체가 잔상으로 바뀌는 과정이 생략되었다.

수련을 멈춘 천수는 외총관을 노려보며 물었다. 형님의 오른팔로도 도저히 묵과할 수도 없는 사태였다.

"외총관님, 형님을 죽이려는 겁니까?"

"아니, 그게 무슨 말도 안 되는 개소리야. 내가 왜 우리 조카를 죽여!"

"부정하기엔 누가 봐도 저자는 개방도가 아니라 광인이지 않습니까!"

"나도 억울해, 미친놈인 줄 알았으면 데리고 안 왔지!"

도련님의 진(眞) 오른팔인 가복이 보기엔 무의미한 언쟁이었다.

괴인은 다짜고짜 도련님을 죽일 듯이 공격했다. 저런 자가 외총관의 말을 순순히 따를 리가 없다. 게다가 위험하다는 생각이 들지 않았다.

'정신이 나갔나?'

안목의 한계로 돌아가는 정황이 보이진 않지만, 도련님에 대한 신뢰는 굳건했다. 그래서 이상하다. 언제부터 도련님을 믿었다고 이리 안심이 되냔 말이다.

'내가 도련님을 믿었었어?'

도련님의 왼 발가락인 외총관과 오른 발가락 둘째 도련님의 실랑이는 오래가지 않았다. 끝을 모르고 상승하는 기의 파장이 안채를 뒤흔들고, 허공으로 용권풍처럼 치솟았다 떨어져 내렸다.

화산 용암이 폭발한 후 떨어져 내리는 광경과 일맥상통했다. 그 후폭풍으로 재처럼 날리는 먼지를 뒤집어썼다.

콰아앙!

떨어져 내린 신형으로 균열이 번졌고, 거친 파문에 안채가 휘청였다. 곧, 경력의 폭풍으로 비산했던 먼지가 가라앉으며 실체가 드러난다.

하아, 하아!

떡 지고 산발한 머리카락이 휘날렸다. 가려졌다 드러난

눈빛엔 당황하는 기색이 역력했다.

"대체?"

조철산은 처음부터 이러려고 하진 않았다. 자초지종부터 명명백백하게 밝히려고 했거늘. 적금상단의 대공자를 보자 이상한 감정에 휩싸였다.

경외라니.

왜?

어처구니없는 혼란스러운 감정이었다. 대공자는 오늘 처음 봤다. 사부님에게조차도 느껴 보지 못한 이치에 어긋난 흔들림이었다. 세간의 소문처럼 사공을 썼다는 생각을 지우지 못했다.

그렇다고 해도 선공은 의도치 않았다.

어떻게 알았냐는 사실 여부가 먼저였다.

본방 서열이 일정 이상이 되면 본인만의 특수한 표식을 만들 수 있었다. 당주급에게만 전달되어 표식을 알아보게 한다. 얼마 전 개방의 암어로 표식과 함께 서신이 왔었다.

조철산은 서신을 본 순간 적금상단을 찾지 않을 수 없었다. 서신에는 자신밖에는 알지 못하는 내용이 적혀 있었다.

-오른쪽 허리 아래 반점 3개, 왼쪽 발목 화상.

의도를 짐작하기 어려운 짧은 문장에 조철산은 격정을 숨기지 못했다. 과거에 헤어졌던 동생의 특이점이기 때문이다.

 헤어진 이유는 대단치 않았다. 찢어지게 가난했고, 어려운 시기에 찾아온 기회가 불운이었다. 나라가 바뀌고, 새로운 황제가 등극해도 백성의 고난은 여전했다.

 오랫동안 종적조차 찾지 못한 동생의 흔적에 성급했다지만, 개방의 절기를 처음부터 쏟아부었다. 이는 대화가 아닌 사생결단이나 다름이 없었다.

 '왜지?'

 자신도 이해가 힘든 대처였다. 방심한 지금이 아니면 승산이 없다는 위기감의 발로처럼 내력을 전심전력으로 사용했다.

 짐작하기 어려운 의문에 사공을 의심한 것도 찰나였다. 적금상단의 대공자는 사공을 쓰지 않았다.

 그랬다면 정종의 내가공부인 혼천강룡신공이 반응했어야 했다. 무엇보다 사공이라고 하기엔 초식의 결이 읽히고 있었다.

 무인에겐 본인만의 간격이 있고, 무공에도 결이 존재한다. 사람마다 특징이 다르듯이 무인도 마찬가지였다. 하물며 절정에 이른 무인의 결은 순간순간 변하기에 읽는 것 자체가 거의 불가능하다.

 '어떻게?'

 근거를 댈 수 없는 두려움과 무공을 모래알처럼 분해하는 수법은 이해 불가의 영역이었다. 초식의 결이 읽힐 때마다 변주를 주었지만, 그것마저도 간파되었다.

이는 자신의 무공과 초식을 모두 알고 있거나, 아예 다른 차원의 무리를 완성했다는 뜻이 되었다. 전자가 그나마 가능성이 있을 뿐, 모두 불가능에 가까웠다.

'내력만 놓고 보면 나보다 아래다.'

내력의 차이가 아닌 무공의 이해에서 격차가 벌어진다고 봐야 했다. 대공자의 연치는 고작 해 봐야 18세. 그 나이에 절대의 무극을 이루었단 말인가?

대공자와 대적한 무인들이 사공이라고 치부한 연유를 깨달았다. 자신들의 안목으로는 살필 수 없는 영역이었다. 또한, 상인 따위가 자신들보다 뛰어나다는 걸 인정하기 싫은 인간의 추악한 본능이 작용했을 것이다.

그렇다면 이제까지 상대한 무인들은 전부 속물과 소인배란 결론이 나온다.

선수로 이어진 짧은 공방으로 대공자의 성향을 파악할 수 있었다.

스윽!

움찔!

무의식적으로 조철산은 대공자의 눈을 보지 않으려고 했다. 사공을 의심했다기보다는, 보는 순간 대적할 엄두가 나지 않을 것 같았다.

대공자와 눈을 맞대자 힘이 쫘악! 풀렸다.

경외를 넘어서는 압박감에 맥이 풀려 버린다. 왜 선공을 취하며 사력을 다했는지를 이해하게 해 준다. 더더욱 이해할 수 없는 감정은 익숙함과 친숙함이었다.

"이번엔 내 차례군."

천우가 일보를 밟았다.

당황했던 조철산은 정신을 수습하며 물러섰지만, 천우의 주먹이 먼저였다. 머리, 가슴, 배로 이어지는 권영에 조철산은 속수무책이었다. 반응할 때마다 권로가 변화하며 간격의 결을 무너뜨렸다. 호신기를 발동하지만, 권영은 그마저도 무력화시켰다.

퍼퍼퍼퍼퍽!

선공의 파상 공세가 무색할 일방적인 역공이었다. 공수가 한 박자로 엇나가니 방어의 모양새가 우습기까지 했다. 공격이 지나간 후의 무력한 대응이었다.

철산으로선 이해할 수 없는 데다 억울하기까지 했다. 분명한 대응과 달리 전력하고는 거리가 있었다. 대적할 수 없는, 대적해서는 안 되는 본능적인 압박감에 휩싸였다.

"……이 무슨!!"

폐부를 관통하는 극렬한 고통은 그렇다 쳐도, 왜 익숙하냐고?

한두 번 맞아 본 게 아닌, 수십, 수백 차례나 경험해 본 기분이었다. 맞을수록 매일의 반복되는 일과처럼 익숙해지고 있었다. 그야말로 전생부터 이어진 동네북의 현신이었다.

의문이 꼬리를 물었다. 일방적으로 처맞으면 원한이 생

겨야 할 텐데. 그보다 앞선 감정은 아련함이었다. 충심으로 따르고 싶은 욕망이 솟구쳐 올랐다.

'……내가 맞는 걸 좋아했다고?'

맞을수록 아련해지자, 철산은 환장할 지경이었다. 자신도 모르게 호선을 그리는 입 모양도 그렇고.

아픈데, 반가웠다.

오늘 처음 본 대공자에게 왜 이런 감정이 생기냐고? 설마 이자가 내 동생…이라고 하기엔 나이 차가 있었다.

왜냐고?

무방비로 일각이나 처맞았다. 그런데 원한은커녕 충심이 깃들었다. 주먹에 대체 무슨 짓을 한 건지, 철산은 답답할 따름이었다. 동생의 흔적을 찾아야 한다는 절박함마저 잊고 말았다.

"오랜만이라 흥이 돋았군."

철산에겐 초면일 테지만, 천우에겐 100회차 동안 빠지지 않고 인연을 맺었었다.

철담협개 조철산.

협을 위해서라면 어떠한 위압에도 굽히지 않는 협사이자, 후일 개방이 내놓은 최고수로 불리게 되는 인물이다.

절체절명의 사로(死路)를 넘어 개방 최고수가 되었던 전환점이 천우와의 만남이었다. 협을 위해 물불을 가리지 않는 점을 천우는 높이 샀다.

천우는 철산과 만날 때마다 친절하게 무리(武理)를 새겨

넣었다. 전생의 인연을 구구절절 설명하진 않았다. 최단의 멸악패도를 위해서 시간 낭비를 최소화했다.

그 방법의 일환이 무한각인구타였다. 절정에 이르긴 했어도, 개방의 절학을 온전히 펼치기엔 철산은 무르익지 않았다. 깨달음이 필요할 테고, 시간이 길어지는 건 당연했다. 어차피 도달할 길이면 먼저 가는 것도 방법이었다. 천우는 강제로 새겨 넣어서 깨달음을 완성했다.

당연하게도 두들겨 맞은 협개의 심정은 고려하지 않았다. 결의형제를 맺는 친절한 과정을 생략한 것이다.

'정보 수집에 용이했지.'

철산을 수하로 둔 중한 이유가 악에 굽히지 않는 철심과 개방의 정보를 손안에서 다룰 수 있다는 점이었다.

정의가 늦는 연유는 정보의 부재가 크다. 악인보다 한발 빠르게 움직여야 만민의 태평천하와 멸악패도를 이룰 수 있었다.

퍼퍼퍼퍼퍽!

천우의 구타는 계속되었다. 시간이 흐를수록 철산의 본성이 드러났다.

"크어어억, 하하하하하!"

철산은 비명을 지르다 웃기를 반복했다.

그걸 지켜보는 천수, 외총관, 가복은 머리를 절레절레 흔들었다. 시작부터 정상적인 비무는 아니었다지만, 이런 식으로 흘러갈 줄은 상상도 못 했다.

"외총관님, 대체 어떤 사람을 데리고 온 겁니까?"

"아무튼 잘 해결되고 있잖아!"

"매번 오늘처럼 된다는 보장은 있고요?"

"나도 천우가 시키는 대로 했을 뿐이라고."

광인을 데리고 온 책임과는 별개로 외총관, 천수, 가복은 천우의 무위에 사뭇 놀라고 있었다. 이전까지는 뭘 해 보기도 전에 끝이 나서 강한지, 약한지 정확히 몰랐다. 저 미친 거지의 활약상에 천우의 무공에 대한 확신이 생겼다.

'고수 맞네.'

'도련님이 저토록 강했을 줄이야!'

'형님, 진정 대단하십니다!'

그리 태평하게 바라볼 광경은 아니다. 기본이 다져지고, 무공이 벽에 가로막힐 때마다 무한각인구타는 효과적이었다. 기본 토대가 궤도에 오르지 않아서 그렇지, 철산이 천수와 가복의 미래였다.

"크어어억, 크하하하하하!"

철퍼덕!

극에 이른 비명과 웃음이 교차하는 찰나, 육체가 실 끊어지듯 바닥에 고꾸라졌다. 고통 끝에 낙이 온다고 하기엔 기절한 철산의 미소가 하도 기괴했다.

'선풍보에 군더더기가 사라졌어!'

'완성했다고 자부한 파옥신권이 불완전했구나!'

'장력을 이런 식으로 활용할 수 있다니!'

'혼원기가 상승했어!'

철산은 행복했다. 그동안 부수지 못했던 벽을 허물고, 그토록 원했던 경지에 도달한 것이다. 이대로만 나아간다면 초절정이 아닌 화경에 오를지도 모르겠다.

이리 간단한 것을.

개방의 절기가 지나칠 정도로 수월했다. 칭찬에 인색한 사부조차도 이만하면 잘했다고 할 완성도였다.

그래, 나는 강해졌어.

이대로 간다면 강호제일도 멀지 않았다.

그때.

—동생의 안위가 궁금하지 않나 보군.

꿈속을 강타한 육성에 철산은 펼치던 무공을 멈추었다. 그러고 보니 이상하다. 자신이 무공을 수련하기 위해서 산을 찾았던가? 곧, 현실성과는 다른 이질감을 느꼈다.

꿈.

현실에선 불가능하지만, 꿈속이라면 불가능을 가능하게 만들 수 있었다. 그간 부족했던 무공들이 하루아침에 술술 풀려도, 오늘은 너무 잘됐다. 이렇게 잘되기만 하는 경우가 얼마나 될까?

그때 목적이 떠올랐다.

동생의 흔적이 발견됐었다. 그걸 확인하기 위해서 적금상단을 찾았는데, 주변이 산악이었다.

'대공자를 공격한 후에…….'

일방적으로 두들겨 맞고 기절했다. 사태 파악을 마친 철산은 그제야 꿈에서 벗어난 눈을 떴다.

공허한 남가지몽이 사라지자, 철산은 침대에 누워 있었다.

"봉팔아."

"……어떤 놈이!!"

철산은 고통도 잊고 침대에서 급히 상체를 일으켜 세웠다. 봉팔은 그가 어릴 때 사용했던 촌스러운 이름으로 개방에 들어간 후 철산으로 바꾸었다. 사부님을 제외하면 방도들도 모르는, 알면 살인멸구당할 진명이었다.

흐엑!

일으켜 세운 후 돌아본 곳에 천우가 있었다.

화들짝 놀란 철산은 자연스럽게 무릎을 꿇으며 예를 갖추었다. 늦으면 처맞는다는, 본능에 가까운 몸부림이었다.

"이제부터 아우로 대하마."

"예, 천우 형님."

이게 맞나?

너무나 자연스럽게 의형제를 맺었다.

그래, 의형제는 그럴 수 있다 쳐도, 왜 당신이 형님이시오?

철산이 열두 살이나 더 많았다. 신분에 따른 차이가 있다고 해도, 자신은 개방 방주의 다음 대 후계자였다.

반박해야 했다.

이대로 굳어지면 되돌리기도 애매해진다. 한참 후 내가 형님이라고 한들, 그게 먹히겠나.

"나이는 제가 더 많습니다."

"그래서?"

"한번 형님은 영원한 형님입니다. 하하하!"

"다행이군."

그게 아니라고!

사람은 차별해선 안 되나, 나이는 중요하잖아!

선후의 맥락과 관계가 맞지 않는데도, 철산은 순순히 받아들였다.

되레 이상한 감정이 또 생겼다.

'어째서 뿌듯한 건데?'

주군에게 칭찬받은 충신처럼 세상을 다 가진 기분이었다. 형님과 함께라면 강호 무림의 그 어떤 위협도 헤쳐 나갈 수 있을 것 같았다.

'그래, 형님 맞다 치자고요!'

이쯤 되자 돌이키기엔 이미 구차해졌다. 의사를 타진하지도 못한 채 받아들인 이상, 무인의 자긍심 때문에라도 받아들일 수밖에 없었다.

천우는 2장 분량의 문서를 철산에게 주었다.

"이게 뭡니까?"

"버러지들의 죄목이다."

내용을 읽어 간 철산은 분기를 숨기지 못했다. 추악한 인간의 작태가 적나라하게 적혀 있었다. 끝까지 읽어 내려가는 것조차 고욕이었다.

'적백쌍협이구나!'

아무 이유 없이 죄목을 보여 줬을 리 없다. 적금상단은 현재 무림의 공분을 살 위험에 처해 있었다. 설령 형님의 말이 사실이라고 해도, 공명심에 눈이 먼 무인들은 전후를 판단하지 않을 것이다.

"저보고 적금상단의 무죄를 밝히라는 겁니까?"

"그래."

"밝히지 않으면 제 동생으로 쥐고 흔드실 생각이군요!"

"사황 직속 혈무대의 대주가 네 동생이다. 혈무대가 공식적으로 알려지진 않았지만, 개방이라면 알고 있겠지."

혈무대는 사황성과 적대 세력의 요인을 죽이기 위해 만들어진 살수 집단이었다. 세간에는 알려지지 않았고, 개방 내에서도 고위 정보에 속했다. 혈무대를 조사하기 위해서 개방의 식구를 상당수 잃었었다. 이를 알고 있다는 것도 놀랍지만, 혈무대의 대주가 동생이라니.

철산은 현실을 받아들이는 데 고민하진 않았다. 이해하기 힘들지만, 형님의 말을 부정하지 못했다.

형님이 그렇다면 그런 거다.

그럴수록 더더욱 납득이 되지 않았다.

"어째서 말해 준 겁니까?"

"봉팔아, 나는 너를 믿는다."
"고마운 말씀이지만, 제 이름은 철산입니다."
"한번 봉팔은 영원한 봉팔이지."
"……젠장, 알겠습니다!"

숨길 수도 있었는데 숨기지 않는다. 저 흔들리지 않는 당당함에 철산은 감복했다. 게다가 위험한 흐름이기는 해도, 증명 자체는 어렵지 않았다.

"제 입이 필요했군요."
"후개를 믿지 않을 순 없겠지."

적백쌍협의 죄가 사실이라도, 천우가 밝힌다면 되레 역풍을 맞을 수 있었다.

그에 반해 철산이 나선다면 기울어진 분위기를 단번에 되돌리고 역공이 가능했다.

명분을 얻었고, 적금상단의 대응마저 늦었다. 분위기가 완전히 넘어왔다. 이젠 마지막 화룡점정을 찍을 때였다.

화정상단은 적반하장으로 나오는 적금상단을 쳐야 한다는 공론을 모으며, 무인들을 모집했다.

대의가 주어진 무인은 칼을 쓰는 데 주저하지 않는다. 더욱이 화정상단은 대의에 참여한 무인들에게 금력을 아낌없이 베풀었다.

때가 완전히 무르익을 즘.

화정상단주 탁중일은 청천벽력의 소식을 들었다. 적백쌍

협의 죄가 적나라하게 드러났다.

 소식을 접하고 막아 보려고 했지만, 삽시간에 번지는 바람에 속수무책이었다. 뒤늦게 사실이 아니라고 부정했으나, 사태를 악화시키는 선택이 되었다.

 꽈앙!

 탁상을 거칠게 내려쳤다.

 "……어째서?"

 분노를 다스리기는커녕 머리끝까지 솟구쳤다. 다 된 밥인 줄 알았더니 설익다 못해 완전히 타 버린 꼴이었다.

 "개방이 개입할 때까지 네놈은 대체 뭘 한 게야!"

 "……아버지, 놈들이 개방과 접촉할 줄은 몰랐…… 크악!"

 언제나 그렇듯, 분노할 때 벼루는 탁상에 있기 마련이다. 내던진 벼루가 탁소평의 이마를 깨뜨렸다. 찢어진 상처에서 선혈이 흐르지만, 탁소평은 숨을 죽여야 했다.

 방 안에 죄지은 사람처럼 선 총관과 각주들도 상단주의 분노가 가라앉기를 바랄 뿐, 누구도 나서지 않았다.

 개방이 나선 이상 사태를 무마하긴 어렵다. 하물며 철담 협개는 차기 개방 방주로 거론되는 후개였다. 그가 직접 적백쌍협의 죄를 밝혔으니, 이를 뒤집으려면 그에 상응하는 반박 증거가 있어야 했다.

 "아버지, 제발 만회할 기회를 주십시오!"

 "기회라고?! 상단이 망하게 생겼는데 다음 기회가 있을 것 같으냐!"

"적백쌍협에게 모든 죄를 뒤집어씌우면 됩니다!"

"이런 멍청한 놈이!! 애초에 적백쌍협이 죽었을 때 멈췄으면 모를까, 그딴 변명이 통할 것 같으냐!"

너무 깊이 주도적으로 나선 상황이었다. 몰랐다고 한들 통할 리 만무했다. 설상가상으로 적백쌍협이 그동안 행한 죄들이 용납할 수 있는 범위가 아니었다.

"처음부터 적금상단의 수작에 놀아났구나!"

대응을 못 한 게 아니라, 적백쌍협의 죽음을 물고 늘어질 걸 예상하고 하지 않은 것이다. 작은 위험을 감수하고 더 큰 걸 계획했다.

"적금상단이 고의로 대응을 늦게 했다고 하면…… 크윽!"

"닥쳐, 이 병신 새끼야!"

화를 주체하지 못한 탁중일이 탁소평의 뺨을 후려쳤다. 어찌나 세게 쳤는지 입술이 찢어지면서 선혈이 벽면까지 튀었다.

다다다, 벌컥!

문이 급하게 열리며 내원의 각주가 뛰어 들어왔다. 화급을 요한 듯, 얼굴에 다급함이 비쳤다.

"무슨 일이야!"

"큰일 났습니다! 상단에 모인 무인들이 해명을 요구하며 위협하고 있습니다!"

"해명이라니?"

"우린 아무것도 몰랐다며, 처음부터 상단주께서 적백쌍협의 죄를 알고 있었던 것 아니냐고 따지고 있습니다!"

"……빌어먹을!!"

개방이 나선 이상 무인들은 명분을 다 잃었다. 잘못하면 적백쌍협과 한패로 오인을 받을 수도 있었다.

사람을 죽였다면 실수로 포장하겠지만, 적백쌍협은 변태적인 욕구를 채우기 위해 추악한 짓을 했다.

탁중일은 상단에 모인 무인들이 발을 빼려는 짓임을 모르지 않았다. 하루아침에 태도를 바꾼 무인들의 행태에 화가 치밀지만, 지금은 그게 중요한 게 아니다.

"누가 선동한 것이냐?"

"노백정, 나정협, 고경 대협입니다."

대협은 무슨!!

탁중일은 뒷목이 뜨거워서 견딜 수가 없었다. 자신도 언제든 태도를 바꾸기는 했어도, 이놈들은 더하면 더했지 못하지 않았다. 가장 먼저 적금상단의 대공자가 사공을 썼다며, 자신들의 목숨을 걸겠다고 한 자들이었다.

그런 놈들이 제일 먼저 돌아서서 몰랐다고 발뺌하며 칼을 역으로 돌렸다.

분통이 터졌다.

화를 삭일 재물이 필요했다.

쫘악, 쫘악!

오른쪽 손바닥으로 후려친 싸대기가 되돌아오면서 손등으로 한 호흡에 쳤다. 탁소평의 고개라 좌우로 돌아갔다가 원상태로 복귀했다.

"네놈이 책임을 져야겠다."

"……아버지!!"

"어떻게든 목숨은 보장해 줄 테니, 네놈이 했다고 해라. 아니면 너도 나도 끝장이니까."

"……그런!!"

어떤 선택을 해도 최악이나 다름이 없지만 전자만이 살 길이었다. 탁소평은 암울한 현실에 절망했다.

'어쩌다가, 내가!!'

그 새끼 때문이다. 한데도 그 보잘것없는 놈 때문에 몰락한 현실을 받아들이고 싶지 않았다.

제8장
교육

 화정상단은 적금상단을 무고한 대가를 치르는 중이었다. 적백쌍협의 죽음으로 끝이 났다면 됐을 일을 물고 늘어지면서 화를 자초했다.

 명분을 잃은 무인들은 화를 돌리기 위해 칼을 화정상단으로 돌렸다. 서로 물고 물리는 치졸한 진흙탕 싸움으로 번졌다.

 반면 적금상단의 시기적절한 대처와 기다릴 줄 아는 처세술에 위명이 높아졌다. 특히 개방의 후계가 직접 나섰다는 사실이 크게 작용했다.

 당장 눈에 띄는 확장과 성장을 하진 못하더라도, 적금상단의 미래는 탄탄대로였다. 현실적으로 경쟁 상단에 속하는 화정상단의 주력 품목이 적금상단과 많은 부분이 겹쳤다. 경쟁의 원인을 제공했지만, 언제라도 상대방의 유통로를 뺏어서 흡수할 수 있었다. 일례로 며칠 사이에 화정상단과 연을 맺었던 상점에서 적금상단을 찾았다.

화정상단은 모인 무인들을 달래기 위해 막대한 자금을 쓴 데다가 유통로마저 적금상단에게 빼앗겨 급속하게 쪼그라들었다.

그나마도 상단주의 의사를 무시한 소단주의 독단으로 몰아서 버티는 중이다.

"하아……."

몰려드는 일감을 겨우 처리하고 장주실에 홀로 남은 구서진은 어이없는 한숨을 쉬었다.

"이거, 내 아들 맞아?"

상행을 보낸 이후로 정신없는 나날의 연속이었다. 방구석 대공자로 유명한 녀석이 이토록 엄청난 후폭풍을 몰고 올 줄 누가 알았을까?

알았으면 안 보냈지.

라고 말하기엔 아들로 인해 상단은 전성기를 구가할 발판을 마련했다.

사실 화정상단과의 경쟁은 여의치가 않았다. 이대로 지지부진하게 흘러갔다면 쇠락할 운명이었다.

아들은 상행을 통해 화정상단의 비리를 밝혔고, 회생하기 힘든 타격을 주었다. 적백쌍협이 죽었다는 소식을 들었을 때까지만 해도, 작금의 결과는 예상도 못 했다.

"아니, 여기서 개방이 왜 나와?"

아들이 만든 판임을 알고서 대비했지만, 그 한 방이 개방일 줄이야.

애초에 적백쌍놈의 죄를 밝힐 수 있는 것만으로도 족했었다. 그걸 넘어 화정상단을 궁지에 몰고, 상단의 위명을 높였다.

드륵!

허락도 없이 내총관이 문을 열고 들어왔다. 편하게 하라고 했더니, 너무 편해서 탈이었다.

"더럽게 힘드네."

"나한테 하는 말이냐?"

"혼잣말입니다. 거 귀도 밝으시오."

"다 들려, 이 새끼야!"

장주와 내총관의 누가 볼까 겁나는 아름다운 관계였다. 남이 보지 않을 때만 이러니, 그나마 다행이다.

내총관이 투정을 부릴 만하긴 했다. 근래 일복이 터졌다고 할 만큼, 손님의 왕래가 평소의 몇 배나 늘었다. 허투루 대접하기에는 무척 중요한 시기였다. 잘나갈 때일수록 내총관이 직접 나서야 했다.

"이거 정말 천우의 계획이 맞습니까?"

"이놈이, 지금 내 아들 비하하는 거야?"

내 아들은 나만 깔 수 있었다.

남이 까면 못 참지.

구서진의 노발대발에도 내총관은 들은 척도 하지 않았

다.

 평소에 아들을 어찌 생각하는지 뻔히 아는데, 당연히 씨알도 안 먹히지.

 "그만 역정 내시고요. 조만간 포섭할 수 있을 것 같습니다."

 "쩝! 요즘 내 아들 같지 않긴 해."

 발등에 불이 떨어진 화정상단주는 화급히 무인들을 달래고, 적백쌍협과의 관계를 무마하기 위해 아들을 버렸다. 그런 마당에 단전을 잃은 무인을 살필 겨를이 있었겠나. 소속 상인이나 무인을 가족처럼 대했다면 모를까.

 딱딱 들어맞는 현실에 소름이 돋았다.

 아들이 만약 이렇게 될 것이라 예상하고 단전만 부쉈다면? 화정상단은 처음부터 끝까지 아들의 손바닥 안에서 놀아난 것이나 다름이 없었다.

 "전말을 말하고 싶은데, 말할 수가 없네."

 "알면 오늘 당장 숨이 끊어져도 이상하지 않을 겁니다."

 "조의금은 보낼 의향이 있는데."

 "아주 죽으라고 제사를 지내시지요."

 죄는 미워도 사람은 미워하지 말라고 하나, 사사건건 상단의 행사를 방해했던 걸 상기하면 도륙을 내도 시원치 않았다.

 "화정상단과 연계한 유통로를 전부 확보해야 해."

 "알았으니까, 그만 좀 닦달하세요."

구서진은 탁중일의 피를 말려서 끝장을 볼 작정이었다. 잔혹할 수도 있지만, 상계에서 살아남으려면 냉정해야 했다. 어설픈 인정은 반드시 후회로 돌아왔다.

"내 아들이 드디어 상인으로서 눈을 뜬 건가?"

"그렇다고 하기엔 상인이라기보단 무인이잖아요."

"상인이나 무인이나 잘하면 된 거지."

"그렇긴 합니다만."

구서진은 큰아들이 사람 구실만 해 줬으면 했었다. 그런데 상단에 큰 선물을 안겨 줬으니 더할 나위 없었다.

"다른 상단이 파고들 여지를 최대한 막아야 하네."

"빌미 자체를 제공하지 말라고, 신신당부해 놓았습니다."

화정상단만 경쟁한다고 보면 오산이다. 적금상단이 원만하게 화정상단을 흡수하도록 사천의 다른 상단이 내버려 두진 않을 터, 최대한 신속하게 이권을 확보해야 했다.

그러면서도 관용을 베푸는 척은 중요하다. 화정상단을 벼랑으로 몰더라도, 적금상단이 적극적으로 행사한 것으로 보이면 곤란했다. 이 바닥은 균형이 중요하다. 적의 숨통을 끊어 놓더라도, 의도는 최대한 숨겨야 오래 살 수 있다.

"그나저나 괜찮겠지?"

"상단을 위해서 많이 참으셨지요."

"나는 솔직히 서신을 본 후에 당장 뛰쳐나가는 줄 알았다고."

"제가 보기엔 그 서신으로 협박했을 것 같은데요. 그러다 뒤지게 맞았거나."

"……음해다!"

당황하는 걸 보니 정곡을 찔렀나 보군.

생각이 얼굴에 훤히 보이는데도, 소형 상단에서 중견 상단으로 발돋움한 걸 보면 신기했다.

'이게 다 저 같은 인재가 있어서 그런 겁니다.'

앞으로 잘하십시오.

천우는 대행수로부터 상단 일을 배웠다.

상단의 주요 업무는 생산, 품질, 영업, 유통, 판매 관리로 되어 있다. 각각의 업무마다 전문의 각주와 각원을 둔다.

그러나 대상단이 아닌 이상 보통은 명확하게 구분하기보다는 총괄적으로 관리했다. 혹여 인원이 빠지면 그 구멍을 메워야 하기 때문이다.

하!

기대가 컸던 만큼 대행수는 실망도 컸다.

상단 업무가 처음이니 그럴 수도 있었다. 다만, 화정상단을 함정에 빠뜨린 일련의 과정들이 처음에는 의문이었으나 지나고 나서 정교하게 맞아떨어지며 최상의 결과를 가져왔다.

후일을 염두에 두고 포석을 깔아 둘 정도의 두뇌라면 상단 업무도 무리 없이 소화하는 걸 넘어 능숙하게 잘할 줄 알았다.

"기대가 컸던 모양이군. 아쉽게도 난 상업에 관해서는 문외한이나 마찬가지다. 앞으로도 대행수가 세심하게 가르쳐야 할 거야."

"……그렇군요."

모르는 것치곤 지나치게 당당했다.

상단의 후계자가 주력 품목도 모르고, 어떻게 생산 판매가 이루어지는지 아무것도 몰랐다. 하나를 가르치면 셋 정도는 알기를 바랐는데, 배운 것만 알았다. 그런 데다 각 부서와 연계가 되면 처음부터 다시 시작해야 했다.

배움에 대한 성의는 나쁘지 않지만, 열의를 가지고 가르치기엔 수준이 떨어진다.

'게으르기라도 하면 빠질 구실이라도 있지.'

하루에 2시진은 꼭 업무를 배우라고 했더니, 정해진 시간을 꼬박꼬박 지키고 있었다. 배움에 있어서는 아주 근면 성실한데, 성적이 나오지 않는 경우였다.

'대체 방구석에 뭘 하신 겁니까?'

최소한의 지식은 바탕으로 깔고 가야 수업이 수월할 텐데, 자잘한 것까지 가르쳐야 하니 능률이 오르지 않았다.

설상가상으로 대공자는 배운 대로만 하셨다. 고지식함이 단단히 몸에 배어 있었다.

배운 대로 한 게 뭐가 나쁘냐고 할 수도 있으나, 상인에게 있어서 융통성은 그만큼 중요했다. 상황에 따라서 판단을 내려야 하는데, 배운 대로 하면 되겠는가. 더욱이 현실은 배운 대로 돌아가지도 않는다.

상계도.

무림도.

관도.

백성도.

전부 유착 관계가 되어 있어 정석대로만 공략해선 최선은커녕, 엄청난 손해와 적대 관계를 양산할 수 있었다. 잘 나가던 상단이 무림 또는 관과 척을 져 고꾸라지는 예가 수도 없이 많았다.

관행이 좋다고 할 순 없으나, 현실을 외면한다고 바뀌진 않는다.

일례로 물품을 팔고 거래 대금을 받는 걸 상정했더니.

"돈을 제때 지급하지 않으면 어찌해야 합니까?"

"정당한 사정이 없다면 죽여야지."

"사정이 있다면요?"

"사정을 만든 놈을 죽여야지."

"그 사정을 만든 놈에게도 사정이 있다면요?"

"당연히 전부 파악해서 죽인다."

왜 다 죽이는 걸로 결론이 나오냐고요?

그러나 부정하기도 힘든 게, 경우가 없는 것도 아니었다. 사정을 파악하고, 정당하지 않은 경우에만 죽인다고 했다.

사리 분별은 분명하지만, 예외가 존재하지 않는다.

"죽이고 나면 돈은 어떻게 합니까?"

"그것까진 생각해 본 적 없다."

차라리 잘못했다고 하면 이해라도 하지. 모르면 너무도 당당하게 모른다고 해 버린다. 그러면서도 본인은 지극히 당연한 태도였다.

"창고에 칠기 1개가 비면 어찌하실 요량입니까?"

"정당한 사유가 없다면 찾아내서 죽인다."

"고작 칠기 하나로요?"

"하나든, 백이든 죄는 곧 악이다. 악은 마땅히 소거해야 하는 법이다."

대행수는 절로 마른침을 삼켰다.

상인이라면 마땅히 지켜야 할 법도인 상도십계에서 물품을 탐내지 말라는 칠계가 있었다. 이를 법도까지 만들어서 지키도록 하는 연유는, 관행처럼 하나씩 빼먹는 경우가 있기 때문이다.

문제는, 대공자의 성향이 지나치게 극단적이라는 점이다. 지켜야 할 법도에서 어긋나는 행위를 용납하지 않았다.

그것이 작든, 크든.

"사람이 물건보다 소중하진 않습니다!"

"바늘 도둑이 소도둑이 된다고 했다. 그럴 바엔 미리 처리하는 편이 효과적이지."

소도둑이 되는지 어떻게 알아?

그걸 왜 대공자께서 판단하시는 겁니까?

게다가 사람 목숨을 가지고 효율성을 따지고 있었다. 이런 거 보면 또 상인 같기는 한데, 그건 피도 눈물도 없는 철혈의 상인이었다.

"대공자, 법도를 지키는 것도 중요하지만, 그보다 중요한 건 사람입니다. 상대의 마음까지 살 수 있어야 진정한 상인이 될 수 있습니다."

"음……. 생각보다 훨씬 어렵군."

뭐가 어려운데요!

그냥 좀 넘어가시면 안 되냐고요. 하나하나 이렇게 따지고 들면 대체 언제 진도를 빼냐고.

원래는 이런 걸로 시간을 잡아먹을 생각은 전혀 없었다.

그러나 이대로 대공자를 업무에 투입하면 어떤 사태를 불러올지 감당이 되지 않는다.

'내 발등 내가 찍을 수도!!'

후계자로 낙점받을 걸 확신한 후 대공자의 교육을 자처했다. 차라리 일을 못 하는 거면 다행이었다. 소속 상인들이 문제를 일으키면 대형 사고로 번질 수 있었다. 관행처럼 적당히 해 처먹었다고, 사망자가 늘어나면 감당하기 벅차다.

'대공자에겐 융통성이 필요해.'

한데, 가르친다고 되는 덕목이 아니다. 실전에서 수없이 겪어 보며 체득하는 것이 가장 빠르고 효과적이었다.

문제는 실전에서 사망자가 나올 수 있다는 점이다. 대공자는 절대 관행을 눈감아 주지 않을 테니까.

'평소에 무슨 짓을 하신 겁니까?'

사람이 극단적으로 변하려면 무언가 큰 변화가 있어야 하는데, 방구석 대공자께선 먹고, 자고, 싸시는 것 외엔 알려지지 않았다. 그런데도 고수가 된 걸 보면 자질은 타고났다고 봐야 했다.

'상인으로선 아니란 말이지!'

그렇다고 지키지 말라고, 관행부터 가르칠 수도 없는 노릇이 아닌가!

배운 대로 할 게 뻔한데, 누가 시켰냐고 하면 답은 뻔했다.

외총관의 성향상 독박은 당연지사. 말도 꺼내기 전에 장주님에게 일러바칠 위인이었다.

'잠깐, 예외 상황이 있으면?'

일전에 비무를 청했던 무인들도 바르다고 보긴 힘들다. 그들이 행한 죄도 있다고 들었다. 적백쌍놈하고 친한 것만 봐도 그들은 관행처럼 용납할 죄질이 아니다.

"전에 비무했던 벌레 같은 놈들은 살려 줬으면서 상인에겐 너무 가혹한 것 아닙니까?"

"걱정하지 말도록."

"예?"

"보름 후에 죽을 거다."

"그게 무슨?"

"비무 중에 내 의념을 집어넣었다. 깨달음을 얻어 초절정에 오른다면 살겠지만, 한 달 후에 죽도록 설정해 놨으니 대행수는 염려하지 않아도 된다."

"……?"

"물론, 살아도 다시 만난다면 죽일 거다."

"……?"

대공자, 대체 어떤 삶을 살아오신 겁니까?

이건 말 그대로 객사였다.

하물며 누가 죽인 줄도 모른 채 죽어야 했다. 듣는 사람도 섬뜩한데, 당하는 사람은 오죽할까? 죽어서도 자기가 왜 죽는지 모를 것 아닌가.

더욱이 다시 만나면 필즉사였다.

대행수는 하지 말라는 말이 목구멍 끝에 걸린 채 굳었다. 무심한 표정에선 일말의 죄책감이나 동정심 따윈 존재하지 않았다. 적이라 여기는 순간 사람이 아닌 미물로 보고 있었다.

'왜?'

하나도 이해가 되지 않는다.

누가 보면 참혹한 전쟁이라도 치른 줄 알겠다.

"그런 건 도대체 어디서 배운 겁니까?"

"배웠다기보다는 내가 만들어 낸 수법이다. 적을 일망타진할 때 아주 효과적이지."

괜히 물어봤다, 알고 싶지 않다고요!

대행수의 바람과 달리 천우는 나름 뿌듯해했다. 이는 인간의 귀소본능을 이용해 미끼를 풀어놓고, 위치를 추적, 몰아넣고 죽이는 수법이었다.

"상인에게 시간은 돈이라고 하지 않나. 그렇다면 이 수법을 상인들에게도 쓰면 돈을 떼먹힐 일은 없겠군."

"……아니, 그건!!"

왜 그런 쪽으로 융통성이 발휘되냐고요.

빌어먹게도 될 것 같았다.

당장 내일 죽는다고 하면 갚지 않고서는 배기지 못할 테니 말이다.

대행수는 깨달았다.

가르칠수록 첩첩산중, 오리무중이었다. 그렇다고 바로 투입하면 시산혈해다. 예전의 방구석 대공자였다면 깨지면서 배우라고 하겠으나, 지금 그랬다간 큰일 난다.

대행수는 일단 쉬기로 했다.

"일정이 빠른 것 같으니 당분간 숙소에서 복습하시면 됩니다."

"아직 나는 배가 고프다."

"밥 드세요."

"은유적인 표현이라 못 알아들었나 보군. 해석하면 배움에 목마르다는 뜻이다."

대행수는 알아들었지만, 못 알아들었다고 했다. 안다고

하면 계속 가르쳐야 하는데, 복장 터져서 죽을지도 모르겠다.

이래서 가르치는 사람도 휴가가 필요한 것이다.

'큰일 났네……'

어찌해야 할지 갈피를 못 잡겠다.

대공자는 원리원칙학살자였다. 이유 없이 아무나 사람을 죽이면 살인마가 되니 만류할 수 있지만, 원리원칙이 전제되니 하지 말라고 하기도 힘들다.

'후개를 아우로 둔 사람을 내가 어쩌자고?'

개방과 연이 있는 것도 놀라운데, 그날 개 맞듯이 두들겨 맞은 거지가 후개였다는 사실에 경악을 금치 못했다. 후개의 정체를 알고 나선 뒤가 걱정되었다.

개방이 가만히 있지 않을 줄 알았는데, 다음 날 대공자는 후개와 의형제를 맺었다. 그것도 아우가 아니라 형이란다. 관우의 나이가 형제 중 가장 많다고 하니, 이상하진 않다나.

개방의 후개가 무엇이 아쉬워서 대공자와 의형제를 맺고, 아우를 자처한단 말인가. 도무지 이해하기 힘들긴 하지만, 그간의 사건들도 상식적이진 않았다. 대공자와 연관된 모든 상황이 파격 그 자체였다.

"이만하면 아주 훌륭합니다. 10년 후에는 업무를 볼 수 있을 겁니다."

"너무 느린데."

"대공자께선 후계자십니다. 모든 업무를 차근차근 총체적으로 배워야 하는데 다른 이들과 같을 수 있겠습니까?"

"일리가 있군."

대행수는 시일을 무조건 늦췄다. 투입하는 순간 욕먹을 각오를 해야 했다. 그럴 바엔 최대한 천천히 하나하나 전부 가르칠 수밖에 없다. 융통성이 없다면, 모든 상황에 맞추어서 가르쳐야 한다. 그래야 피해를 최소한으로 줄일 수 있었다.

'일복이 터졌구나!'

대행수는 급히 자리를 벗어났다. 반 시진만으로도 진이 빠지는 수업이었다. 2시진으로 못을 박는 바람에 속이 썩어 문드러지고 있었다.

"사람이라……."

천우는 최단의 멸악패도를 위해 효율성을 극도로 중시했었다. 사람의 가치는 고려하지 않았다. 그가 악을 행했는지가 먼저였다. 백번의 선행을 해도, 한 번의 악행을 했다면 소거했다.

무엇보다 사람은 고쳐 쓴다고 바뀌지 않는다. 만의 하나가 있기는 하나, 시간이 많이 들었다.

"선화가 있었다면 다르려나?"

멸악패도라고 해서 무조건 죽이진 않는다. 반드시 명확한 근거가 있어야 했다. 이러한 증거와 근거를 만드는 역할을 그녀가 해 왔었다.

물론, 그녀조차 이해되지 않은 예도 있었다. 아직 아무것도 하지 않았는데도 죽임을 당하는 자들이었다.

 "전생을 잘 살았어야지."

 같은 일의 반복일 수도 있으나, 전생이 후생에 영향을 미치는 건 불교의 윤회와 마찬가지였다. 이런 윤회의 고리마저 끊어 내기 위해서 소멸의 권능을 연구했었다.

 "거의 완성 단계에 도달했었는데……."

 1회차가 부족했던 안타까운 현실이었다. 그 정도의 지극정성이면 들어줄 법도 하거늘.

 다음 날.

 "……도련님이 이 시간에 어째서?"

 "형님, 수업 중이시지 않았습니까?"

 복습이라고 해 봤자 기본 업무의 재탕에 지나지 않았다. 배우는 시간에만 최선을 다하면 되었다. 기간이 10년이라고 했으니, 차분히 익히기로 했다. 따지고 보면 4만 년을 한결같았던 천우에게 10년은 촌음이나 다름이 없었다.

 대행수의 자율학습 권고로 천수와 가복에게 불똥이 튀었다.

 수련을 빼먹지는 않았지만, 천우가 있고 없고의 차이는 컸다. 자로 잰 듯 원하는 그림을 만들어 내지 못했을 때 피를 말리는 지옥이 된다.

 가복이야 상행을 통해 선행 학습이 되었다 쳐도, 천수에겐 여전히 벅찬 수련이었다. 적응이 됐다 싶으면 귀신처럼 다음 단계로 넘어가니 영원히 익숙해지지 않을 악의 고리였다.

'괜히 학자를 하겠다고 했나?'

후회되었지만, 단련은 되었다. 형님이 동생을 혹사시킬 분도 아니고.

또한, 문무 겸비에 혹한 것도 사실이었다. 백면서생인 줄 알았는데, 의외의 반전 매력을 보이고 싶었다. 사내라면 한 번쯤 꿈꾸는 낭만이었다.

그런데 현실은 마냥 낭만적이지 않았다.

'형님한테 꼼수는 통하지 않는구나.'

과연 형님은 대단했다.

수련을 빼기는 불가능했기에 천수는 형님을 바쁘게 할 요량이었다. 상단의 업무를 본격적으로 하게 된다면 자신을 가르칠 시간이 부족할 테니 말이다.

"네가 뭘 걱정하는지 안다. 내가 더 노력할 테니, 너는 좋아하는 공부와 무공에만 전념하도록 해라."

"공부만 하면 안 될까요?"

"나를 대작으로 이긴다면 얼마든지. 도전하겠느냐?"

"……문무를 겸비하겠습니다!"

술에 관해서는 일가견이 있다고 자부했던 천수지만, 최근 형님과의 대작은 전패였다. 형님은 못 본 사이에 주신(酒神)이 되어 있었다.

이상하긴 했다.

주량은 한순간에 늘지 않는다.

'아! 그동안 져 주셨군요.'

천수는 형님의 주사를 기억하고 있었다. 취하지 않고서는 나오지 않을 꼴사나운 엉망진창이었다. 그것이 전부 동생의 자존심을 지켜 주려던 연기였다니, 순간 감격의 파도가 밀물처럼 밀려왔다.

그건 그거고.

'너무 힘듭니다!'

문무 겸비가 어째서 학자의 꿈이 되었는지 이해가 되었다. 하나만 파기도 힘든 현실, 둘이나 재능을 주진 않는다. 두 가지를 잘하려고 하다, 하나도 못 하는 실패자가 수두룩했다. 이 세상에서 가장 잔혹한 결과가 어중간하게 잘하는 거다.

'시간을 뺄 방도가 어디 또 없나?'

대행수의 줄행랑으로 차질이 빚어지면서 훈련 강도는 배가되었다. 피곤해서 학업을 병행하기가 힘들다는 핑계는 불가능했다. 형님의 추궁과혈을 받고 나면 개운함 그 자체였다.

다른 방도를 궁리할 때쯤, 외총관이 안채로 찾아왔다.

천우가 외총관을 맞으며 물었다.

"무슨 일입니까?"

"여태까지 분점의 재정 담당이 천수라서 말이야. 보름

정도는 내가 관리해도 별 탈은 없었지만, 품목의 수량도 조절해야 하고 여러모로 사정이 있어서, 어떻게 안 될까?"

재정 관리는 사실 확실하게 믿는 사람에게만 맡길 수밖에 없다. 품목에서 관행처럼 빼먹는 거야 어쩔 수 없다 쳐도, 거래 대금과 같은 자금은 다른 문제였다.

그 일을 분점에선 천수가 도맡아서 하고 있었다. 사람을 구해야 하지만, 실력은 된다 해도 신뢰를 쌓는 데는 시간이 걸렸다.

그런 데다 최근 천우의 활약으로 분점으로 문의가 넘쳐나고 있었다. 외총관의 가장 큰 임무는 접대였다. 관계를 맺고, 활로를 개척하는 일로도 힘들다.

나이가 들수록 자기가 맡은 일만 하기도 벅차기도 하고. 천수가 내총관의 업무를 맡아 주면서 분점이 원활하게 돌아갔었다.

예전의 천우였다면 허락을 구하진 않을 테지만, 후개를 동생으로 둔 걸 알고부터는 함부로 대하긴 껄끄럽다.

"그렇다면 천수의 의견을 묻는 게 먼저입니다."
"천수만 허락하면 된다는 거지?"
"저는 내뱉은 말을 지킬 뿐, 강요는 하지 않습니다."
"······그렇겠지."

그게 대체 무슨 말이야?

자기가 한 말을 지키겠다면, 남의 의사는 중요하지 않은 게 된다. 어떻게 두 가지가 공존할 수 있다는 건지, 알다가도 모르겠다.

어쨌든 허락은 구했으니 외총관은 넌지시 의향을 물었다.

"최대한 빨리 사람을 구할 테니, 그동안만 분점을 위해서 힘을 써 줄 수 있겠느냐?"

"문무를 겸비하려면 1시진조차 할애하기가 쉽지 않습니다."

학업과 무공을 병행하기도 힘들어 죽겠는데, 천수는 잠자는 시간마저 빼앗기고 싶지 않았다. 그렇다고 매몰차게 거절할 수는 없기에 시간을 언급했다. 훈련을 빼 주면 한번 고려는 해 보겠다는 이중적 의사를 표현한 것이다.

'녀석 참, 이러면 천생 상인인데.'

외총관은 천수의 의도를 읽자 아쉬운 감정이 들었다. 상재로만 놓고 보면 3명의 조카 중 가장 뛰어났다. 천우가 큰일을 해냈지만, 상재로 보기엔 무리가 있었다.

'대행수가 학을 떼던데.'

하소연을 들어 보니 충분히 그럴 만했다. 천우는 상인이라기보단, 무인에 가까웠다. 은혜는 원금으로 갚고, 원수는 10배로 돌려주는 당문과 비슷했다.

"천우야, 사정을 좀 봐주지 않겠느냐?"

"1시진이면 되는 겁니까?"

"아무렴, 더는 바라지 않아."

"그렇다면 알겠습니다."

외총관은 2시진 같은 1시진처럼 천수를 대하겠다고 마음먹었다. 천수도 나쁘지 않다고 봤다. 덩달아 가복도 셈을 좀 한다는 눈빛을 보냈으나 씨알도 먹히지 않았다.

수련 도중 외총관과 천수가 빠지자, 가복은 항변했다. 무공 입문 선배로서 둘째 도련님을 대할 때의 우월감이라도 있어야 할 맛이 나지, 독박은 사양하고 싶었다.

"도련님, 저도 선택의 기회를 주셔야지요!"

"오늘부터 피하는 방도를 가르쳐 주마. 배우지 않겠다면 체력 훈련을 3배로 늘리겠다. 선택해라."

양자택일도 선택은 선택이었다. 다만, 뒤를 돌아볼 수 없는 극단적인 선택이긴 했다. 자기가 한 말은 반드시 지키겠다는 천우의 의념이 공간을 장악하고 있었다.

"아니 그게 무슨 선택입니까?"

"세 번째도 있다."

"그럼 세 번째로 하겠습니다!"

"둘 다 병행하는 거다."

가복은 급히 첫 번째를 선택했다. 양자택일이고, 자시고 종복에게 선택의 기회 따윈 애초에 없었다. 이런 신분을 던져 준 부모를 원망했다. 버릴 거면 좀 좋은 데다 버릴 것이지, 라고 하기엔 구가장이면 성공한 인생이었다. 이보다 못한 처지가 비일비재하기에 은혜가 과분하다.

"남아일언 중천금이겠지?"

"그렇습니다요!"

네 번째도 있었다고 한다면 도련님의 주둥이를 쳐 버렸을 거다. 마음만 그렇다는 거고, 당연히 불가능했다. 도련님의 강함은 수련할수록 스승의 은혜처럼 높아만 갔다.

궁금한 것도 있고.

내외공이 늘어 갈수록 도약만세가 아닌 다른 것도 배워보고 싶었다. 분량과 강도만 늘어나니, 언제까지 해야 할지 답답했었다. 공격기가 아닌 회피기라 마음엔 안 들지만, 어쩌겠나. 도련님이 까라면 까야지.

가복은 도련님보다 강해지는 후일을 도모하기로 했다. 그때는 1방 정도는, 아니 10방, 100방은 괜찮겠죠?

"회피 기술이라면 우선 보법이겠죠?"

"훌륭하군. 피해 봐라."

"예?"

"배운 대로 하면 된다."

뭘 배웠는데?

그 말이 목구멍을 지나 소리로 전달이 되기도 전 가복은 번갯불이 보였다.

크아아악!

의식이 끊어졌다 돌아오자, 영혼을 강타한 고통이 밀려왔다. 이제까지의 고통과는 비교가 되지 않는다.

퍽!

부르르르!

벼락에 맞으면 이런 느낌일까? 맞아 본 사람을 본 적이 없으니 단언하긴 어렵지만, 비슷하긴 할 것 같다.

크아아아악!

비명은 꼭 한 호흡을 쉬고 터져 나왔다. 몸이 벼락을 맞고 정지가 되었는지, 비명은 후발 주자였다.

퍽.

부르르르!

크아아악!

맞고, 정지하고, 비명 지르고.

일정한 반복이 계속되자, 묘한 광경이 연출되었다. 그렇다고 익숙해지진 않았다. 맞을수록 더 아픈, 감당하기 벅찬 고통이 밀려왔다. 이대로 계속 맞으면 죽을 수도 있을 것 같았다.

"……이게 무슨 회피 훈련입니까?"

"대꾸할 여력이 있을 줄은 몰랐군, 훌륭하다."

"……애초에 들어 줄 생각이 없었구나!"

"속도를 높이겠다."

"……이 악마!"

교육은 반복을 통해 완성된다고 했다. 일례로 사람은 기억을 보존하지 못한 채 흐릿해지다 지워진다. 잊지 않는 가장 효과적인 계도가 육체 각인이었다. 기억은 사라져도, 몸은 기억할 테니 위기 상황이 올수록 깨닫게 될 것이다.

그걸 증명하듯.

반복하면서도 조금씩 타점이 빗나가고 있었다. 일정 속

도, 궤적을 유지하고 있는 천우였다.

"호흡은 유지해라."

"……그걸 말이라고…… 커헙!"

주변에서 보기엔 일방적인 구타처럼 보이겠으나, 천우는 개복의 한계를 정확히 알고 있었다. 한계를 넘지 않는 타격을 통해 자생적인 회피력을 늘린다. 물론, 피하는 방식도 정해진 형식을 벗어나지 못하도록 강제했다.

"오른발 보폭을 1촌 줄이도록."

"……이런 씨발!"

말이 쉽지, 처맞고 있는데 그런 게 되냐고? 조금이라도 고통을 억제하기 위한 필사적인 몸부림이었다.

되겠냐고?

……되잖아.

망할.

같은 시각, 천수도 그리 편하진 않았다. 옆에서 보조하는 각원들이 이상하게 쳐다보고 있었다.

"이공자, 왜 그러십니까?"

"이게 편해서."

천수는 수를 셈할 때마다 앉았다 일어섰다를 반복하고 있었다. 몸이 가만히 있으면 불편했다. 게다가 완전히 앉지도 않았다. 옆에서 보는 사람이 더 불편해졌다.

'형님의 훈련은 끝나지 않았어!'

학업, 무공, 상단까지 천수는 일복이 터졌다는 걸 깨달았다. 1시진을 빼려다가 2시진처럼 일하게 생겼다.

탁중일은 아들에게 모든 죄를 뒤집어씌워서 상단의 피해를 최소화하는 데 전력을 다했다.
"그게 대체 무슨 소리야? 다시 말해 봐."
"적극적으로 발을 빼던 무인들이 죽었습니다."
"그래서?"
"우릴 의심하고 있습니다."
묵성객, 천수검, 번천장을 비롯해 화정상단에 강력히 항의했던 무인들이 객사했다. 사인은 명확하지 않았다. 갑작스러운 객사로 시일이 흐르면서 원인 규명이 어려웠고, 독은 쓴 흔적은 더욱 없었다.
사람이 갑자기 죽을 수도 있기에 자연사로 보일 수도 있겠으나, 상황이 공교로웠다.
적백쌍협이 추악한 위선자로 밝혀진 상황에서 그들은 화정상단을 압박했었다. 누가 봐도 도둑이 제 발 저린 격이긴 하나, 화정상단에겐 최악이 되었다. 화정상단이 손을 쓰지 않았다고 해도 의심하지 않을 수 없는 연유였다.
그런 데다 단전을 잃은 무인들을 챙기지 않고 버렸다고 알려졌다.
"적금상단이 손을 쓸 때까지 대체 뭘 한 거야?"
"……송구합니다, 미처 알아보지 못했습니다!"

화정상단의 평판이 나날이 곤두박질쳤다. 적금상단에 씌운 누명이야 실수였다고 쳐도, 자기 식구를 챙기지 않은 건 타격이 컸다. 아들을 버리고서도 상황이 나아지기는커녕 악화하자, 탁중일은 머리를 싸매야 했다.

'젠장, 어디서부터 잘못된 거지?'

처음은 아들의 실수였지만, 수습하는 동안에도 나아질 기미가 보이지 않았다. 이대로라면 상단은 회생하기 힘들었다. 이럴 줄 알았으면 적금상단에 일정한 배상을 하는 편이 나았을 것이다.

'이러면 어쩔 수 없나?'

맡겨 달라고 했던 일이 허사로 돌아가 버렸다. 거기서 끝나면 모르겠지만, 상단마저 날아갈 판이다. 그렇다고 모든 걸 도와 달라고 했다면 무능을 인정하는 꼴이었다. 최대한 거리를 둘 필요성도 있었고.

'내 이 굴욕을 반드시 되갚아 주겠다!'

아들의 무능을 탓하지만, 돌아가는 모양새는 그 아들에 그 아비로서 부전자전이었다.

후개가 찾아왔다.

그동안 적백쌍협의 죄에 대한 증거를 찾고, 세간에 정보를 흘렸다. 개방의 방대한 정보력을 이용했기에 어렵지 않은 사안이나, 후개가 직접 나서야 할 만큼 중대사인지는 의문이었다.

개방이 협을 지향한다지만, 적금상단과 모종의 합의가 이루어졌다는 시선을 지우지 못했다. 이에 대한 합당한 명분을 만드는 데 시간이 걸렸다.

다행이라면 적백쌍협이 저지른 죄가 한둘이 아닌 데다가 간 큰 짓도 꽤 많이 했다는 것이다. 적백쌍협을 예전부터 조사했다고 하니 의혹은 크지 않았다.

"곧장 사황성으로 갈 줄 알았는데, 제법 인내심이 깊군."

"동생을 찾길 간절히 소망하지만, 그 정도로 생각이 없진 않습니다."

그렇다고 하기엔 전회차의 증거가 차고 넘친다. 그 시절 한발 늦는 바람에 협개는 사황성에 사로잡혀 고초를 겪어야 했다. 분별이 있는 작금의 결단은 색달랐다.

'철이 든 건가?'

어리석은 선택을 하지 않아 다행이었다. 만약 사황성으로 향했다면 현재의 무위로는 후개를 구하지 못한다. 힘이 없는 패도는 무모함이었다. 천우는 언제나 완성된 강함을 근거로 멸악패도를 휘둘렀었다.

"그런데 여긴 왜 온 거지?"

"도와주십시오."

"지금은 무리다."

"저도 압니다. 기회를 만들어 볼 테니 도와 달라는 겁니다."

"의외군."

"저를 대체 어떻게 보고 그런 말씀을 하는 겁니까?"
"막무가내."
 감언이설 따윈 철저히 배제한 직언에 철산은 입맛이 썼다. 부정하려고 했지만, 감히 거짓을 고할 담력이 없었다. 이상하게도 형님 앞에서는 철담은커녕 이실직고만 했다.
"솔직히 저나 형님이나 지금으로선 뾰족한 수가 없습니다. 간다고 해도 사황성의 외성조차 넘지 못할 겁니다."
"안다니 다행이군."
"하지만 후일은 다르지 않습니까? 특히 형님은요."
"현명해졌군."
"제가 어디 가서 자랑 같은 건 하지 않는 겸손한 거지로 불리지만, 신분은 후갭니다. 개방에서 멍청한 놈을 후계자로 두겠습니까?"
 철산이 동생을 곧바로 찾아가지 않은 것은 혈무대기 때문이다. 지금으로선 어찌하여 혈무대주가 되었는지 알지 못한다. 사황성주 직속의 살수대주가 개방 후계자의 동생이라면 문제가 될 소지가 컸다.
 개방의 정보력을 이용해서 혈무대를 조사하지 못하는 것도 그러한 연유 때문이다. 자칫 방 내에서 이상한 소문이 흐를 수 있었다. 결국, 정당한 명분이 있어도 혼자서 조사할 수밖에 없다.
 조사를 마친 후에도 방이나 사부님의 도움을 받기도 힘들다. 다른 문파나 세가에서 아는 것도 문제가 될 테고, 특히 사황성에서 이 사실을 알면 최악이었다.

"네가 동생을 만나도 해결되진 않아. 만나는 순간 네 동생에게 죽을 거다."

"제가 형이란 걸 밝히면 되는 것 아닙니까?"

"섭혼술에 잠식된 데다가 고독을 품고 있는데도."

"빠득! 진짭니까?"

"그러니 당분간은 안심해도 된다."

혈무대는 사황성에서 공을 들여 만든 최강의 살인 도구였다. 소모품처럼 간단히 버리진 않을 테니, 시간이 부족하진 않았다.

혈무대에 걸린 섭혼술은 사황성주의 독문 사공인 사령마안이었다. 설령 구한다고 해도 시전자가 아니면 사술을 풀기 어려운 데다, 사령마고와 연동되어 세뇌를 풀려고 하면 대상을 죽이도록 설계되었다.

그만큼 사령마안은 막대한 심력을 쏟아야 하며, 사령마고를 길러 내는 데도 적지 않은 노력과 자금이 들어갔다. 그렇게 만들어진 혈무대를 단순 소모품으로 쓰기엔 아까웠다.

"제 동생이면 형님의 동생이기도 합니다. 남 일처럼 태평하게 말씀하시면 서운합니다."

"방도를 알려 주마."

"제가 언제 또 서운했다고 하십니까? 저는 형님을 믿고 있었습니다."

"시답지 않은 사과는 하지 마. 내가 호명하는 인재를 찾아 네 직속의 조직을 만들어."

방의 허락도 없이 사조직을 만드는 건 규율에 어긋났다. 만든다고 해도 반드시 보고해야 한다. 게다가 조직으로 키우려면 적지 않은 자금이 필요했다. 자신이 비록 후개긴 해도, 그래 봤자 거지였다.

"설령 인재를 모은다고 해도 혈무대를 상대하려면 시간이 얼마나 걸릴지 장담하기 힘듭니다."

"시간은 보도와 영약이면 충분해."

"보도와 영약이 어디 하늘에서 뚝 떨어진답니까?"

"운룡산 동쪽 끝자락으로 가다 보면 벼랑이 나온다. 1년 내내 운무로 뒤덮여 있지만 무시하고 뛰어내려라. 5장을 내려가다 보면 돌 턱이 나오고, 그 앞에 동굴이 있다."

"그런데요?"

"파천무제의 무덤이다."

"……?"

방금 뭐라고 한 거야?

파천무제라면 500년 전 최강의 무인으로 꼽히는 자다. 현재까지도 그가 남겨 놓은 비급을 찾는 이들이 있을 정도다.

물론, 500년이 흐르는 동안 무공은 발전을 거듭하여 과거와 비교할 수는 없겠으나. 파천무제의 천주파천신공이라면 중원에 피바람을 일으키고도 남을 파급력이 있었다.

신공이 왜 신공이겠는가, 그 연원을 배우고 익혀서 발전시킬 가능성이 무궁무진하기 때문이다.

"형님, 대체 절 뭘 믿고 그런 엄청난 사실을 알려 주는 겁니까?"

"너는 믿을 만하다."

울컥!

젠장, 눈물 날 것 같네.

철산은 살면서 사부님에게조차 이런 전폭적인 무한 신뢰를 받아 보지 못했다.

그런저런 삼류무공도 아니고, 희대의 절세신공이었다. 영약마저도 스스럼없이 양도하는 형님의 담대함에 감탄했다.

"형님, 충성을 바치겠습니다!"

"받아 주마."

천우는 겸양을 떨지 않았다.

100회차의 충신을 믿지 못하면 세상에 믿을 사람이 어디 있겠는가. 게다가 직접 개입하기엔 무명이 걸렸다. 그렇다면 믿을 만한 인물을 내세우면 된다.

물론, 무명의 말을 순순히 따를 마음은 없다. 패황은 거침없는 패도를 따른다. 판단이 보류되었을 뿐, 무명이 악이라면 주저하지 않는다.

멸악패도에 인정은 없다.

천우는 무공의 연원을 숨기지 않았다.

"파황의 무공은 나의 모태다. 하나, 과거의 유산일 뿐, 발전하지 못한 무공은 기반에 불과하다. 기반을 활용한다고 해도 문제는 되지 않으나, 굳이 그럴 필요는 없다. 너는 이대로 개방의 극의를 깨달으면 된다."

"남의 떡보다 제 떡이 크다는 거군요!"

"찰떡같이 알아듣는군."

파천무제의 무공은 신공으로 불릴 만하다. 그러나 개방의 극상승 무공보다 뛰어나냐고 묻는다면 아니었다. 어느 무공이 낫다고 하기보다는, 얼마나 완성도를 높였느냐가 판가름의 잣대였다.

"그렇군요, 제가 잠깐 욕심이 났었나 봅니다. 지금처럼만 한다면 저도 벽을 넘……. 응?"

지금처럼?

형님에게 개처럼 두들겨 맞았다. 의식을 잃었다고 끝나지도 않는다. 꿈에서까지 따라와서 악몽을 만들어 주었다.

"언제까지 해야 하는 겁니까?"

"원한다면 얼마든지 줄여 줄 수 있다."

"……아닙니다."

그랬다간 심신이 남아나지 않으리란 경고가 뇌리를 강하게 후려쳤다. 지금도 발전하는 속도가 무서울 지경이다. 가로막혔던 벽을 부수는 것을 넘어 그다음 경지를 바라보고 있었다.

'그러니까 더 모르겠다니까요!'

철산은 무작정 대공자를 형님으로 모시지 않았다. 방으로 돌아간 후, 형님의 일대기를 전부 조사했었다.

-방구석 대공자.

열여덟 살이란 것도 놀랍지만, 인생의 굴곡이 하나도 없다. 길다고 할 순 없어도, 아주 사소한 것이라도 있어야 할텐데. 갓 태어난 아기보다 한적한 순백의 자료에 혀를 내둘렀다.

사실이라면 진짜 아무것도 하지 않고 먹고, 싸고, 자고의 연속이었다. 이게 짐승인지, 사람인지 의심이 들었지만, 형님의 무위는 자신보다 높았다.

"형님, 하나만 물어봅시다."

"말해라."

"무공은 숨겼다 치고, 이 일련의 사태와 정보는 어디서 얻은 겁니까?"

"네가 관여할 일이 아니다."

회차의 반복과 무명에 관해서는 얘기하지 않는다. 어떤 변수를 초래할지 알 수 없는 데다가 봉팔이가 감당할 수 있는 내용이 아니었다.

후일, 멸악패도의 집행자로서 각성한다면 모를까.

무엇보다 지금은 수신제가로서 만족했다. 나뿐만 아니라, 목숨으로 따랐던 수하들의 수신제가도 중요하다.

철산도 더는 묻지 않았다. 갚기 어려운 은혜를 입었다. 지금 당장 목숨을 주어도 아깝지 않았다.

천우는 준 만큼, 그 이상으로 당연하게 요구했다.

"화정상단과 그 배후에 대해서 알아보도록 해."

"배후가 있다는 겁니까?"

"없으면 말고."

사실 화정상단에 배후가 있든, 없든 중요하진 않았다. 잡것들이 편을 먹어 봤자 잡동사니에 불과했다. 전회차가 아닌 것에 잡것들은 감사해야 했다.

"이렇게 보면 또 인간적이긴 한데, 어느 모습이 진짜인지 모르겠습니다."

"인재를 찾는 방식을 적어 줄 테니, 가능한 한 그대로 하도록."

100회차를 통해 완성된 맞춤 인맥 전략이었다. 봉팔과 오인방이란 결과물이 버젓이 존재했다. 오인방의 일거수일투족을 조사하여 빠져나갈 구멍을 차단해 버렸었다.

'완벽한 낚시잖아.'

그럼 나는?

철산은 뭔가 속은 느낌이 들었다.

대행수는 밤중에 은밀히 외총관을 찾았다.

대공자의 교육에 관해서 할 말이 있었다. 열과 성을 다해 가르치고는 있지만, 후일 혹독한 책임을 져야 할 바엔 자진

납세하는 편이 나았다.

"도대체 얼마나 심각하기에 그러는 게야?"

"지나치게 완곡합니다. 융통성이라고는 눈을 씻고 찾아 봐도 없습니다. 아시지 않습니까?"

"그렇긴 하지."

물론 대놓고 하다 걸리면 엄히 벌한다. 문제는 사소한 부분에 있어서다. 암묵적으로 일정 부분 허용해 주고 있었다. 전부 잡으려다가 초가삼간을 태우는 예가 적지 않았다.

"하면 어쩌자고?"

"융통성은 가르친다고 되지 않습니다. 그럴 바엔 거래에 참여시키는 게 어떻습니까? 대공자에 대한 소문을 듣고 찾아온 사람도 있고 하니 말입니다."

"상단의 얼굴로 쓰자고?"

"그나마 우리로서도 통제하기가 수월하지 않겠습니까?"

"우리라니?"

"우리 사이에 이러지 맙시다!"

"어허! 나는 자네의 부탁을 들어줬을 뿐이야. 대행수로서 맡은 일에는 책임을 다해야지."

그럼, 그렇지.

예상했던 바다.

대행수는 들끓는 심화를 가라앉히고, 책임을 지겠다고 했다. 그러나 분점의 거래는 외총관이 도맡아 하고 있었다. 실패한다면 책임에서 완전히 자유롭진 않다.

"기본적인 내용을 숙지시키고, 응접실에 데리고 가시죠. 외총관님의 능수능란한 화술을 지켜본다면 대공자도 깨치는 바가 있을 겁니다."

"하긴, 보는 것만으로도 도움이 될 테고. 더할 나위 없이 훌륭한 가르침이로군."

잘하면 내 탓, 못하면 네 탓의 정석이었다.

본인 얼굴에 금칠하는 자치고 제대로 된 인간이 없다고 하나, 대행수는 외총관의 화술 하나만큼은 인정하고 있었다. 재수 없기는 해도 잘하긴 했다.

천우는 응접실에서 외총관과 함께 손님을 맞았다. 상단의 적자로서 손님을 직접 맞는 것이 이상하진 않았다. 되레 정중히 예의를 차린 것이다.

천우는 나서지 않았다.

거래는 외총관이 주도했고, 비교적 괜찮은 성과를 올렸다. 하나, 모든 거래가 성공적이었다고 하기엔 실패도 있었다. 원인은 사천성이 아닌 섬서성이기 때문이다.

안마당과 밖의 차이였다.

상대의 의중을 파악하려면 먼저 정보를 수집해야 했다. 사천과 달리 섬서에선 정보의 수집이 여의찮았다. 다른 상단이 안마당에서 세력을 넓히기를 바라지도 않을 테고.

정보의 부재와 장안 상단의 방해로 인한 실패 외에도 사기를 치는 자들이 꽤 있었다. 이를 온전히 걸러 내기란 쉽지 않았다.

그렇다고 뒤를 조사하는 듯한 발언을 했다간 장안에서의 평판이 나빠질 수 있었다. 성공적인 거래를 위해선 화술도 중요하지만, 상대를 정확히 통찰할 안목이 반드시 필요하다.

"우리 조카, 이 숙부의 접대 솜씨가 어떠하더냐?"

"부족합니다."

"그래, 대단해 보일…… 뭐?"

"쭉정이가 있더군요."

숙부의 위대함을 몸소 보여 주려고 했던 외총관은 천우의 직설적인 발언에 울컥했다. 근래에 달라진 모습을 보였다곤 해도, 겸손함이라고는 찾아볼 수가 없는 발칙한 발언이었다.

'우리 조카지만, 좀 건방지구나!'

무인과 상인은 엄연히 분야가 다르다. 더욱이 사람을 대접하는 일은 경험과 연륜이 없이는 성사가 어렵다. 옆에서 보기만 해선 그 어려움을 다 알 수 없다. 직접 해 봐야 얼마나 어려운지 알 수 있었다.

"그리 잘 알면 기회를 주는 것도 숙부의 도리, 해 볼 자신이 있느냐?"

"목표를 정해 주면 해 보겠습니다."

천우의 대수롭지 않은 호언장담에 외총관은 헛웃음이 나오려는 걸 간신히 참았다. 자신감의 근원이 젊음의 패기보다는 객기에 가까웠다. 현실의 높은 벽에 좌절을 해 봐야 고쳐질 듯싶다.

"나는 개입하지 않을 테니, 마음껏 해 보거라. 대신, 실패한다면 책임이 따를 거다."

"당연합니다."

외총관은 다음이 누군지 확인하자 망설여졌다. 상단이 아니라 무문이었다. 더욱이 태룡방은 장안오문에 속하는 문파로서 적지 않은 영향력을 행사했다.

'괜찮으려나?'

무인의 성정이 걱정되긴 하지만, 이렇게까지 판을 깐 이상 물리기엔 모양이 빠졌다. 천우도 더는 방구석 대공자가 아니기도 하고, 무인 간에 통하는 면이 있을 수도 있었다.

상단의 후계자로서 실패를 통해서라도 겸손을 배운다면 손해가 아닌 이득이었다. 실제로 문파와의 거래는 주기적이기보다는 단발성이라, 실패해도 타격이 크진 않다. 다만, 영향력이 있는 문파와 거래가 성사된다면 상단의 이름을 알리는 효과가 있었다.

태룡방의 총관이 찾아왔다.

상단과 문파의 관계는 같은 규모라고 봤을 때 동등하진 않았다. 무인은 상인을 얕잡아 보는 경향이 있었다. 물론, 상계를 주름잡는 대상단과 태룡방을 비교한다면 한 수 접어줘야 한다. 그럼에도 저변에 깔린 무인의 기조는 대동소이했다.

태룡방에서 총관을 보냈다면 나름 신경을 썼다고 볼 수 있었다.

"소단주 구천우입니다."

"진종산일세."

상대가 총관인 만큼 구천우의 직위를 임시로 소단주로 올렸다. 대공자란 신분은 상단에서만 통용되지, 태룡방이 인정해 줄 리 만무했다.

"용무를 말씀해 주십시오?"

"두 달 후에 있을 방주님의 생신 연회를 대비해서 방 내의 가구를 바꾸려고 하네."

태룡방은 오래된 가구를 치우고, 새 가구를 들이기로 했다. 이는 방주님의 결정이 아닌, 대모님이 주도한 일이다. 적금상단의 최상품 칠기를 공급해 주기를 바랐다.

품목과 수량을 계산했다.

"총 300냥입니다."

천우가 제시한 가격에 외총관과 대행수는 헛웃음이 새어 나오는 걸 간신히 참았다.

'아직 모르는구나.'

'너무 정직해.'

정해진 가격에서 한 푼도 깎지 않았다. 이대로 팔면 당연히 상단에는 이득이다. 그러나 상대는 태룡방의 총관이었다. 물건 가격을 알아보고 왔을 테고, 200냥까지는 깎을 것이다. 그 안에서 흥정을 통해 250냥 정도로 팔면 손해는 보지 않는다.

거래의 기본인 흥정조차 하지 않고 정가를 불렀으니, 상대가 순순히 허락할 리 만무했다.

"알겠네."

그래, 거절할 줄 알았…… 응?

진 총관이 화를 내기는커녕 수긍하자, 외총관과 대행수는 혀를 차려다 깨물 뻔했다.

'알겠다고?'

'어째서?'

이딴 성의 없는 거래가 된다고?

총관이 아니라 호군가?

외총관과 대행수는 눈알이 튀어나오는 줄 알았다. 실패를 통해 배우긴커녕 한 번에 성공해 버렸다. 이렇게 될 줄은 몰랐는지, 무의식적으로 반문하고 말았다.

"받아들인다고요?"

"……그렇소만."

당황하기는 진 총관도 매한가지였다.

소문의 주인공인 대공자를 살펴보고, 괜찮다면 연을 맺기 위해서 찾아오기는 했으나. 흥정도 해 보지 않고 거래를 수락할 줄은. 귀신에 홀린 기분이었다. 사전에 거래를 위해 최대 비용도 산정해 놓았었다. 그 비용이 300냥이었고, 50냥은 깎을 자신이 있었다.

그렇다고 이제 와 안 된다고 하기에는 가격을 후려친 것도 아니었다. 정해진 가격대로만 받겠다니, 진 총관으로선 낙장불입이 되고 말았다.

"작성한 문서에 직인을 찍으면 됩니다."

한숨이 나왔지만, 진 총관은 포기하고 문서에 날인했다. 시시비비를 가리기엔 너무 늦고 말았다. 세간에 사술을 쓴다는 유언비어가 근거가 없진 않았다. 뭔지 모르지만, 사람을 홀리는 재주가 있었다.

'대단하군.'

이런 식이라면, 천생 상인이었다.

천우는 인사를 건넸다.

"칠기는 본점에서 들어오는 대로 보내 드리겠습니다. 좋은 거래였습니다."

"나도 그렇네."

"끝났습니다. 가시면 됩니다."

"가 보겠네."

마치 시키는 대로 하는 괴뢰(傀儡)처럼 진 총관은 자리에서 일어나서 응접실을 빠져나갔다.

손쉽게 거래를 마친 천우는 넋이 나간 외총관과 대행수에게 물었다.

"다음은 어딥니까?"

"……만호산장입니다."

"이번엔 쉽지 않을 거다!"

외총관과 대행수는 초심자의 행운으로 취급하며 성심을 다스렸다. 가끔 그럴 때가 있다. 뭘 해도 되는 긁히는 날이.

그러나 도박에서 첫 끗발이 개끗발이라고 했었다. 운이 따르는 날이 계속될 줄 알고 돈을 걸다가 패가망신할 수 있었다. 잘될 때 오히려 경계하고, 끝맺음이 되어야 했다.

'운이 좋구나, 다음엔 절대로 안 될 거다!'

'잘돼서 좋긴 한데, 왜 짜증이 나지?'

외총관과 대행수의 바람은 이루어지지 않았다.

만호산장도 한 푼도 깍지 못하고 정가대로 계약이 성사되었다. 흥정의 미학 따윈 애초에 없는지, 사정조차 하지 않는다.

용건 묻고.

도장 찍고.

집에 가고.

한 치의 오차도 없이 똑같았다.

'이게 말이 되는 거야?'

'우리한테는 왜 그랬대?'

물건 하나 팔아 보려고 자존심까지 구겨 가며 호소했던 젊은 날을 돌아보았다. 그때 이렇게 좋은 마음으로 대해 줬다면 사람에 대한 불신은 생기지 않았을 텐데 말이야.

거래는 순항이었다.

다음 날도, 그다음 날도.

그러다.

"저는 사기꾼입니다. 이름도 원래는 이지룡이 아니라 완구고요. 적금상단이 잘나간다고 하기에 한탕 크게 해 보려고 신분을 위조했습니다."

간간이 찾아온 사기꾼은 정체를 숨기기는커녕 천우가 물어보는 족족 사실대로 말해서 외총관과 대행수를 복장 터지게 했다.

'이 새끼들, 사기꾼 맞아!'

'사기꾼이 왜 솔직해?'

상단에 직접 찾아와서 사기를 칠 정도로 대범한 놈들이 자아 성찰하듯 죄를 이실직고하고 있었다.

그럴 거면 머리 깎고 속세를 떠나!

더 짜증 나는 현실은, 이게 당연한 것처럼 무심한 천우의 태도에 있었다.

누군 간이고 쓸개도 빼야 할 만큼 개고생하는데, 누군 말 한마디로 천 냥 빚을 갚고 지랄이었다.

"……잘하는구나!"

"별거 아닙니다."

너 잘났다!

외총관과 대행수는 그동안 뭘 했나, 자괴감이 들었다. 수십 년의 경험이 하루아침에 물거품이 되는 기분이다.

'부족하군.'

정중한 멸악천리안의 권능이었다. 패황의 시절이었다면 자백으로도 부족해 죄책감을 이기지 못하고 자살하곤 했었다. 그래서 한때는 시산혈해안(屍山血海眼)으로 불리기도 했다.

패황이 본 순간 다들 죽어 있었다.

현재로선 진실을 실토하는 선에서 멈추었다. 멸악패도를 멸악천리안에 담지 않은 것도 한몫했다.

'수신제가의 기본은 했군.'

가문이 화목하려면 돈이 있어야 한다. 가난한데도 행복한 가문은 100회차 동안 본 적이 없다. 무릇 재물이야말로 가문을 지키는 근본이었다.

"상인도 해 볼 만하군요."

"……좋겠다!"

씨발!

외총관과 대행수는 쌍욕을 입 안에 감추었다. 지나치게 순조로운 출발이었다. 고난으로 시작했던 자신들의 과거를 돌이켜 볼수록 자괴감이 들었다. 깨지고, 실패하고, 부서지는 경험을 해야 성장을 하기 마련인데.

천우는 존나 잘 자랐다.

실제로도 너무 잘해서 이대로 놔두면 자신들의 입지, 특히 외총관의 역할이 흔들리게 생겼다. 자기가 없으면 상단이 돌아가지 않는다는 말은 이제 통하지 않는다.

나 없어도 상단이 잘될 것 같자, 외총관은 대행수를 노려보았다.

"갑니다."

오늘 일을 마친 천우는 응접실을 나갔다.

업무 시간을 칼처럼 지켰다.

허!

둘만 남게 된 외총관과 대행수는 혀를 찼다.

우리 때는 선임이 끝나지 않으면 업무는 무제한이었다. 먼저 일어나기도 전에 자기 일 끝났다고 나가 버린 천우의 태도에 그들은 입맛이 썼다.

"나 때는 안 그랬는데."

"요즘에 그런 거 따지면 늙었다고 괄시받습니다."

"일이라도 못했으면 훈계라도 하지, 따로 교육이라도 받은 거 아냐?"

"무슨 교육이요?"

천우의 거래는 특별하지 않았다. 비법이라도 있으면 배우기라도 하지, 아무것도 없다.

"대행수, 이거 어쩔 거야?"

"그걸 왜 저한테?"

"자네가 하자고 했잖아!"

"저도 이렇게 잘할 줄 몰랐죠!"

"모르면 인생 끝나나."

……망할!

이게 왜 나한테 불똥이 튀어.

천우의 청출어람에 일자리를 빼앗기게 생겼다.

천우의 접대는 대행수의 적극적인 개입으로 일단락되었

다. 지나치게 수월한 계약이 자칫 사술로 오인할 수 있다는 걸 부각했다. 실상은 밥줄이 끊길 뻔한 외충관의 압력 때문이지만, 오롯이 대행수가 감당해야 할 몫이 되었다.

어쩌겠나.

위에서 까라면 까야지.

천우가 본가로 돌아갈 시간이 되었다는 점도 작용했다. 언제까지 분점에 있을 순 없는 노릇이었다.

손님 중 사기꾼이 걸려 나갔고, 흥정의 미학도 없이 정가에 계약당하자 소문이 돌았다.

"방금은 피할 수 있었다."

"그걸 왜 도련님이 판단하는 겁니까?"

대행수의 적극적인 교육이 끝나고 천우는 개복의 회피력을 높이는 중이었다.

맞을수록 늘고 있었다.

퍼억!

복부를 정통으로 맞은 가복은 아침에 먹은 걸 고스란히 납세할 뻔했다. 허리가 꺾이면서 바닥에 털썩 주저앉고 말았다.

"일어나."

"저 진짜 토할 것 같다고요!"

"강도를 조절했으니 괜찮다."

"내가 안 괜찮은데요!"

"하는 수 없군."

"……흐엑!"

피하지 않으면 밟힌다.

황급히 고개를 돌렸다. 가복의 동공은 거칠게 흔들렸다. 간발의 차이로 피한 족적의 선명함에 마른침을 삼켰다. 조금이라도 늦었으면 내던져진 수과(水瓜)처럼 처참한 광경이 펼쳐졌을 것이다.

"……도련님, 저 죽을 뻔했는데요!"

"놀랍군."

거기서 놀라면 안 되죠.

이번에도 조절했다는 말이 나올 줄 알았던 가복은 전신이 피가 싸늘하게 식는 오싹한 소름을 맛보았다.

"방금은 훌륭했다."

"……하나도 고맙지 않은데요!"

알고서 피했다기보다는 살고 싶은 본능이 발동했을 뿐이다. 이대로 수련을 계속했다가는 여벌의 목숨이 있어도 살아남기 힘들 것 같았다.

"고마울 텐데."

"저 죽을 뻔했다니까요!"

"오늘 수련은 여기까지."

"고맙습니다, 이 은혜 죽어…… 살아…… 젠장!"

수련이 반 시진이나 일찍 끝났다. 평소처럼 반 시진은 더 두들겨 맞지 않아서 가복은 서러웠다.

이게 고마울 일은 아니잖아. 그런데 고맙다는 감정이 몸으로 표현되었다.

'도련님이 웬일이시지?'

가복의 의문보다 안채로 쇄도해 들어온 그림자가 먼저였다. 수련을 받아 눈이 좋아졌음에도 보이지 않았다.

쐐애애액!

신형을 쫓았을 땐 충돌하고 난 후였다.

꽈아아아앙!

『101회차 패황』 2권에서 계속